東京結合人間

白井智之

角川文庫
21039

目次

大樹の締まった肛門に、千果の人差し指がゆっくりと押し入ってきた。

「あ、千果……、まだ早えよ」

陰部を隠そうとする大樹の掌を払い、千果はさらに奥へと指を潜らせた。大樹は思わず下腹部に力を込める。何度か自分の指で試していたけれど、異物を締め出そうとする括約筋の動きは抑えられなかった。

「大丈夫。力を抜いて」

「い、痛えってば……」

言葉を奪うように、千果が唇を押しつけてきた。熱い息と汗が絡み合う。大樹は切れそうなほど舌を伸ばして千果を求めた。隙をつくように、千果は中指と薬指をまとめて肛門に押し込んでくる。大樹の唸り声に千果の切り揃えた前髪が揺れた。三本の指で肛門を押し広げると、千果はためらわず手首を押し込んだ。

「ぐぅ、あ、千果、や、やめろ、頼むから、うぐぅ」

「だめ。もう十分待ったんだから」

「い、いたぁ、あ、うあぁ」

大樹の荒ぶる四肢を、千果の体重が強引に押さえ込む。浣腸で腸内洗浄は済ませていたが、皮膚の下で消化管が狂ったように暴れていた。顔面は汗と涙と唾液で溢れかえり、天井から吊された電球が歪んで見える。千果の身体は体液で爬虫類のようにぬめり、すでに溶け始めたようだった。

「頑張って！　いい、入るよ！」

まだ身体の準備が整っていないのは明らかだったが、大樹は歯を食いしばって耐えた。千果がすばやく腰を上げ、両手で広げた大樹の肛門に、頭頂部をねじ込む。——刹那、大樹の身体は激しく痙攣し、喉の奥から迸った胃酸がベッドを濡らした。

さすがに危険を感じたらしく、千果は肛門から頭を抜くと、大樹のとなりに身体を投げ出した。船のようにベッドが揺れる。彼女の全身は、風呂上がりみたいに体液で覆われていた。

「わ、わりい」

肩を上下させながら、大樹はなんとか言葉を絞り出す。

「大丈夫。ゆっくりやろ」

「……でも」

大樹は千果の首筋に手を伸ばした。シーツに黄膚色の染みが広がっている。

「なに」

「千果、もう溶けてる」

彼女はしばらく黙り込んでから、小さく頷いた。

「平気」

「そんなわけねえよ。早くしねえと」

首を起こして、自分の身体を見回す。ランニング後くらいの汗しか浮いていないのがもどかしかった。千果をリードして受け入れようと意気込んでいた自分が情けない。

「大樹くんが入る？」

顔を上げると、千果は目を細めて笑っていた。

「そんなの、もっとダメだ」

「どうして」

「それは、だって、そういうもんだろ」

「お医者さんに習ったじゃん。男も女も同じだって」

義務教育を受けていれば、そんなことは誰でも知っている。女性が男性に入るのも、男性が女性に入るのも、成人した男女同士であれば大した違いはないらしい。

ただし、いくら愛撫（あいぶ）によって身体を熱く溶かしても、受け入れる側が激しい痛みを味わうのは事実だ。男性が女性に入る場合、女性の神経では激痛に耐えきれないと言われている。そのため男性は、首を絞めて女性を失神させたうえで、体内に侵入しなければならないのだ。

実際のところ、大樹の友人や兄弟で、男性が女性に入ったという話は聞いたことがなかった。女性を暴行したうえ肛門に押し入るなんて、マトモな男性なら良心が許さないだろう。やはり男性が女性を受け入れるのは当然のことなのだ。

「──誰にも言わないよ。大樹くんが、あたしに入ったこと」

大樹は言葉を返すことができず、黙って千果の肩を抱き寄せた。千果は無言のまま、大樹の胸に顔を埋める。現役モデルにしては小柄だが、均斉のとれた身体は東洋人離れして美しかった。腕の中の千果はとめどなく溶けてゆくのに、大樹の身体は焦るほどに冷めていく。感じたことのない恐怖が、大樹の胸に溢れた。

こんなことではダメだ。覚悟を決めると、大樹は仰向けのまま股を開き、千果に向け肛門を突き出した。排泄時のように肛門を広げ、両手で千果の顔面を狭間に押しつける。

「早く入れよ」

「うん」

千果が大きく息を吸い込む。どろどろになった千果の頭部は、一度目よりもすんなり直腸へ押し入った。きつく目を閉じると、八本腕のムカデみたいになった自分たちの姿形が、妙に鮮明に浮かび上がった。

あと少しだ。噛みしめた歯が奇妙な音を立てる。内臓を突き破るように、千果の頭が下腹部を潜り進んだ。千果の右手が、大樹の左手を強く握る。恥骨が弾けるような激痛が、大樹の視界を反転させた。

絶叫さながらに口を開いても、声が出なかった。千果が自分の中にいる──、こんな喜びはないはずなのに、身体は正反対の反応を示していた。

ベッドが上下に揺れる。

呼吸ができない。

死ぬ。

「───」

軟便を押し出すように、大樹の腸が音を立てて千果を吐き出した。

慌てて腰を起こすと、糞(くそ)にまみれた千果の顔がぐしゃぐしゃに崩れていた。泣いているのか笑っているのか分からない。斜めに曲がった濃褐色の瞳(ひとみ)が、大樹を見返していた。

「ごめん。ごめんごめんごめん」

大樹が頭を抱えると、千果はぼたぼたと組織液を垂らしながら仰向けに身体を起こし、ゆっくりと股を開いた。汗を濃縮したような臭いが鼻を突く。

「……千果」

思わず息を止めていた。迷っている時間はない。

黄土色に汚れた唇にキスをして、大樹は千果の首を絞めた。溶けた首筋に指がくいこむ。三十秒ほど気管を締め付けると、千果は目を閉じて動かなくなった。

「痛いよな。ごめんな」

大樹はベッドの下端に身を滑らせた。千果の両脚を押さえ、股ぐらに開いた穴に狙いを定める。

深呼吸をひとつして、大樹は千果の肛門に顔を押しつけた。湿気の濃い闇が視界を包む。心臓が猛烈に早鐘を打ち、興奮が大樹を駆り立てた。千果の肛門括約筋が蠕動し、大樹を奥へと取り込んでいく。嬌声が甘く響きわたり、排泄臭すら蠱惑的に香った。

全身がひりひりと熱い。やっと大樹も溶け始めたようだ。

平泳ぎで前進するみたいに、大樹はゆっくりと千果に入り込んだ。

どろどろに溶けた皮膚が、脂肪が、脳が、千果の身体と混ざり合い、ひとつになっていく。五感が消え、果てのない快感が残った。

二十五年弱の退屈な人生が走馬灯のようによみがえることもないらしい。波に攫われる砂のように、大樹の意識は少しずつ離散していった――

「――もしもし、聞こえますか。もしもし、おはようございます――、あら」

まぶたを開けると、見覚えのある顔が自分を見下ろしていた。女医が欠けた前歯を剝き出して微笑んでいる。

やけに視野が広いのは、眼球が四つに増えたせいだろう。

そうだ、自分たちは結合に成功したのだ。

慣れない四本腕を使って上半身を起こすと、窓から橙色の日が差していた。白髪の女医のほかに、若い看護師が一名、取り替えたシーツを運んでいくところだった。

「どんくらい眠ってたんすか？」

「半日くらいかしら。一、二時間で目を覚ます人もいるくらいだから、長かったわね。

痛いところはない？」

　手元のバインダーをめくりながら、女医が尋ねる。

「頭が痛い」

「あら、かなり痛む？」

「いや、そんなじゃない。慣れてるんで平気です」

「分かった。じゃあ今晩はよく休んで、明日検診しましょう。すぐ退院できるはずよ」

　聴診器を当てることもなく、女医は眼鏡を外して腰を上げた。

　二まわりくらい大きくなった自分の身体を見回して、思わず安堵の息を洩らす。一時はどうなることかと思ったが、無事、結合できたようだ。千果も喜んでいるだろう。

　あれ？

　違和感を覚えて顔を上げると、女医の表情が曇っていた。水面に垂らした一滴のインクのように、小さな不安が広がっていく。

　女医は眼鏡をかけなおすと、紙片を何枚かめくり、問診票をじっと睨んだ。

「偏頭痛を持っていたのは、千果さんじゃなくて大樹さんのほうみたいね」

「あ、ああ」

「ちょっと質問するわ。わたしが『あなたは鳥ですか』と聞くから、『鳥です』と答えて。いいわね」

　不安を隠すように、女医は明るく声を張った。

「はい」

「じゃ、いきます。あなたは鳥ですか？」

水を打ったような沈黙が病室を満たす。ごくりと唾(つば)を飲んで、震える唇を開いた。

「いいえ」

「ダメ、もう一度。あなたは鳥ですか？」

「違います」

「あなたは鳥ですか？」

「鳥じゃねえよ。おれは——」

「もういいわ」

女医は短く言って、ベッド脇の長椅子に腰を落とした。

「勘違いしないでほしいのは、あなたたちは結合に失敗したわけじゃないってこと。一卵性の双子っているでしょ？　数は少ないけど、べつに異常なわけじゃない。地域や人種を問わず、二百五十分の一の確率で彼らは生まれてくる。

それと同じで、あなたたちは異常じゃないの。数は双子よりうんと少ないけどね。生活に支障もないし、慣れれば忘れちゃう人もいるくらいだから」

「千果は？　ここにいるはずなのは、おれじゃなくて千果だったんだろ」

「馬鹿なこと考えちゃダメよ。今ここにいるあなたが、大樹さんであり、千果さんでもあるの。まあ、納得するのに時間はかかるでしょうけどね」

しばし言葉を失ったあと、堰を切ったように嗚咽が込み上げてきた。四筋の涙が頬を伝う。オネストマンになってしまったという事実より、千果の意識を奪ってしまった自分自身が憎らしかった。

「仕方ないわね。明日、メンタルヘルス科の専門医を紹介するわ。今日はゆっくり休んで」

ビルの向こうに沈んでいく夕陽を眺めながら、女医は浮かない顔で息を吐いた。

＊　＊　＊

外来受付のある北病棟を訪れたのは、結合から二日後のことだった。

昨日は千果の親が会いに来てくれたらしいが、看護師に頼んで面会を断ってもらい、病室に籠もっていた。実際は結合前より調子が良く、十年近く大樹を悩ませた頭痛も消えていた。千果の健やかな肉体の賜物だろうが、素直に喜ぶ気にはなれない。

受付に診察カードを渡し、硬い長椅子に腰を下ろす。白い天井に張り付いたメクラグモを眺めていると、少しだけ気持ちが落ち着いた。物心ついたころから、ぼんやりと虫を観察するのが好きだった。

十分ほど待っていると、診察室から看護師の女性が顔を出し、自分の名前を呼んだ。慣れない呼び名に戸惑いながら、診察室の扉を開く。

「どうぞ、こちらへ」

五十過ぎくらいの結合人間が、カルテから顔をあげて微笑んだ。頭は禿げ上がり、顎鬚にも白いものが交じっている。白衣ではなくフランネルのスーツを着ているのが新鮮だった。

「ぼく、座間っていいます。この病院でもう十余年、オネストマンさんのメンタルケアをやってます」

「はじめまして」

「よろしく。緊張してるね。初めに言っておくけど、ぼくはこの診察室で、きみが嘘を吐けるか試すような真似は絶対しない。リラックスして話を聞いてくれればいいよ。そうだ、これ渡しておくね」

そう言って座間は、胸ポケットから名刺を取りだした。

「ええと、これは」

「退院後なにかあったら、いつでもメールして。電話でもいい。診察中でなければ、ぼくが必ず話を聞くから」

「分かりました」

「よし、まずは自分の身体がどうなってるのか知りたいよね。中学校で習ったかもしれないけど、簡単におさらいしよう」

座間は卓上のキーボードをたたいて、ディスプレイをこちらに向けた。教科書に載っていそうな、少年と少女のデフォルメされたイラストが並んでいる。

「知ってのとおり、ぼくたち人間は、哺乳類のなかでも極めて特殊な生殖を行っている。人間が子孫を残すには、オスとメスが生殖器を使って交尾するのではなく、互いの身体を結合させなければならない。なぜホモ・サピエンスだけが結合を行うのか——これは人類を悩ませてきた大きな問題の一つだ。

実際のところ、ぼくたちの祖先も、二百四十万年くらい前までは交尾による生殖を行っていたんだ。馬や猿と同じで、当時の男の股間には陰茎が生えていたらしい。女の膣に男の陰茎を挿し入れて、精子を送りこんでいたわけだね。それがどうして、他の種にはまるで例のない、結合という生殖様式に変化したんだろうか。

模範解答とされているのは、こんな説だ。今から二百四十万年くらい前、東アフリカに生息していたぼくらの祖先が、石器を使うことを覚えた。道具を使うことで捕食者たちに対抗できるようになった半面、より巧みに道具を使うため、どんどん脳が巨大化することになってしまった。あまりに頭蓋骨が大きいと、赤ん坊が母親の産道を通ることができない。かといって母親の骨盤が広がり過ぎると、今度は母親の走る能力が失われてしまう。当時のアフリカでは、走る能力は生存に不可欠なものだった。

この二つの問題を解決するため、人類の生殖様式は大胆に変化し、結合を行うようになった。二人分の体細胞が合わさった巨大な骨格を手に入れることで、赤ん坊の脳が肥大化しても出産に困らなくなったわけだ。おまけに二人の男女が結合すれば、一個体の脳の容量は倍になるし、身体能力も大幅に向上する。こうしてぼくたちは、ほとんど際限なく知能を進化させることができるようになった。

閑話休題。話を現代に戻そう。未結者——つまり結合前の人間の身体には、男女の違いがあるよね。性染色体の構成がXYなら男、XXなら女って具合だ。彼らは思春期になると異性に興味を抱き、やがて配偶者を求めるようになる。身も蓋もない言い方をすれば、結合相手を求めるわけだ。ぼくは四十手前でようやく結合したけど、先進国の若者は二十代半ばから三十代半ばくらいで結合する場合が多い」

ふたたび座間がキーボードをたたくと、イラストが一人の結合人間に切り替わった。顔には四つ目が横一列に並び、蛙に似た大きな口が微笑んでいる。肩からは四本の腕がのび、ドラム缶のような巨大な胴体を、四本の脚が支えていた。多少の個人差はあれ、典型的な結合人間のイラストだ。

「はい、男女が一人の結合人間になりました。結合することで、ぼくたちの身体は子供を産めるようになる。精巣と卵巣がくっついて、このへんに生殖器ができるわけ」

座間は自分の下腹部を指さして言う。

「くりかえしになるけど、他の哺乳類は交尾するだけで子孫を残せるから、結合による有性生殖を行うのは自然界でぼくらだけだ。ホモ・サピエンスは生態ピラミッドの頂点に立っているけど、その生殖様式はびっくりするほどマイナーなんだ。そのせいかは分からないけど、ときどき奇妙な出来事が起こる」

「オネストマンのことですね」
「そう。ちょっと難しい話になるけど、男女が結合するには、体内器官を構成している細胞を一度ばらばらに分解して、再結着させる必要がある。個々の細胞が融合するわけではなく、二人分の細胞が一個体として再構成されるわけだ。脳も同じで、細かい神経細胞にいったん分解してから、互いの頭蓋骨から溢れ出て、混ざり合わなきゃならない。つい一昨日、きみも経験したことだね」

座間がキーボードをたたくと、今度は脳の断面図が現れた。
「このとき、一般的な結合であれば、前頭葉や記憶海馬を含む大脳は女の神経細胞が基礎になって、脳幹や小脳は男の神経細胞が基礎となる。ざっくり言うと、感情や記憶をつかさどる部位は女の細胞がもとになって、身体機能や動作をつかさどる部位は男の細胞がもとになるってわけ。

ところが数千組に一度という割合で、この結合に異常が起こる。男の神経細胞をもとにした大脳と、女の神経細胞をもとにした脳幹や小脳を持つ、脳機能が逆転した結合人間が生まれてしまうんだ」

こちらが頷くのを確認すると、座間は咳払いして言葉を継いだ。
「残念なことに、きみはこのタイプみたいだ。脳機能が逆転してしまった人々は、例外なく、あるコミュニケーション障害を背負わされることになる。詳細なメカニズムは解明されていないんだけど、どういうわけか、一切嘘が吐けないんだ。これがオネストマン——つまり正直者という言葉の由来でもある」

「治療すれば良くなるんすか」

気づけば喘ぐように口を開いていた。座間は腕を組んで、俯いたまま答える。

「残念だけど、オネストマンが元通り嘘を吐けるようになったという報告はない。戦後しばらく外科手術の研究が行われていたんだけど、芳しい成果は得られなかった。症状を克服しようとするんじゃなく、どうつきあっていくかを考えてほしい」

「原因は分かってるんすか」

「分かればノーベル賞だろうね。遺伝子との関連を指摘する論文もあるけど、通説とはいえない」

「分かりました。じゃあおれは、死ぬまでバカ正直に、お世辞のひとつも言えず、周囲を傷つけながら生きていくしかないんですね」

こんなことを言いたくはなかった。座間のように、現実を包み隠さず伝えてくれる医者は少ないだろう。それでも言葉が溢れ出るのを抑えられなかった。

「ぼくが言えるのは、オネストマンがみな砂を嚙むような人生を送っているんじゃないってことだ。支援団体もたくさんあるし、家庭を築いている人も大勢いる。すぐ前向きにはなれないだろうけど、自分を責めるのはやめてほしい」

身を乗りだした座間の目には、切実な色が浮かんでいた。

思わず俯いてまぶたを閉じる。浮かび上がるのは千果の笑顔だった。

南国の島で過ごした一ヵ月の記憶がよみがえってくる。切り揃えた前髪を撫でながら、日に焼けた頬を上気させていた彼女。一晩中、夢を語り合った「つぼみハウス」の仲間たち。あの島での時間が自分を変えたのだ。

千果とひとつになって、新しい人生の旅路へ踏み出そうとした矢先だというのに――

「……すみません」

目がしらを押さえると、座間に背を向けて診察室を飛び出していた。

人気モデル・川崎千果と気鋭の映像作家・ヒロキが交わり生まれた結合人間が、傷害罪の容疑で指名手配されたのは、それから二週間あまり後のことだった。

少女を売る

1

「友だちに会いたい気持ちです」

栞（しおり）が蚊の鳴くような声で言った。

少女のこの一言が、これほど自分の人生を大きく狂わせてしまうとは。

自分が深くて暗い陥穽（かんせい）の数歩前に立っていることに、ビデオはまだ気づいていなかった。

JR中央本線の荻窪（おぎくぼ）駅北口から徒歩十分ほどの安アパート、コスモスハイムの207号室。扉の前を、幼児の足音と笑い声が駆けぬけていく。ビデオのまぶたの裏に、小学校低学年くらいの少年少女が、汗を散らして走る姿が浮かんだ。入り組んだ住宅地は、意外と鬼ごっこやかくれんぼに向いているのかもしれない。

ビデオは埃（ほこり）っぽい部屋に視線を戻した。六畳半の部屋に集まった三人の若者たち。カビ臭いベッドには、十代半ばの少女が横たわっている。

クッションに腰をおろして映画雑誌をめくっているのがオナコ。仲間の肛門（こうもん）に腕を押し込もうと、舌で拳を舐めているのがネズミ。そのネズミに向けて尻を突き出し、床にうずくまっているのがビデオだ。この三人に監禁されている少女——栞は、身じろぎもせずベッドに横たわっている。

「いま、友だちに会いたい気持ちです」

栞が舌足らずな声でくりかえした。

「きみ、友だちとかいるんだね」

ビデオの肛門に指先を押し込みながら、ネズミが意外そうに尋ねる。

ベッドの上に目を向けると、栞がまぶたを開けて頷いていた。釘を打ちつけられた眼球は、何も映すことなく赤く澱んでいる。

「友だちに会いたい？　あはは、無理でしょ。その顔じゃ、友だちが見ても誰だか分かんないよ」

雑誌から顔を上げて、オナコが笑い声を響かせた。

この数ヵ月で栞はすっかり痩せ細り、健康的で弾力のあった頬も、土のように黒ずんでいた。食事は欠かさず与えられているのだが、監禁されて一月過ぎたころから発熱が続き、食べてもすぐに吐いてしまう状態が続いていた。首から上がヘルペスみたいな黄土色の瘡蓋だらけなので、どこかの傷口から菌が入ったのかもしれない。

「なんていう友だち？　名前が分かんないと、いくらぼくたちでも探しようがないな」

ビデオの肛門に右手を出し入れしながら、ネズミが尋ねる。栞はベッドに寝そべったまま、小さくかぶりを振った。

「学校の友だち……、会いたくない。この顔だと、ちょっと恥ずかしいからです」

衰弱した少女は、そう言ってわずかに頬を緩めた。

「じゃあ、誰に会いたいの」

「新しく、友だちが欲しいです。ひとりは寂しい気持ちです」

ネズミが感心したように頷く。

「分かった。いいよ。どんな友だちがいい？」

「え、えと……、同じくらいの歳の、お人形さんみたいに小さい、優しい、女の子がいいです」

栞が絞り出すように答える。

ビデオには、初めて出会ったときから栞の思考がまるで分からなかった。いくら子供でも、ネズミにそんなことを言えば何が起こるか、想像はつくはずだ。

「うん、いいよ。お友だち探し、ぼくたちに任せてね」

ネズミはそう応じて、ビデオの肛門のさらに奥へ拳を押し込んだ。ビデオは脂汗を拭って、きつく目を閉じた。

コスモスハイム２０７号室の前を、幼児の足音がふたたび走り抜けていく。厚いカーテンで窓を覆っているが、街にはうだるような日差しが降り注いでいるのだろう。

七月の終わり、夏休みはまだ始まったばかりだった。

＊＊＊

白鳥ニュータウン。

千葉県北西部に横たわるこの広大なベッドタウンが、寺田ハウスの狩猟場だ。

三十年前に始まったこの地域の宅地開発は、鳴り物入りの大ニュータウン構想としてスタートしたものの、景気変動によって計画の変更と縮小がくりかえされてきた。そのため土壌が剝き出しになった更地と、開発前の山林、それに住宅地が入り交じった、どこか間抜けな景色が広がっている。

とはいえニュータウンの人口は十万人に迫っており、その多くを富裕層が占めている。結合や出産を契機に移り住む人が多いので、結果として子供の人口が多く、大して距離をおかずに三つの中学校が並んでいた。おまけにほとんどの結合人間が都心へ通勤しているのだから、平日はまさに少女探しの穴場と言ってよかった。

ネズミ、オナコ、ビデオ、通称寺田ハウスの三人組は、この白鳥ニュータウンで買収した少女たちを、都内の男性に紹介する商売を行っている。平たく言えば、売春の斡旋で仲介料を稼いでいるわけだ。

顧客は、都心近郊で働く未結合の男性たちである。多くは所得の低いブルーカラーの労働者たちで、育ちの良い少女たちと格安で性行為ができる寺田ハウスは、着実に評判を広めていた。

「あの娘、めっちゃ可愛いじゃないっすか。すげえ人気出ますよ！」

徐行するワンボックスカーの後部座席で、オナコが声を裏返らせた。

オナコは腕と足が四本ずつ生えた巨大な着ぐるみを身につけている。この街では、未結合の大人というだけで、不審者のように白眼視されることが多い。オナコが身にまとった結合人間スーツは、少女を愛好する多くの成人男性に愛用される人気商品だった。

「あの日焼けしたおっきい女の子？　全然ダメだよ。売れるのはもっと楚々としたお嬢様だからね」

「まじっすか？　あの娘、あれで乳首だけピンクだったら最高っすよ？」

オナコは鼻息を荒らげて、スモークフィルムに顔を押しつけた。テニスラケットを背負った少女が、セミロングの黒髪を結わえながら、ワンボックスカーの脇の歩道を通り過ぎていく。

「あはは、めっちゃ汗かいてる！　ネズミさん、栞ちゃんの友だち、あの娘にしましょうよ！」

「ビデオ、あの娘の跡をつけて」

「おおお、ネズミさん、あざっす！」

オナコが歓喜に身を捩る姿をバックミラーに眺め、ネズミは鼻を鳴らした。

「あの娘、これから部活でしょ？　中学校まで案内させよう。狐を狩るには狐の巣を見つけるのが一番早いからね」

出っ歯を剥き出しにしてネズミが笑うと、オナコは大げさに肩を落とした。

そろそろとアクセルを踏みながら、少女の跡をつける。ワンボックスカーの運転は、たいていビデオの役回りだった。ネズミは寺田ハウスのリーダーだし、着ぐるみをまとったオナコに運転は任せられない。人工的な楕円(だえん)状の道を進むと、五分ほどで白鳥第一中学校にたどりついた。

細く窓を開けると、アブラゼミの鳴き声に混じって、金管楽器の演奏や規則的な掛け声が響いてきた。オナコは鼻の下をのばして、少女たちを眺め回している。

「ああ、あの坊主のせいでよく見えねえ！　男なんてみんな死んじまえばいいのに」

「体育館から出てきた娘、すごいデブですね。相撲部かな」

「バカ。潰(つぶ)れて客が死んだらどうすんだよ」

「下駄箱の前に立ってる金髪ビッチ、いいな。ピンクのパーカー、校則違反かもだけど」

「夏休みだからいいんじゃないですか。でもあの娘、めっちゃ足太いですよ」

「お、渡り廊下のとこにいた娘、パンツ見えた！　生理だったらいいなあ」

「あの娘、うちと契約してるよ」

「え？　じゃあやりてえな。ちゃんと自腹切るからさ」

「あの娘にしよう」

眩(まぶ)しそうに目を細めたネズミが、昇降口を指さして言った。ヘッドホンを首から下げた小柄な少女が、小走りに校門へ向かっている。家に忘れ物でもしたのだろうか。

「早く行ってよ、ほら」

ネズミがオナコの尻を叩く。四つ目のマスクをすっぽりとかぶって、オナコは後部座席から飛び降りた。後部ドアが閉まるまでのわずかな間に、息苦しい熱気が車内に押し入ってくる。

オナコの所作はこなれていて、結合人間が街中を歩いているようにしか見えなかった。人工細胞を培養して作られた結合人間スーツは、生命科学の粋を集めた一級品で、ほとんど実物と瓜二つだった。実際にオナコが動かしているのは両手両足の四本だけなのだが、ダミーの手足が身体と連動して動くため、外からは手足八本の結合人間が歩いているように見える。あまりの精巧さゆえに、欧州では日本産の結合人間スーツが輸入禁止になっているらしい。

オナコはさも偶然通りかかったふうに校門へ向かい、ヘッドホンの少女と顔を合わせた。思わず足を止めた少女に、猫撫で声で話しかける。

――ごめん、ちょっとお願いなんだけど。

少女が顎を上げる。台詞はいつも決まっていた。

――軟膏、貸してくれない？

少女は気だるそうに会釈すると、オナコに背を向けて歩きだした。ナンパ慣れした渋谷のギャルみたいな態度に、助手席のネズミが苦笑する。ビデオはシフトレバーを引いて、アクセルを軽く踏み込んだ。

「追っかけます？」

「先回りしよう。逸材だよ、あれは」

少女は隣接する住宅街に歩を進めている。オナコを置いてけぼりにしたまま、ビデオはワンボックスカーを走らせた。区画をひとつ回り込んで、少女の行く手に先回りしようという寸法だ。

ネズミが女に向けて言う「逸材」とは、「自分より背丈が低い」というのと同じ意味だった。わが寺田ハウスのリーダーを務める小男は、百五十センチに満たない自らの身長を、いつも気に病んでいるのだ。幼いころは身長が低いだけで、同級生――とくに女子たちから「チビ」「キモい」と罵（ののし）られ、足蹴（あしげ）にされていたらしい。「身長の高いメスは女じゃなくて生ゴミ」というのがネズミの口癖で、ときおりビデオを性欲の捌（は）け口にするのも「生ゴミよりはまし」というネズミの持論ゆえだった。その理屈でいえばオナコを捌け口にしてもよいはずなのに、ビデオばかり相手をさせられるのは、ネズミにも好みがあるということなのだろう。

「あれ、いませんね」

直角に整備された路地を回り込むと、少女の姿が消えていた。同じような外観の戸建て住宅が、左右に整然と並んでいる。八十過ぎくらいの痩（や）せた結合人間が、こちらに背を向け、ぽつんと歩道沿いの花壇を眺めていた。

「学校に引き返したんですかね。ん、あの娘ですか？」

二十メートルほど先の十字路に目を凝らす。円筒形のポストに隠れて、人影が角を曲がったように見えた。

「どこ」

「いや、もう見えなくなっちゃいました」

「追いかけて。早く！」

慌ててアクセルを踏み込む。

刹那、住宅の間から、人影が目の前に飛び出してきた。

「うわ、バカ！」

踵でブレーキを踏み込んだ。

鋭い摩擦音とともに上半身が迫り出し、視界が上下に揺れる。見覚えのある大きな肢体が、狭いボンネットに乗り上げ、ごろんと舗道に落ちた。ネズミと一緒に、慌てて路面へ躍り出る。

「あはは、すんません。こいつ、すげえ暴れるんすよ」

正方形の石が敷き詰められた舗道を背に、結合人間スーツの頭部を外したオナコが、息を切らしながら笑っていた。四本足の下敷きになって倒れているのは、ヘッドホンの少女だ。

少女を取り押さえようとしたオナコが、暴れる少女に抱きついたまま車道に飛び出し、ワンボックスカーと激突したのだろう。人工細胞で覆われたスーツがクッションになったのか、オナコに怪我はなさそうだ。

少女の方はというと、正面からバンパーに直撃したせいで右腕が捩じ曲がり、鼻と口から血が噴き出していた。数秒おきに上半身が痙攣し、舗道に血液が広がっている。

オナコは身体を捻って着ぐるみから這い出ると、憎らしそうに舌打ちして、少女の顔を裸足で踏みつけた。トマトを潰したみたいに血飛沫が跳ねる。ミントグリーンのヘッドホンからはシャカシャカと音楽が洩れていた。

「オナコ、顔が真っ赤だけど大丈夫?」

「こんなスーツ着て暴れたら貧血にもなるさ。てめえのせいだぞ、クソガキ!」

「静かに。あの年寄りが気づく前に逃げるよ」

ネズミが声を落として言う。顔をあげると、先ほどの老人は姿勢も変えず呑気に花を眺めていた。よほど耳が遠いのだろう。ほかに人影がないのは不幸中の幸いだった。

「この娘はどうするんすか」

「放っておくわけにいかないでしょ。持ち帰るよ」

「じゃあ、こいつが栞のお友だち? ぜんぜん人形っぽくないけど」

少女を指さしてオナコが尋ねる。栞のオーダーは「お人形さんみたいに小さい、優しい、女の子」だったはずだ。

「仕方ないじゃん」

ネズミが億劫(おっくう)そうに首を回す。

「ま、この娘も栞もそろそろ死ぬでしょ。天国まで一緒に行く友だちができたと思えば、結果オーライなんじゃゃないかな」

2

寺田ハウスが発足して、今年で四年になる。

もともとビデオとオナコは、杉並(すぎなみ)区の同じ小学校に通う幼なじみだった。オナコによると、入学当初から二人は無二の親友だったらしい。中央線の高架下に秘密基地を作ったり、オナコの家でレンタルビデオの上映会を開いたりして、無邪気に過ごしていたそうだ。

このころのことをビデオはほとんど覚えていないのだが、唯一思い出せるのが、オナコの家で「悪霊教室」という子供向けホラー映画をむさぼるように観た記憶だった。ビデオの親は映画やテレビドラマを嫌っていたので、映画をきちんと観たのもこのときが初めてだった。

これほど親しかった二人にもかかわらず、小学二年生の秋から、交友が途絶えることになる。ビデオが親に登校を禁じられ、学校へ通えなくなったのだ。

兄弟のいないビデオは、親の愛情を一身に受けて育った。問題は、その愛情が常軌を逸していたことだ。食事は通信販売で買った健康食品ばかりで、部屋にはイオン発生器やら空気清浄機やらが並び、外出時には日焼け止めと虫よけをシャワーのように浴びせられた。近所のコンビニで友だちと菓子パンを食べた日には、万引きでもしたかのように叱られたのを覚えている。「教師は赤い電波に操られている」と親が騒ぎだしたときも、また始まったかとうんざりしただけだった。

それからの四年半、ビデオは自宅で日の光を浴びずに過ごした。近隣住民の通報をきっかけに児童相談所に保護され、千葉市に住む叔母（おば）に預けられたときには、もやしみたいに生白く弱々しい少年ができあがっていた。

叔母は地元の中学校に編入するよう勧めたが、いまさら勉強に精を出す気にもなれず、かつて暮らした中央線沿いの街をさまよう日々が続いた。勇気を出して過去の友人たちと再会してみると、彼らは別人のように逞（たくま）しくなり、ビデオには分からない話題で笑いあっていた。

「あなたが悪いわけじゃないのよ」

叔母はそう慰めてくれたが、湧き上がる疎外感をどこにぶつければいいのか、教えてはくれなかった。

そんな生活が一年半ほど続いたころ、ビデオはオナコと再会する。オナコは中学二年生になっていた。

お調子者のオナコは、小学校を卒業するまでは学年一の人気者だったそうだ。喧嘩っ早い性格を嫌う同級生もいただろうが、裏表のない明るさがそれを補っていた。顔色一つ変えず野良猫や小鳥を殺すなど、嗜虐的な性格は当時から十分に発露していたのだが、男子からはむしろ英雄のように讃えられていたらしい。

風向きが変わったのは中学校に入ってからのことだ。男女が互いの視線をうかがう年頃になると、異性にまるで気を遣わないオナコは、周囲から煙たがられることが多くなった。乱暴な性格が災いして保護者にも悪評が広がり、オナコの居場所は少しずつ奪われていった。

そして中学二年目の春、オナコは一ヵ月の停学処分を受ける。杉並警察署から任意聴取を受けたというのが理由だったが、詳細は明かされなかった。これが同級生や保護者に不信感を生み、オナコはすっかり、学年中から爪弾き者にされたらしい。

のちに補導された理由を尋ねてみると、

「小学生のガキが迷子になってたから、カラスと一緒に飼育小屋に閉じ込めたのよ。そしたらそいつ、血だるまになっちゃってさ！」

オナコは含み笑いをこらえるのに必死そうだった。

このときの八歳の少年は、結局、脊髄損傷が原因で二週間後に死んだらしい。オナコも少年院に叩きこまれそうだったが、奇しくも悪運がオナコを救った。亡くなった少年の親が、二人の子供を自宅で出産した後、部屋から一切出さずに虐待していたのだ。当時六歳の妹はとくに栄養状態が悪く、いつ餓死してもおかしくない状況だったらしい。そんな妹を助けるため、八歳の兄が部屋から逃げ出したのはよかったが——、路上で助けを求めたのが、あろうことかオナコだったのだ。批判をおそれた児童相談所が経緯をあやふやに公表したため、オナコも少年院行きを免れたというのが真相らしい。

そんな出来事はつゆ知らず、六年の空白を経て再会したオナコとビデオは、驚くほど馬が合った。ほかの旧友と違い、オナコは小学二年生の秋から何も変わっていなかったのだ。二人は中央線沿いの街でギターをつま弾く青年と酒を酌み交わし、ブランド物のバッグを誇らしげに持ち歩く中高年に人糞（じんぷん）を投げつけ、ミニシアターで目が腫（は）れるほど映画を観て、奪われた時間を取りもどすように笑いあった。

「小学生んとき保健体育の先生に言われたんだけどさ」

再会から半年が過ぎた初春の夜、善福寺（ぜんぷくじ）川のほとりで缶ビールをあおりながら、オナコはそんな過去を打ち明けた。

「おれ、どうやっても女と結合できない身体なんだって」

オナコにしては珍しく、感傷的な目つきで水面（みなも）を見下ろしている。

「オナコ、子供欲しいの？」

「ぜんぜん」

「じゃあ別にいいじゃん」

ビデオが夜桜を見上げて言うと、

「まあな。おれ、子供を産むより殺すほうが好きだ」

オナコは吹っ切れたように笑った。


ネズミとの出会いは、さらにその二年半後だ。

ネズミは眩しいほどの優等生だった。ビデオたちよりひとつ年上で、オナコと同じ杉並区の中学校を首席で卒業している。私立の名門高校に進学し、そこでも教師たちが蒼ざめるような成績を残していた。絵に描いたような秀才で、海外を見渡しても入れない大学はないと言われていたらしい。

「いくらゲームを我慢して勉強しても、金にならないし、役にも立たない。アホじゃん。やる気なくなっちゃってさ」

そう本人が述懐するように、ネズミは高三の秋に突然、高校を退学する。口座から引き出したなけなしの貯金とお気に入りのゲーム機を持って実家を飛び出し、高円寺の安アパート「寺田ハウス」で一人暮らしを始めた。この時点で生活の糧は何もなかったのだが、なんとなく生きていける自信はあったらしい。ゲームセンター巡りでもしようかと駅前の路地をふらついていたところ、頭の悪そうな十代半ばの二人組と出会ったというわけだ。

その日、冷たい秋風が吹き始めた小汚い路地で、ビデオとオナコは映画談議に花を咲かせていた。

「初めて羽家(うけ)監督の『あかいひと』を観たとき、羊歯(しだ)病患者って人を殺してもいいのかと思ってさ。どうしたら感染できるか真剣に考えちまったよ」

「はは、映画に影響されすぎだろ。女とやり放題のホステルがあるって聞いたら、ころっと行っちゃうタイプだな」

「おれ、食人族もブレア・ウィッチもいるって信じてっから。ま、『あかいひと』は別格だけど」

空き缶を蹴(け)りながらオナコが唸(うな)る。「あかいひと」は無名の日本人監督の手で撮られ、世界で賛否両論を巻き起こしたホラー映画の傑作だった。

あらすじはというと——、幸せな四人の親子が休暇を過ごす別荘に、羊歯病の少年が一人でやってくる。羊歯病というのはこの二十年で世界に広まった性感染症で、発症すると頭から足先まで湿疹(しっしん)や血豆だらけになり、蜜(みつ)のような異臭を発してしまう奇病だった。皮膚が羊歯の葉のようになることから、この呼び名がついたらしい。少年は甘い体臭のせいで昆虫の大群に身体を嚙(か)まれ、血だるまになっていた。

不憫(ふびん)に思った親子は少年を家に招き入れるが、少年は体調が回復するにつれ、徐々に横暴な振る舞いをみせるようになる。些細(ささい)な弱みにつけいり家族を支配すると、少年は資産を根こそぎ奪い取り、最後には一家を惨殺してしまう——

主役の少年を実際の羊歯病患者が演じたことで、監督を非難する団体も現れたが、結果として「あかいひと」は多くの映画賞を総ナメにした。社会のタブーを打ち破り、患者を健常者と同じ舞台に立たせたというのが理由だった。

「羽家監督の新作、来年くらいには公開されんのかな」

「知らねえ。それより、久しぶりに『悪霊教室』のビデオでも借りようぜ」

「ごめん、ちょっとお願いがあるんだけど」

聞き覚えのない声だった。振り返る二人に、見知らぬ小柄な青年が、上目遣いにこう尋ねたのだ。

「軟膏を貸してくれない？」

ビデオとオナコは、鳩が豆鉄砲を食ったような顔をしていたらしい。青年の言葉は、「あかいひと」に登場する少年が、家に上がり込むため最初に口にした台詞だった。

「な、軟膏？」

「冗談だよ。お腹減ってるでしょ？　ちょっと飲みにいこうよ」

騙されたような気分で路地裏の立ち飲み屋に入った二人だったが、気さくな青年と談笑するうち、すぐに意気投合した。酒を飲んで気を良くしたビデオとオナコが生い立ちを語ると、青年は腹を抱えて笑い、二人の肩を強く叩いた。

「ぼく、きみたちみたいな人生に憧れてたんだよ。本当だよ？　もっと面白いこと、一緒にやってみない？」

金欠に喘いでいたビデオとオナコも、わけの分からぬまま賛同し――、三人で寺田ハウスを結成したというわけだ。

とはいえ寺田ハウスは、いきなり売春斡旋を始めたわけではない。まず生業として選んだのは、映像制作業だった。オナコの親が撮影スタジオを経営していたという事情もあるが、要するに三人とも映画好きだったというのが理由だ。

寺田ハウス結成から一週間後、オナコの親が所有している阿佐ケ谷のスタジオから手頃な機材を拝借すると、三人はさっそく映像制作に取りかかった。シナリオ作りから映像編集までをネズミが手掛け、ハンディカメラでの撮影をビデオが担う。題材はもちろん、少女との性行為だ。絡みの相手はいつもオナコだった。

平たく言ってしまえば、寺田ハウスは未結の成人男性向けに幼い少女の性行為を撮影し、販売したのだ。千葉県各地の小中学校で少女を誘い出しては、オナコとの結合――もちろん本当に結合するわけではなく、身体を肛門に出し入れする疑似行為ではあるが――を撮影し、都内の専門代理店にビデオを並べたのである。なぜ拠点に千葉を選んだかというと、銀行に勤めるネズミの従兄弟がニュータウンに単身赴任しており、子供が多いという噂を耳にしていたからだ。

当時の一般的なアダルトビデオでは、女性が男性に入ることはせず、男性が女性に入る場面のみ撮影することが多かった。ローティーンの少女であっても結合は可能なので、うっかり女性が男性に入ろうとすると、二人が結合してしまう危険があるのだ。男性が女性に入るだけなら、女性が失神していないかぎり、結合の可能性は低いと言われている。

もっとも寺田ハウスの撮影では、絡みの相手がいつもオナコなので、少女と結合してしまうおそれがなかった。多くの少女が気軽に出演してくれたのは、このあたりの理由も大きいだろう。

もちろん、素人三人が低予算で制作したビデオの売れ行きはひどいものだった。ジャンルがマニアックだったこともあり、数人のコアなファンがいたとは噂に聞いているが、採算はまったく合わず、ねぐらのアパートには在庫が積み上げられていった。

実を言えば、「親バレせずに大金が稼げる」と少女たちに絶賛され、気を良くしていたという事情もある。実際は三人の借金が増えるばかりで、ネズミが危機感を覚え出したころには、すでに大量の在庫がアパートで埃をかぶっていた。

「いっそ、あの娘たちを直接オッサンとやらせちゃおっか」

借金取りに追われるネズミが捻りだしたのは、きわめて合理的な打開策だった。誰だって、アダルトビデオで少女の性行為を観るより、実際に少女と結合できるほうが嬉しいに決まっている。

「言われてみると、そっちのほうが儲かりそうっすね」

オナコもすぐに賛同した。それならなぜ、一年間もビデオを撮り続けていたのだろう。ビデオは狐につままれた気分だったが、儲けが増えるなら異存はなかった。

売春斡旋業はすぐに軌道に乗った。一年かけて築いてきた少女たちとの信頼関係が功を奏したのだ。中でも白鳥ニュータウンは、掘れば掘るほど高級感のあるお嬢様が湧いて出る、油田のような土地だった。寺田ハウスと契約した少女の数は、この地域だけで百人に迫るほどだ。

寺田ハウスは、小規模ながらも、多くのリピーターを抱える評判の売春組織へと成長していった。

＊＊＊

白鳥ニュータウンで二人目の少女を拉致した翌日、深夜十一時過ぎ。

最後の送迎を終えて駐車場にワンボックスカーを停めると、コスモスハイムまで街灯のない道を歩いた。汗で身体に張りついたTシャツを早く脱ぎすてたかった。

少女の送迎と顧客からの代金回収が、ビデオとオナコに与えられた作業だった。ネズミは注文の受付やスケジュール管理を担当しているので、自ら顧客と対面することはない。この日は注文が少なかったので、オナコが休暇をとり、屋外で汗を流したのはビデオひとりだった。

コスモスハイムは荻窪駅から徒歩十分ほど、住宅地のはずれにひっそりと佇む四階建てアパートで、借金取りに追われ高円寺の寺田ハウスを退去して以降、長く三人のねぐらになっていた。東南アジア系の入居者が多く、夜はそこかしこの部屋から怒声や嬌声が響いてくる。207号室の鍵を開けると、この部屋からも喘ぎ声が聞こえてきた。

「おつかれさま」

クッションを背もたれにしたネズミが、携帯電話をいじりながら言う。ネズミは数日前から、新しい携帯ゲームに熱を上げていた。押し寄せてくるダニの大群をスプレーで駆除するという、気味の悪いゲームだ。

ベッドの上ではオナコが、拉致したばかりの少女の股を開いていた。肩に包帯が巻かれているが、右腕は不自然に捩れたままだ。顔面の血は拭われておらず、目尻には涙の流れたあとが見えた。

「こいつ、茶織っていうんだって。生徒手帳に書いてあった」

自分の肛門に少女の腕を押し込みながら、オナコが言う。足元にはミントグリーンのヘッドホンが転がっていた。

「もう死んでない？」

「あはは、まだ生きてるよ。ほら」

オナコが赤く腫れた頰をぺちぺち叩くと、茶織はおもむろに目を見開き、

「ああああ、いやああああああああああ」

金切り声をあげた。

「あはは、お前、叫べば助かると思ってんの？　そうは問屋が卸さねえよ」

オナコが腹に拳を叩き込むと、茶織は唇から胃液を洩らし、腹を抱えて黙り込んだ。

「あれ、栞は？」

「そこにいるよ」

答えたのはネズミだ。人差し指の先を見ると、ベッドの横に見慣れぬ段ボール箱が置かれていた。覗いてみると、全裸の少女が強引に押し詰められている。鼻を近づけただけで膿を煮詰めたような異臭がした。瘡蓋だらけの顔は死んでいるふうにしか見えないが、かろうじて息はあるようだ。

「おい、ビデオも入ろうぜ！　コンドームなら抽斗に残りがあるし！」

息切れしたオナコが、少女の股間を指さして叫ぶ。

コンドームは、挿入する身体の部位にはめて結合を予防するゴム製の器具だ。人間のオスには猿や馬と違って陰茎がないので、装着するのは腕や足ということになる。

女性が男性に入ろうとしなければ結合の危険はまずないのだが、ビデオだけは必ずコンドームを常用していた。理由は感染症の予防、つまり羊歯病への感染を恐れているためだ。

羊歯病ウイルスの保有者は、日本に三万人いると言われている。ウイルスの感染力は非常に強く、なんの対策もせず感染者と結合行為に及んだ場合、九割を超える確率でウイルスに感染してしまう。ひとたび感染すれば手の打ちようはなく、一年から二年の間に必ず症状が現れる。全身から異臭を発し、血豆だらけの怪物じみた風貌になるというから恐ろしい。命を脅かす病気ではないが、治療法もなく、「死ぬより恐ろしい奇病」として世界各地で恐れられていた。

日本で生まれたすべての子供は、生後三ヵ月のときに一度、二歳の年にもう一度、ワクチン接種を義務づけられている。近年はC型と呼ばれるワクチンの効かないウィルスも蔓延し、有効性を疑う声も大きくなっているらしいが、それでも予防接種が感染防止に大きく貢献していることは疑いなかった。ネズミはもちろんオナコですら、左肩にぷくりと膨らんだ注射跡が残っている。

ところが、この誰もが経験するはずの予防接種を、ビデオは受けていないのだ。ビデオの親が副作用の危険性を聞きつけ、ワクチン接種を拒否したのである。ビデオが絶対にコンドームなしで性行為に及ばないのは、これが理由だった。

「いいや。やめとく」

少女の股間をまさぐるオナコに、ビデオは気のない声で答えた。

「なんだよ、気取ってんのか？　栞のときはすげえ入ってたじゃんかよ」

「疲れてんだって」

「あっそ。ネズミさんはやっぱやんないんすか？　栞よりぬるぬるしてて気持ちいいっすよ」

オナコが水を向けると、ネズミは携帯電話を睨んだまま首を振った。

「ぼく、明日やる。二人が仕事行ってる間にね。だから死なないようにしといて」

「あ、今回はやるんすね」

「だって、女じゃん。そりゃ入りたいよ」

ネズミは視線をずらさずに、声をあげて笑った。

彼の座右の銘——身長の高いメスは女じゃなくて生ゴミ——に従えば、栞は呼吸する生ゴミだったというわけだ。これであと数週間は、ビデオがネズミの慰みものにされる心配もないだろう。

「そういえば、ビデオ、『つぼみハウス』って観たことある？」

藪から棒に、ネズミが顔をあげて尋ねる。

「ちょっとならありますけど」

「面白かった？」

「いえ、全然」

ビデオは即答した。「つぼみハウス」といえば、若い男女七人が孤島で一月暮らし、互いに刺激を受けながら、それぞれの夢を見つめなおす——という設定のもと、惚れた腫れたの群像劇をドキュメンタリー風に描いたテレビ番組のことだ。暇つぶしに見たことがあるが、出演者たちがちょっとしたすれ違いを親が死んだかのように嘆いているのが理解できず、すぐに見るのをやめてしまった。

「ふうん。中高生に人気って聞いたから、お金儲けに使えないかと思ったんだけどね。でも詰まんないいんじゃなあ」

顔を下ろすと、ネズミはふたたび携帯ゲームを始めた。

ネズミはこの日、明け方までダニの駆除に熱を上げていた。オナコも日付が変わるまで茶織の肛門をいじり続けていたようだ。ビデオはシャワーで汗を洗い落とすと、一足先に寝室――といっても三人分の布団と毛布を詰めこんだだけの小部屋だが――で身体を休めた。

電球の灯りを消すと、赤く膨れた栞の顔がまぶたの裏に浮かんだ。振り払おうとすればするほど、鮮明になって思考に絡みついてくる。

――友だちに会いたい気持ちです。

栞の舌足らずな声が耳の奥でよみがえった。この違和感はなんだろう。なにかを見落としているような、言いようのない不安が込み上げてくる。

ビデオは首を傾げながら、毛布をかぶって暗闇に身を埋めた。

＊　＊　＊

栞との出会いは、約四カ月前にさかのぼる。春の到来に色めきたった街が落ち着きを取り戻し始めたころ、寺田ハウスはある問題に直面していた。

悩みの種は、中村大史という男だった。中村は寺田ハウスがまだ借金の取り立てに追われていたころ、ネズミが金を工面してもらった人物の一人だ。吉祥寺に居を構える三十代の資産家で、複数のインディーズメーカーに出資するアダルトビデオ愛好家でもある。気さくで紳士的な人柄で知られる半面、ＳＭ、スカトロ、獣姦などのマイナージャンルに精通しており、中村の嗜好が変われば業界が動くと言われる大物だった。なんでも十年前に業界を席巻した近親相姦ビデオブームは、中村が陰で糸を引いていたらしく、彼がプロデュースした「嘔吐症の妹」シリーズは海外にまでその名を轟かせていた。

寺田ハウスが一年でビデオ販売をやめてからも、中村との関係は続いていた。数ヵ月に一度、中村から連絡が入るたびに、無料で吉祥寺の邸宅まで少女を派遣していたのだ。

「いいよいいよ、昔の借金はきちんと返済してもらったんだから」

人の良い中村はそう言って代金を払おうとしたが、そこはネズミが筋を通し、紙幣の受け取りを拒んだ。すでに売春斡旋が軌道に乗っていたので、金銭的なダメージもそれほど大きくはなかった。

問題は中村の性的嗜好にあった。中村から依頼が入るときは、必ずおまけの条件がついていたのだ。唾液を一リットル溜めたから一緒に飲んでほしいとか、二年ぶりに散髪をしたから髪を食べてほしいとか、庭木に青虫が湧いたから一緒に3Pがしたいという要望まであった。そのたびにネズミは、中村の期待に笑顔で応えられる少女を、必死に探しまわらなければならなかった。

新しい注文が入ったのは、四月二日、エイプリルフール翌日の朝だった。

「埼玉に私有してる山林があるんだけど、従兄弟が出資してる食品メーカーが、期限切れ商品を不法投棄してたのが見つかって。役所がうちで責任を持って処分しろって言うんだよ。発酵してるから臭いもすごいし、虫もうじゃうじゃ湧いてるわけ。ねえ、このまま片づけるんじゃもったいないでしょ。言いたいこと分かるよね？　来週までに一人頼むよ」

冗談じみた依頼に、いつも飄々としているネズミもさすがに蒼くなった。過去に別の客から牛舎での性行為を依頼されたことはあったが、ゴミ山となれば訳が違う。

案の定、この依頼に応えてもいいという少女は見つからなかった。ＳＭや輪姦プレイなどハードな依頼を専門にする少女も四、五人抱えているのだが、さすがに身の危険を感じたようで、報酬を引きあげても説得に応じてもらえなかった。

こうなると寺田ハウスに打つ手はない。ネズミが頭を抱えていたところに、突然現れたのが栞だった。

栞は奇妙な少女だった。一見すると、学校案内パンフレットにでも載っていそうな平均的な中学生である。しっとりとつやのある黒髪も、やや欧風で鼻筋の通った顔立ちも、そこまで印象的というわけではない。

ただし、会話をすれば栞の異常性はすぐ明らかになる。彼女はどんな依頼も絶対に拒まないのだ。

結合人間スーツをまとったオナコに、売春を誘われたときからそうだった。彼女は二つ返事で「やらせてください」と答えたらしい。コスモスハイムのこの部屋で契約書にサインさせたときも、練習をかねて常連客の男に抱かれたときも、彼女は同じ微笑みを浮かべ、何をされても拒もうとしなかった。

寺田ハウスにとってみれば、まさに渡りに船だった。ネズミがゴミ山で性行為ができるか尋ねると、栞は普段と一寸も変わらない微笑みを浮かべ、「かならずやらせてください」と答えたそうだ。

当日、派遣先から戻ってきた栞は、シャワーを浴びたらしく綺麗な身体をしていたが、同時に出来の悪いブランデーみたいな香りを漂わせていた。洗い流せない悪臭を、中村が香水で隠そうとしたのだろう。ネズミが苦笑していると、栞は前髪を揃えながら「幸せな気持ちです。またかならずやらせてください」と笑ったそうだ。

「まあ良かったよ。中村さんから何を頼まれても、これからはあの娘を派遣すればよさそうだ」

ネズミもほっと一息ついたようだったが――、わずか三日後に事件が起きた。

きっかけは、派遣先から千葉へ戻る自動車内での出来事だった。西新宿で学生三人組に輪姦されたあと、栞を乗せたワンボックスカーは白鳥ニュータウンへ向かっていた。

「お前、どんなプレイもやれちゃうんだって？　すげえなあ」

その日の送迎担当はオナコだった。平日は依頼が少ないので、送迎車の中で少女と二人きりになることも少なくない。

「ありがとうございます。感謝の気持ちです」

栞の声色はいつもどおり平坦だった。登下校時はよく友だちと話し込んでいるようだから、決して無口なわけではない。ただ、言葉に喜怒哀楽が希薄なのだ。

「お前、まだ中学二年生だろ。よっぽど経験豊富なのか？」

「いいえ。寺田ハウスさんに紹介して頂いたのは、今日が三度目です」

「うわ、三回目で輪姦？　よくけろっとしてられんな」

「はい、けろっとします。ありがとうございます」

「うちと契約する前もやったことあんの」

「はい。ちょっとだけあります」

オナコがあらためてバックミラーで後部座席を見ると、少女は服や化粧に金をかけているふうでもない、どこにでもいる地味な中学生だった。もちろん白鳥ニュータウンに住んでいる以上、裕福な家庭に生まれていることは間違いないけれど。

「おれが言うのも変だけど、お前らみたいな女って、何がやりたいの」

オナコが尋ねると、栞はじっと考えこんでから、

「分かりません。けど、相手の人が、幸せだと思うことをしたいです」

「へえ。おれとは正反対だね。おれは相手が苦しむことをやりたくて仕方ねえんだ」

「どんなことをしたいですか」

「まず、誰もやったことのない方法で人を殺してみたい。あと、世界一の美少女を探しだして、この手で殺してみたい。ついでに、世界一の拷問具を発明して、ノーベル賞を取ってみたい」

「殺すこと、たくさん考えているんですね」

「趣味なんて、あとは映画くらいだからな。そうだ、このまえ観たフランス映画で、若い女が皮膚をぜんぶ剝がされるシーンがあってさ。あれ、やってみてえな」

「そうですか。かならずやらせてください」

「うへ！　やりたいのかよ！」

赤信号の十字路に突っ込んでしまい、左右同時にクラクションが鳴り響いた。オナコは舌打ちしてアクセルを踏み込む。

「いいの？　おれ、生まれつき女と結合できない身体なのよ。だから代わりに、結合以外で女とやりたいことは何でもやっちゃうことにしてるから。本当に平気？」

「大丈夫だと思う。やらせてください」

そんな調子で熱を抑えられなくなったオナコは、国道沿いのラブホテルに栞を連れ込んだ。栞はホテルに入ったことがなかったようで、ダブルベッドを珍しそうに眺めていたという。残念なことにSMルームがなかったので、オナコは自動車のトランクから自慢の工具箱を持ちこんだ。

「本当にいいんだよね？」

何度尋ねられても、栞ははにかみながら笑っていた。

ベッドにビニールシートを敷いて栞を仰向けに寝かせると、オナコはさっそく工具箱を広げた。右手にカッターナイフ、左手に糸ノコをかまえ、馬乗りになって栞の身体を押さえる。

「まず、どこからがいい？」

「そうですね……」

栞は全身を眺めると、おもむろに左肘を突き出し、直径五ミリくらいの黒子を指さした。なるほど、黒子の除去手術というわけか。

オナコは糸ノコをサイドテーブルに置くと、左手で黒子をつまみ、浮いた皮膚にカッターの刃先を突き刺した。鶏肉から皮を千切るみたいに、カッターを左右に引いて黒子を剝がしていく。血は思ったほど出ない。黒子がだらりと垂れ下がったので、手前に引っぱって皮膚ごと千切りとった。

「つぎは？」

オナコが尋ねると、栞は肩や太腿を順に指さした。同じ要領で、各部の肌を剝がしていく。どうも想像していたのと違う。十分もすると、オナコは皮膚を刻むのに飽きてしまった。

「なあ、もっと血がドバドバ出る、面白いことしてえな」

「はい。幸せだと思うことしてください」

少女の声色はまるで変わっていない。安心したオナコは、工具箱を見渡し、鉄釘に目をとめた。「アンダルシアの犬」や「サンゲリア」を観て育ったオナコは、幼いころから眼球破壊に憧れを抱いていた。この絶好のチャンスを逃す手はない。

工具箱から金槌と鉄釘を取りだし、ベッドに戻る。釘の先端を左目に近づけると、栞は反射的に目を閉じた。

「こら、目つぶっちゃだめだろ」

「ごめんなさい」

栞は薄く目を開けるのだが、釘を見るとすぐに閉じてしまう。仕方ないので金槌をベッドに置き、右手でまぶたを押し開いた。白目を剝かないよう、強く眼球を押さえる。瞳孔の中央に狙いを定め、釘の先端を置いた。携帯電話のバイブみたいに眼球が震える。ぬるぬるした粘膜に指が滑ってしまい、なかなか奥へ入らない。勢いをつけて押し込む必要がありそうだ。コツコツと表面を叩いて位置を確認してから、釘を十センチくらい持ち上げ、瞳孔に振り下ろした。

硬い殻を破るような感触があった。円い釘頭に親指を押しつけると、先端がするりと奥へ入った。硬いのは表面だけのようだ。じわじわと血液が滲み出てくる。

「入った入った。痛い？」

「痛いと思う。けど大丈夫です」

栞の声ははっきりしていた。釘の先が脳に刺さってはいけないので、栞の様子を見ながら慎重に押し込んでいく。貫通する直前くらいまで入れると、もう一つ鉄釘を手に取った。要領が摑めたので、今度はすんなりと突き刺すことができた。

見たことのない光景が、オナコの眼前に広がっていた。ここまでくると歯止めがきかない。オナコは工具箱から糸ノコを取り出すと、右手で少女の鼻頭をつまみながら、鼻の下にあてがった。左右交互に糸ノコを引くと、勢いよく鼻血が噴き出す。あっという間に顔が血だらけになってしまい、きれいに鼻を切断することはできなかった。

こうなると耳だけ残すのもおかしい。小さな耳を引っぱってひだを広げると、両耳の裏側に半分くらいずつ切れ目を入れた。パンの耳ならよく千切っているが、人間の耳を千切るのは初めてだ。オナコは馬乗りになったまま、左右の耳殻を引っぱって、同時に引き千切った。少女の全身が上下に波打ち、ベッドが軋んだ。

ビニールシートがどんどん赤く染まっているが、栞は笑っているから大丈夫だろう。オナコは鼻と耳を自分の顔にのせて、「結合人間！」などと騒いでいた。気づいたころには日が落ち、栞の意識もなくなっていた。

さすがのオナコも、このまま白鳥ニュータウンに帰らせてはまずいと気づいたらしい。栞を後部座席に寝かせると、そのままコスモスハイムへ引き返してきた。

「やりすぎだよ。オナコの性欲って、どこまで捩れてるんだろうな」

あきれ笑いを浮かべるネズミに、

「い、いいって言われたからやったんだぜ？」

オナコはそんな言い訳をくりかえした。

放っておくわけにもいかないので、ドラッグストアで消毒液と軟膏を買ってくると、ケーキにクリームをのせるように三人がかりで顔に塗りたくった。

幸か不幸か分からないが、栞は一週間ほどで意識を取り戻し、食事も摂れるようになった。視覚と嗅覚はなくなっていたが、聴覚は両耳とも残っており、会話も十分に可能だった。とはいえ自宅に帰してやるわけにもいかず、コスモスハイムに監禁したまま今日にいたるというわけだ。

少女の失踪事件はときおりワイドショーにも登場したが、世間を騒がせるほどではなく、別の話題に流されすぐ消えていった。白鳥ニュータウンに根ざす売春組織が発覚する気配がなかったのは、少女たちと築き上げた信頼関係の賜物だろう。

ビデオは正直、一月ともたずに栞は死ぬと考えていた。幼い身体は日ごとに衰弱し、ゴールデンウィークを過ぎたころからは食事もままならなくなっていたが――、それでも生き続けていた。

でもあと数日が限界だろう。段ボールに詰め込まれた栞は、死後硬直の始まった死体にしか見えなかった。

3

観光客で賑わう浅草の下町も、繁華街を過ぎると人影は少なかった。盛夏だというのにコートを着込んだ通行人が多いのは、近くに羊歯病の専門医院があるためだ。ハゲが帽子を好むのと同じ理屈で、血豆だらけの皮膚や異臭を隠すため、羊歯病患者は厚着を好むというわけだ。

あまりにもまぶたが重いので、ビデオはカーラジオのスイッチを入れた。機械的な口調のアナウンサーがニュースを読みあげる。岩手県盛岡(もりおか)市で小学生の兄妹(きょうだい)が行方不明になっているらしい。

「すいません、もう青ですよ」

少女に促され、ビデオは慌ててアクセルを踏んだ。アスファルトが揺らいで見えるのは、陽炎(かげろう)のせいだけではないらしい。まぶたをこすりながら十字路を右折した。

後部座席には三人の少女が並んでいる。中学校が違うので顔見知りではないらしく、三人は似たような仏頂面で携帯電話をいじっていた。

八月初めの日曜日ということもあり、朝から多く注文が入っていた。オナコもレンタカーで送迎に出かけている。このワンボックスカーに乗る三人の少女には、日付が変わるまで、身体を売る予定がみっちり詰まっていた。

「あの、音量あげてください」

助手席側に腰かけた少女が、カーステレオを指さして言う。源氏名はヒメコといい、まっすぐ切り揃えたおかっぱに老け顔が不釣り合いな少女だった。人気はそれほどないのだが、オナコはなぜかヒメコがお気に入りで、自腹を切って時おり抱いているらしい。うっかり自分たちの本名を彼女に明かしてしまい、ネズミが激怒したこともあるそうだ。

ビデオは黙って円形のつまみを捻(ひね)った。

――して、自営業の川崎ヒロシカオリさんが、東京都北(きた)区の自宅で全身を殴打され、意識不明の重態に陥っている事件の続報です。その後の捜査で、犯人と見られる人物が、工業団地の一室に一週間ほど潜伏していたと見られることが分かりました――

ああ、この事件か。ヒメコは真面目な顔でニュースに耳を傾けている。ビデオにとっては退屈なニュースにすぎないが、中学生の少女には一大事なのだろう。

――この空き部屋には、ヒロシカオリさんの血痕が付着した衣服が残されており、警視庁は七月三十日ごろまで犯人が潜伏していたと見て、引き続き犯人の足取りを追っています。なお、川崎ヒロシカオリさんの長女で、先月二十一日から消息が分からなくなっている人気モデルの川崎千果さんについても、警視庁では引き続き行方を追っています――

食品メーカーの産地偽装に話題が移ると、ヒメコはふたたび携帯電話に目を落とした。こういう子供が大人になると、中吊り広告で目にするような女性週刊誌の愛読者になるのだろう。

この退屈な傷害事件が、先月末から急にワイドショーを賑わせているのは、殴打された被害者が人気モデルの親だったからだ。川崎千果はタレントオーディション出身のファッションモデルで、深夜の人気テレビ番組「つぼみハウス」に出演したのをきっかけに、異性に媚びない凜とした言動で、男女を問わず多くのファンを獲得していた。

それにしても、これから売春するというときに芸能人の心配とは呑気なものだ。

浅草の寂れた商店街の裏通りで二人の少女を降ろすと、隅田川と荒川を渡り、葛飾区立石の区営住宅へ向かった。三十分でもう一人の少女を客に届け、九十分後に浅草で二人の少女を拾い、また三十分後に立石へ戻るという段取りだ。

眠気と闘いながらワンボックスカーを走らせていると、ポケットの携帯電話が震え出した。また注文が入ったのだろうか。

「もしもし」

「あ、すみません、ヒメコなんすけど」

声の主はネズミではなかった。辛気臭い顔が脳裏に浮かぶ。

「どうしたの」

「あの、いま、お客さんの部屋にいるんすけど、すごい喧嘩してるんですよ。逃げてもいいんすかね」

ヒメコの一本調子な声色とは裏腹に、背後では複数の怒声が飛び交っていた。なにやらトラブルが起きているらしい。

「誰が喧嘩してるの」

「えっとお、お客さんと、たぶんその親っさん。事情はよく分かんないんすけど」

「お金はもらった？」

「もらえないっすよ。つか――、うわ、何すんだよ、こら――」

ノイズに続いて通話が切れた。

ヒメコを助けに行くべきだろうが、時間どおり立石へ着けないとクレームになる。平日なら応援を呼ぶところだが、日曜日は三人とも持ち場を離れる余裕がない。どうしたものかと悩んでいると、窓の外にクリーム色の駅舎が見えた。

「ごめん、ちょっとトラブル起きてるみたいだから、立石まで電車で行ってくれる？」

少女を説得して自動車から降ろすと、Uターンして浅草へ舞い戻った。

ヒメコが訪れている「浅草ハイランドスクエア」なる五階建てマンションは、御影石をあしらった外壁に高級感が漂っており、年季の入った街並みの中で異彩を放っていた。ブルーカラーの労働者が暮らすマンションではなさそうだ。ヒメコを注文したのは、五階に住む波多江という男だった。

寺田ハウスが売春の斡旋を始めて三年になるが、トラブルに遭遇するケースは意外と少なかった。客が代金を踏み倒そうとしたり、少女に暴力を振るったりすると、当然こちらも抗議しなければならない。どうしても問題が片づかないと、工具箱を片手にオナコがお伺いするわけだが、そんな場面は年に数回もなかった。

できることならトラブルには巻き込まれたくない。重い気分でエレベーターに乗り五階で降りると、「HATAE」と表札のついた扉は目の前だった。

ブザーを押して十秒ほど待つと、扉が開いてヒメコが顔を出した。防音扉らしく、悲鳴に近い男の叫び声が洩れてくる。ヒメコは苦笑いしながらビデオを招き入れた。

「いい歳して親子喧嘩っすよ。笑っちゃいますよねえ」

玄関にはサンダルやスニーカーが雑然と並んでいた。靴箱の上にフォトフレームが飾られており、正装した三十過ぎくらいのカップルが微笑んでいる。日焼け具合から察するに、数十年は前の写真のようだ。額縁には「HAPPY WEDDING 19××年 6月12日」とカラフルなゴシック体が並んでいた。

「結合はしたの？」

「してないっすよ。記念撮影してたらおやっさんが帰ってきたんです」

ヒメコは唇を尖らせて、「つぼみハウス」のロゴ入りストラップを指でくるくる回している。

記念撮影というのは、多くの売春組織が行っている業界ルールみたいなもので、客にピースサインをさせて少女と写真を撮ることを指している。そうすることで店は客の顔写真を手に入れられるだけでなく、警察に摘発されたとき、「恋仲だから性行為をした」と言い逃れができるのだ。

「あの部屋？」

「そうっすね」

玄関を上がった廊下の先が、居間になっているようだ。首を伸ばすと、ダイニングテーブルを挟んで、見知らぬ二人が睨みあっているのが見えた。

一人は三十手前の男で、もう一人は還暦近い結合人間だった。若い男のほうが色白で線が細いのに対し、結合人間のほうは大柄で浅黒く、血管の浮いた八肢は健康的に引き締まっていた。

取り乱しているのは若い男のほうらしい。椅子が二つしかないから、親子二人でこの部屋に住んでいるのだろう。

「――わたしだって望んでこんな身体になったわけじゃないんだ。分かってくれるだろ」

「聞き飽きたんだよ、そんな台詞は！　あんただって、周りに迷惑かけてる自覚はあるんだろ？　いつも面倒見てやってるんだから、たまの休日くらい自由にさせてくれよ！」

「わたしだってミナトに感謝はしてるさ。でも淫売に金をつぎ込むような真似はだめだ。それにわたしは、自分の親を閉じ込めたりはしなかった」

「はあ？　そりゃあ、あ、あんたの親がノーマルだったからだろ」

「ノーマルだろうがなかろうが、親は親だ。そんな言い方をするんじゃない」

「言い方の話はしてねえよ！　だいたい、フミと別れたのだってあんたのせいなんだからな。こっちは親なんて認めたくもねえけど、ぎ、義理で世話してやってんだよ。ちっとは感謝しろ！」

「感謝はしていると言ったじゃないか。わたしの言葉が嘘でないのは知っているだろう」

「じゃあデイサービスから戻ってきたのはなんでだよ。反省してねえだろ」

「違う。あんな施設は健全な人間がいる場所じゃない」

「だから、あんた三十二年前から健全じゃねえんだよ！」

「落ち着きなさい。わたしが戻ってきてよかったじゃないか。羊歯病のことはミナトも知っているだろう。わたしの友人にも感染者がいるが、『死ぬより恐ろしい奇病』を甘く見るんじゃない。淫売を買っていると、いつか自分にツケが返ってくる」

「あ、あんたいいかげんにしろよ。フミが逃げたのは誰のせいだと思ってんだ！」

「あたし、性病持ちじゃないですよ。ちゃんと検査してるんで」

ヒメコが口を挟むと、二人は揃ってこちらを振り向き、目を丸くした。ビデオの存在にようやく気付いたらしい。

「誰だ、お前は」

落ち着いた低い声で結合人間が尋ねる。ビデオはわざとらしく息を吐いて、

「息子さんからご注文をいただいた寺田ハウスの者です。九十分コースのご予約だったと思うんですが、お暇したほうがよさそうですね」

「すみませんがそうしてください」

「おいおいちょっと待てよ！」

若い男が、結合人間の太い首に摑みかかった。結合人間はわずかによろめいたが、二本の腕でキャビネットを摑んで上半身を起こすと、もう二本の腕で若い男を押さえつけた。叫び声をあげて男が暴れても、四本足で身体を支える結合人間はびくともしない。

やがて若い男は、蜘蛛の巣に捕らわれた羽虫のように大人しくなった。

「お見苦しくて申し訳ありません。本日のところはお引き取り願えますか」

「いいよ。じゃあお金ちょうだい。三万円」

ヒメコが右手を突き出して言った。二人は鳩が豆鉄砲を食ったような顔でヒメコの三

本指を見つめていたが、やがて観念した顔つきで、

「仕方ねえな。これで帰ってくれ」

若い男がポケットから財布を取り出した。すると結合人間が四つの腕を駆使し、男の手からするりと財布を奪い取った。男は啞然とした顔で結合人間を見上げている。

「淫売を買うのはダメだと言ったはずだ」

「……はあ？　そういう問題じゃねえだろ」

男が不安げにビデオの顔色をうかがう。寺田ハウスのケツ持ちに、ヤクザやチンピラが控えていると怯えているのだろう。あながち間違いではない。

「息子が女性を買うのを、どうぞと見過ごすわけにはいきません。これはわたしの意地の問題です。来週振り込まれる年金で代わりにお支払いしますので、本日のところはお引き取り願えますか」

年齢を感じさせない張りのある声で、結合人間がくりかえした。ヒメコが下唇を突き出してぶつぶつぼやいている。

ビデオは結合人間の四つ目をじっと見つめた。会話を聞くかぎり、演技ではなさそうだ。深く刻まれた皺の向こうに、固い意志を感じさせる色が見えた。

「よく分かりました。では、お支払いは来週の日曜日でよろしいですか」

「はい。必ず払います」

「いやいや」ヒメコがかぶりを振る。「だったら今日払えって話じゃ――」

「分かりました。うち、利子つけますし、しっかり取り立てますよ」

「かまいません」

「では次の日曜日までに十万を準備しておいてください。よろしくお願いします」

結合人間が頷くのを見てビデオが踵を返すと、ヒメコがあきれ顔で廊下に立ちふさがった。

「ちょっとちょっと、なんすかいまの会話。あいつ絶対、払う気ないっすよ」

「大丈夫だよ。次の予定もあるし、急ごう」

「はあ？　どんだけお人好しなんすか」

ヒメコが腕を組んでなおも立ちふさがる。自分の報酬がもらえなくなるのを危惧しているのだろう。青筋を立てたヒメコは、吹き出物が浮き上がってますます老けて見えた。

「大丈夫、あの人は嘘を吐かないよ」

ビデオは居間を振り返って、念のため尋ねた。

「――あなた、オネストマンですよね」


人間には、一般的に呼ばれる「正直者」とは別の次元で、まったく嘘を吐けない者たちがいる。原因が先天的か後天的かによって、彼らは二種類に分けられる。

前者はコミュニケーションにおける発達障害の一例だ。もちろん個人差はあるが、言葉を文字どおりにしか受け取れず、たとえ話が理解できないことが多い。ニュース番組の特集で見たことがあるが、彼らは「脚が棒になっちゃった」とか「顔から火が出そう」とか言われると、きょとんとしてしまうのだ。原因は脳機能の障害にあり、彼らは自分のための嘘が吐けない、あるいは苦手だとされている。

そしてもう一つ、後天的な脳機能障害によって嘘が吐けなくなってしまった人々が、俗にオネストマンと呼ばれている。原因は解明されていないが、彼らは成人同士が結合するさい、何らかの異常により生まれるとされている。

先天的な発達障害と違ってたちが悪いのは、彼らは「嘘を吐く」とは何かを理解しているにもかかわらず、それを実行することを脳が拒絶してしまうのだ。頭に嘘の言葉をイメージし、それを口にしようとしても、舌がうまく回らないのだという。

結合までは普通の人生を送っていただけに、彼らは周囲とのコミュニケーションに懊悩することになる。本音と建前が使いこなせなくなり、お世辞や罪のない嘘も吐けなくなってしまう。家族や友人を傷つけるのを避けるには、周囲との関係を断つしかない——

——そう思いつめてしまう人が多いそうだ。

歴史を振り返ってみても、多くの地域でオネストマンは悲劇の犠牲となってきた。日本では十数年前にオネストマンの自殺が社会問題化し、生活支援や相互扶助を謳う団体が、雨後のタケノコのように生まれた。現在、都心の若い世代ではオネストマンへの偏見はほぼなくなっているが、地方や高齢者の間ではまだ白眼視されることも多いらしい。

「頭いいんすね。あたし、なんも気づかなかったっすもん」

深夜十一時過ぎ、ビデオが運転するワンボックスカーの後部座席で、ヒメコが思い出したように言った。

一日のスケジュールを終え、くたびれた少女たちを家へ送り届けるところだった。自動車はすでに白鳥ニュータウンに入っている。残る少女はヒメコ一人だった。

「親子喧嘩（げんか）してた結合人間のことです」

「ああ。危ない目にあわせて悪かったね」

「べつにいいですよ。来週ちゃんと集金してくれれば」

ヒメコが目を擦（こす）りながら言う。

寺田ハウスでは、運営側と少女側で収益を折半するルールになっていた。三万円で男に抱かれれば少女の取り分は一万五千円だが、支払いを遅らせる代わりに十万をふっかけたので、取り分も五万円に跳ね上がっていた。ヒメコにすれば朝から晩まで売春しないと稼げない金額だから、これなら棚から牡丹餅（ぼたもち）、不満もないようだった。

「あの結合人間がオネストマンだって、いつ気づいたんですか？」

興味があるのかないのか分からない、抑揚の欠けた声でヒメコが尋ねる。

「うんと、年上のほうが施設にいたくないって言い出したとこかな。見るかぎり体力は余ってそうだし、介護が必要には見えなかったでしょ」

「それだけ？」

「いや。決め手は、息子が親に暴言を吐いたところ」

「暴言って？」

「――あんた三十二年前から健全じゃねえんだよ！」

悲鳴に似た叫び声を真似して聞かせると、ヒメコが鼻にかかった笑い声をあげた。

「三十二年前っていやに具体的だなあと思って。事故にしろ病気にしろ、自分が生まれる前に、親の身に起きた出来事を年まで覚えてないでしょ、普通」

「ああ、たしかに」

「だけど、親の障害が嘘を吐けないこと、つまりオネストマンなんだとしたら、年を覚えていることに説明がつく。三十二年前に起きたのは事故でも病気でもなく、男女の結合だったことになるからね。玄関の靴箱には結婚式の写真が飾ってあったし、ご丁寧に撮影日の日付まで書いてあった。あれならいやでも親の結婚記念日を覚えちゃうわけだよ」

「はあ。やっぱり頭いいんですね。なんでこんな仕事してるんですか、秀夫さん」

自宅まで数十メートルというところで、ヒメコが言った。秀夫（ひでお）というのはビデオの本名だ。

「それ、冗談でも言うなよ」

ビデオは語気を強めた。オナコがうっかりヒメコに本名をばらしたというのは本当らしい。

「あはは、ごめんごめん。でも、うちの親なんて本当に頭悪いからさ。いつか殺そうと思ってるよ。そんときは協力してね」

フロントミラーごしに見るヒメコは、あいかわらず退屈そうに夜陰を眺めていた。

ビデオはゆっくりとブレーキを踏んだ。自宅の正面でヒメコを降ろすわけにはいかないので、五軒くらい手前で自動車を停める。ヒメコの自宅は古ぼけた木造アパートで、新築の一軒家が並ぶ周囲の景色から浮き上がっていた。宅地開発の前に建てられた集合住宅なのだろう。

「あー、疲れた。『つぼみハウス』観たらすぐ寝よ」

ヒメコはぼやきながら自動車を降りると、小さく会釈して、俯きがちにとぼとぼと自宅へ向かった。

4

その日の夜、栞と茶織が死んだ。

コスモスハイム207号室にビデオが戻ってくると、ネズミとオナコが黙ってベッドを見下ろしていた。黄ばんだシーツの上に、二つの裸体が横たわっている。

「おお、遅かったな」

オナコが振り返って言う。いつも以上に強い悪臭が鼻をついた。

「どうしたんですか。二人並んで」

「この娘たち、死んじゃったんだよ」

挨拶でもするように平然とネズミが答える。どちらの少女も衰弱し切っていただけに、驚きはなかった。ベッドの正面から眺めてみても、少女が二人眠っているふうにしか見えない。

栞の身体が胎児のように丸まっているのは、段ボールに押し込まれた状態で絶命したためだろう。

茶織の首には、紐で絞められたような紫色の痕が残っていた。口から胸元にかけては、糞を薄めたみたいな染みがついている。駅のホームで、深夜によく見かける反吐と同じ色だ。

「いつ死んだんですか」

「茶織は二時間くらい前かな。栞はいつのまにか」とネズミ。

「あっけないですね。死因は衰弱死ですか？」

「栞はね。茶織はぼくが殺した」

ネズミがこともなげに言う。オナコならともかく、ネズミは暇つぶしに人を殺すような真似はしないはずだ。

「どうしてわざわざ？」

「ぼく、二人が送迎に行っている間に、茶織と結合しようと思ったんだよ。でも轢かれたせいで顔面が腫れ上がってて、気持ち悪いから、このビニール袋で顔を隠すことにしの」

ネズミは半透明のビニール袋を床から拾い上げた。オナコは笑みを噛み殺しているのか、頬が斜めに歪んでいる。

「うんとキレイな顔を想像しながら尻の穴を弄ってたら、途中からこの娘、全然動かなくなっちゃってさ。呼吸ができてなかったみたいで、失神しちゃったんだよ。で、本当に結合しちゃったらまずいと思って、慌てて首を絞めて殺したわけ。人って死ぬときあんなにプルプルするんだね。オナコは知ってた？」

「知ってるぜ。中学二年のときにガキをカラスに食わせたときも、すんげえプルプルしてた」

オナコが目を輝かせて答える。

「でもおしいことしたなあ。せっかく殺すんなら、撮影してスナッフフィルムにすればよかった」

「うへ、たしかに。儲かりそうっすもんね」

「それより、この死体どうするんですか。燃やすとか？」

「いや、埋めたり燃やしたりは足がつく。心配ないよ、ビデオ。秘策があるから――」

その瞬間の光景は、いまでも網膜に焼きついている。ネズミの背後で、ばね仕掛けの玩具みたいに茶織の上半身が起き上がったのだ。

開いた口から言葉が出ない。

死んだんじゃなかったのか――？

足元に置かれていた工具箱から金槌を拾い上げると、茶織は勢いよく両腕を振りかぶった。にわかに時間の流れが鈍くなる。茶織は振り向いたネズミの顔めがけて、金槌を振り下ろした。

「――――！」

気づけばネズミの肩を突き飛ばしていた。間一髪のところで、金槌が空を切る。

ビデオは茶織と睨みあっていた。怒りに震えているのかと思いきや、茶織には表情がなかった。人形と対峙しているような気分になる。そういえば「あかいひと」の被害者たちも、後半はこんな顔をしていた。茶織の顔に、ヘッドホンを首から下げて校門を駆けていたころの面影はなかった。

「あああああ！」

金槌を振りかぶり、少女が突進してくる。背後に退いても壁にぶつかるだけだ。まずい。

ビデオは両手を突き出して目を閉じた。

「死体のくせに調子のんな！」

目を開けると、オナコが茶織の両腕を摑んでいた。直後には膝蹴りを浴びせ、少女の身体がハリボテのように崩れる。キャビネットが音を立てて倒れた。

オナコは馬乗りになると、茶織の手から金槌を奪い、臍の穴へ振り下ろした。少女は顎が弾けそうなくらい口を開けたが、悲鳴は洩れず、やがて白目を剝いた。

「うわあ、びっくりした」

ネズミが茶織を見下ろして言う。ビデオも胸をなで下ろした。

「死体って生き返るんすね、ネズミさん」オナコが肩を上下させて言う。

「いやいや、ゾンビ映画じゃあるまいし。ぼくたちの早とちりで、まだ死んでなかったんだよ」

「まじっすか。てめえ、騙しやがったな」

オナコが茶織の頰を殴ると、唇からだらりと舌が垂れた。

「気味が悪いから、早いとこ処分しちゃおうか」

「どうするんすか？」

「ちょっとドライブしよう。いいゴミ捨て場があるから」


二時間後、月明かりの届かない山林で、三人は肉片をばら撒いていた。

中村大史が私有する、埼玉のゴミ山である。ゴミ処分の日程が九月までずれこんでおり、回収作業も中村の息のかかった業者が行うらしい。ここなら人間の死体が見つかったところで、表沙汰になる可能性は皆無というのがネズミの考えだった。

二つの死体は、三重にした業務用ポリ袋に一人ずつ入れ、自動車のタイヤで潰した。ゆっくり轢いても内臓が肛門から飛び出すだけだったので、助走をつけて轢くと、頭蓋骨(こつ)や肋骨(ろっこつ)が豪快に弾け、たちまち原形が分からなくなった。

「おい、早くしろよ。茶織はぜんぶばら撒いちゃったぜ」

ゴミ山の上方から、生ぬるい風とともにオナコの声が下りてきた。茶織の死体を捨てるのがオナコ、栞の死体を捨てるのがビデオという分担だった。ネズミは自動車に残って車道を見張っている。

鼻を押さえ、肉塊と骨の破片をばら撒いていると、耳鳴りのように栞の言葉がよみがえってきた。

——かならずやらせてください。

——かならずやらせてください。

——かならずやらせてください。

ひどい目眩(めまい)がビデオを襲う。どうやら異臭のせいだけではないようだ。

罪悪感とは違うし、背徳感でもない。ビデオは、茶織の死にはなんの感慨も抱いていない。形のない不安に説明をつけようと、ビデオは記憶をまさぐった。

——新しく、友だちが欲しいです。

そう。違和感の正体はこの台詞(せりふ)だ。栞がこんなことを言わなければ、茶織が拉致(らち)されることは絶対になかった。

もしも栞がビデオの想像通りの少女なら、こんな言葉を吐くはずがなかった。彼女がどんな家庭で育ったのか知るよしもないが、他人の言葉に喜んで従うのが美徳だと心から信じているように見えた。あの一言を除けば、栞から他人への悪意を感じたことは一度もない。

友だちが欲しいなどと口にすれば、別の少女がコスモスハイムに連れ込まれ凌辱されるのは目に見えている。なぜ死の間際になって、他人を道連れにするような言葉を吐いたのだろう。

「うわあ、た、助けてくれ！」

山の上方から顔を蒼くしたオナコが駆けてきた。

「どうした」

「すげえでっけえダニが蠢いてやがる」

オナコが指さした方向を見ると、全長十五センチほどのダニが地面を這いずりまわっていた。

「アカゴダニだ。人間は襲わないから大丈夫だよ」

「そういう問題じゃねえ。ビデオ、とっとと帰ろうぜ」

オナコは目を白黒させながら、茶織の遺品らしいヘッドホンをダニに投げつけた。

ビデオの耳には、オナコの言葉がうまく入ってこなかった。上の空な気分のまま、ポリ袋に入った栞の残骸に目を落とす。

ひょっとして、お前は何か隠していたのか――？

5

月曜日の昼下がり。ビデオはひとり、白鳥ニュータウンを訪れていた。

平日は注文が少ないので、送迎係のビデオとオナコは、一日交代で休みをとっている。とはいえ仕事がなくてもコスモスハイムで暇を潰すのが常なので、一人で千葉まで足を延ばすのは新鮮な気分だった。

ネズミたちには、新宿へ単館上映の映画を観にいくと嘘を吐いていた。自動車だと移動距離で行き先がばれるので、荻窪からJRと私鉄を乗り継ぐことにする。白鳥ニュータウンの宅地開発にともない整備されたという「北総べんり鉄道」は、駅のホームやコンコースだけがいやに広く、肝心の乗客は驚くほど少なかった。

「『北総べんり鉄道の運賃』ってすごいんだぜ」

「なんで?」

「『くそ』『べん』『うんち』がぜんぶ入ってるだろ」

顔中にピアスを刺した若いカップルが、ホームに座り込んでげらげら笑っていた。

荻窪から二時間かけて、ようやく「白鳥ニュータウン中央」駅にたどりついた。駅から目的の中学校まで、さらに歩いて十五分くらいある。山吹色のニット帽を目深にかぶって、普段はワンボックスカーの車窓から眺めている街並みを足早に歩いた。

肩と左右の上腕が痛むのは、昨晩の疲れが残っているせいだろう。栞と茶織の死体を捨て、アパートに戻ったのは深夜三時過ぎだった。

徐々に管弦楽器の調子はずれな演奏が聞こえてくる。校舎に近づくと、野球部やサッカー部の掛け声が重なった。意味不明な奇声を上げているのは剣道部だろうか。プロとして稼げるわけでもないのに、炎天下にご苦労なことだ。

栞が通っていたのは、ニュータウンの北西に位置する白鳥第三中学校だった。この地域で開校がもっとも遅かったらしく、ガラス張りの校舎はまだ新築のように見える。校庭と体育館がなければ、オフィスビルと見まがうほどだ。足元の花壇には、トケイソウが等間隔に並んでいた。

校門の周りをうろついていると、線の細い少年が二人、昇降口から歩いてきた。どちらも潰れたスクールバッグを肩にさげている。

ビデオは帽子を深くかぶりなおすと、会釈して少年たちに歩み寄った。

「すみません、日刊スクエアのハタエと申します」

二人は狐につままれたような顔で足を止めた。中学生二人はどちらも小学生に毛が生えたような幼い顔立ちで、片方の目だけ隠れるように前髪を伸ばしていた。一方はビデオより上背があり、もう一方はビデオと同じくらいだった。

「あ、えっと、なんすか？」

「四ヵ月前から行方不明になってる瀬川栞さんについて聞きたいんだけど、いいかな」

　ビデオは少し高圧的な声で言った。

「――――」

「きみたち、二年生？」

「そうっすね」

「じゃあ栞さんのことも知ってるよね」

　二人はとたんに黙り込んでしまった。学校から緘口令が敷かれているのだろう。ビデオは懐から財布を取り出して、二枚の紙幣を広げた。

「話を聞かせてくれたら一万。有益だったらもう一万。いやだったらいいよ。どうする？」

「まじかよ」

　背の低いほうが、高い方の腕を摑んで前後に揺すった。

「お前、船で伊豆諸島まで行く旅費があれば、ジョイントマンを見つけられるって言ってたよな」

「ああ。月刊カルトには八丈島に住んでるって書いてあった。でも二万じゃ野宿だよ」

「部費を足せば一泊くらいできるだろ。ジョイントマンを捕まえれば億万長者だ。おいおい、やばくね？」

「言えてる。やばい」

「なんなんだ、そのジョイントマンってのは」

　ビデオが口を挟むと、二人は揃って目を丸くした。

「知らないんすか？　男と女の人格が同居したジキル博士みたいな結合人間のことですよ。昔からどっかにいるって言われてるんすけど、誰も本物を見つけたことがないんです。おれたちね、オカルト研究部なんすよ」

二人は得意気に笑って、互いの肩を小突きあっている。十二、三のころの自分は、さすがにここまでバカではなかったはずだ。

人目のつかない場所はないかと尋ねると、少年たちは職員用の駐車場を案内した。駐車場はもう一か所あるため、夏休み中は使われていないようだ。

「じゃあ聞くけど、きみたち、栞さんのことは知ってるの」

「知ってますよ。おれたちA組であいつはB組なんで、クラスは違いますけど。うちの学校、人数少ないからだいたい顔見知りなんすよ」

立て板に水を流すように、背の低いほうが喋りだした。

「どんな子だったの。ワイドショーでやってるような耳当たりのいい話じゃなくて、本音のところが知りたいんだけど」

「そうっすね。でも、べつに変なやつじゃなかったっすよ。棘があるっつうか、周囲を見下してる感じがあって、おれはちょっと苦手でしたけどね。化粧したり校則破ったりするタイプでは全然ないっす」

周囲を見下している？　ビデオの知る従容な少女とは、印象が違った。

「友だちはいたんだよね」

「いましたよ。一年のときから同じクラスの三人で、グループ作ってましたね。ギャルでもガリ勉でもないんすけど、ちょっと大人びてて、周囲と距離をとってる感じでした」

「本当はもう一人いたよ」

背の高いほうが口を挟む。

「え？　須賀家と掛井と瀬川だろ？」

「いや、ダニもだよ」

なんだそいつは。

「ダニ？　あいつはグループに入んないだろ」

「でも瀬川とは仲良かった」

「そうだっけ？　あんまり覚えてねえけど。いや、オマケみたいなやつがいたんすよ。四月から転校して、二中に移ったんすけどね」

「オマケみたいなやつ？」

ビデオが復唱すると、少年はしかつめらしい顔で頷いた。

「オマケっつうか、奴隷っすね。いつも三人の言いなりになって、ヘラヘラしてる変な女です。たしかね、家がすげえ貧乏なんすよ。親とも血が繋がってないんじゃなかったかな。三人も立場の差をいいことに、命令したり、人前で恥をかかせたり、普通にしてましたからね。女子って怖いっすよ」

「ここってニュータウンだから、開発前から住んでる地元の子は浮きやすいんですよ。

新居を買って越してくる家庭は、基本、金持ちですから。ダニの場合は服がボロかったり身体が臭かったりして、余計に浮いてたんですけど」

背の高い少年が言葉を重ねる。

「この街じゃ珍しいよね、里親と住んでる子供なんて」とビデオ。

「そうっすね。まあ瀬川も同じですけど」

「え、そうなの？」

ビデオが問い返すと、少年二人は揃って目を丸くした。

「記者さんなのに知らないんすか？」

「あ、忘れてたよ。栞さんは養子なんだよね。そのことはクラスのみんなも知ってたの？」

「知ってましたね。でも一年の初めのころは、実の子じゃないってことを隠してたんすよ。たしか、何かの拍子でクラス中にばれちゃったんすよね。そう、健康診断だ」

ビデオは必死に取り繕った。

「いやいや、健康診断でばれるもんじゃねえだろ。背中に『捨て子』って刺青でも入ってたのか」

「あれ、そういえば不思議だな。なんでだろ」

二人は顔を見合わせて首を捻っている。

「栞さんも、ダニって子のことをからかってたの？」

「あいつの場合、自分からはやんなかったっすね。でも残り二人が好き勝手してるのを黙ってんですから、同罪っすよ。助け船を出したりは絶対してませんでした」

「いや、瀬川とダニは親友だったと思う」

また背の高いほうが口を挟んだ。低いほうが唇を尖らせる。

「親友は言いすぎだろ」

「そんなことない。放課後とか、瀬川とダニが二人で話してるの、何度か見たことあるよ」

「へえ、まじで？」

「たぶん瀬川は、残り二人の目を気にして、ダニと話してるとこを見つからないようにしてたんだ。瀬川とダニは、もともと幼なじみだったんだよ」

ビデオは腕を組み直して、少年たちの言葉を反芻した。

いつも他人の言葉に従って、笑ってばかりいた少女、ダニ。彼女のほうが、ビデオの知る栞の性格に近い。少年たちの話には、ボタンを掛け違えたような違和感が拭えなかった。

「栞さんにはそういう面はなかったの。人の命令にへこへこ従うような」

「瀬川ですか？　ないっすよ。そこそこ外見もいいし、周囲が自分より劣ってると信じてるタイプですから」

「そのダニって子、まさか本名じゃないよね。名前を教えてくれる」

「名前っすか。谷がついてることしか覚えてないっすね。一年のころの名簿を見れば分かりますけど。お前は？」

背の高いほうもかぶりを振る。よほど影が薄かったのだろう。

「なんで転校したのかな」

「さあ。いじられてんのに里親が気づいたからじゃないっすか」

「栞さんの様子に変化はあった？　もし親友だったなら、転校は哀しいはずだと思うんだけど」

「いや、そのころ瀬川は学校休んでましたから」

「そうなの？」

「ええ。例の暴行事件があったせいで」

「暴行事件？」

ビデオが問い返すと、二人はふたたび目を丸くした。

「本当に記者さんっすよね？」

「あ、いや。思い出したよ。栞さんが暴行された事件のことね」

そんな話はつゆほども知らない。ビデオが適当にごまかすと、

「それっす」

二人は張り子の虎みたいに首を振った。

「どれくらい休んでたの」

「今年の三月頭から年度末までですね。春休みを挟んでたから、授業を欠席したのは三

週間くらいっすけど」

「なるほど。栞さんが復帰したときには、ダニは転校してたってわけか」

「そうっすね。だから何って気もしますけど」

ビデオは人差し指でこめかみを押さえた。栞は寺田ハウスに加わる直前まで、学校を休んでいたのだ。時を同じくして、幼なじみのクラスメイトが転校している。なにか秘密が隠れているような気がした。

「四月に復帰したとき、栞さんはどんな様子だったの」

「うーん。クラスが違うんで微妙なとこは分かんないっすけど、キャラが変わったりは全然ないっすね。あいかわらず冷めてるっつうか、どっかで同級生を蔑んでるっつうか」

「周囲は気を遣ったと思うけどね」

背の高い少年がしみじみとつぶやくと、もう一方の少年も、

「まあ、復帰したと思ったらすぐ失踪しちゃいましたからね。なにがなんだか、おれたちも分かんないんすよ」

神妙な口ぶりで言った。

「ダニって子だけど、名前を調べてくれないかな。写真もあると嬉しいんだけど」

ビデオが紙幣をひらつかせると、少年二人はたちまち目の色を変えた。

「部室に入学式の記念写真があるんで、取ってきます」

「名前は剣道部のてっちゃんに聞こうぜ。同じクラスだからさすがに覚えてるっしょ」

暑い日差しをものともせず、少年二人は足早に昇降口へ向かった。

ビデオは車止めのブロックに腰を下ろした。ここまでは期待以上の収穫である。

もっとも驚いたのは、栞の盲目的に従順な性格が、天性のものではなかったことだ。教室での彼女は、同級生を冷ややかに見下すようなタイプだったらしい。暴行事件については調べる必要があるが、ビデオの知る栞に近いのは、むしろダニのほうだった。

「分かりましたよ！　ダニの本名はマダニです」

初めに戻ってきたのは、背の高いほうの少年だった。

「マダニ？」

「真実の『真』に、山谷の『谷』ですね。名前は日向に子供で、日向子です」

なるほど、真谷日向子か。どこにでもありそうな名前だった。思い出せないのも無理はない。

「ありましたよ、写真」

一分と置かず、小柄な少年も姿を見せた。スクールバッグの口からクリアファイルがのぞいている。少年は鬼の首を取ったように、誇らしげな顔で写真を取りだした。

Ａ４サイズの集合写真には、緊張した面持ちの少年少女がずらりと並んでいた。ざっと百人くらいだろうか。日当たりもよく、それぞれの顔がはっきり写っていた。中央に腰かけた二人の結合人間が、担任教師なのだろう。

「まず、こいつが栞っすね」

少年が指さしたのは、写真の左端で腰をかがめた少女だった。どこか欧米人を思わせる、鼻筋の通った顔立ち。もちろん、ビデオの知る栞と同じ顔だ。

「で、こいつがダニです」

少年が指を動かす。ダニは、眉上で髪を切り揃えた小柄な少女だった。吊り上がった目が、無愛想にカメラを睨んでいる――

ビデオは無意識に息を止めていた。

少年が指さしたのはヒメコだったのだ。

「この子？　本当に？」

「そうっすよ。ほら、ダニっぽい顔してるじゃないっすか」

なぜか少年が手を叩いて笑う。ビデオはじっと写真を見つめた。

あのヒメコが、学校では同級生から奴隷のように扱われていたのか。たしかにアパートは貧しそうだったが、人づきあいに悩むタイプには見えなかった。養子というのも初耳だ。

そしてもう一つ、写真でヒメコを見て気づいたことがある。おかっぱ頭に寸胴体型の彼女は、桃の節句に飾られる市松人形に瓜二つだった。

にわかに耳の奥で、一週間ほど前の会話がよみがえった。

――どんな友だちがいい？

コスモスハイムでネズミが尋ねたとき、栞はたしかにこう答えた。

――同じくらいの歳の、お人形さんみたいに小さい、優しい、女の子がいいです。

点と点が繋がった気がした。栞の意図は、同世代の少女を道連れにすることではなかった。もっと明確に、一人の少女――ヒメコに狙いを定めていたのだ。

――学校の友だち……、会いたくない。

こう前置きしたのは、ヒメコが第二中学校へ転校したのを知っていたからだ。ビデオたちが第三中学校以外で少女を探すよう、暗に仕向けていたのだろう。ところが寺田ハウスが連れてきたのは、ヒメコとはまったくの別人、茶織だった。栞は胸のうちで失望しただろうし、ヒメコは結果的に命拾いしたわけだ。

栞の望みは、死ぬ前に幼なじみの友人と再会することだった。ひょっとすると、自分の道連れにすることで、同級生に虐められているヒメコを生き地獄から救えると考えたのかもしれない。

「ありがとう、助かったよ。記事にできるかは分からないけど」

背の低いほうの少年に紙幣を握らせると、山吹色のニット帽をかぶりなおし、第三中学校を後にした。

ヒメコに会えないかと思い、五キロほど歩いて第二中学校にも立ち寄ったのだが、あいにく夏休み中の校舎に人影はなかった。

北総べんり鉄道の上り列車は、下りよりさらに閑散としていた。前後を見渡しても、乗客の姿がまるで見当たらない。車内広告にも空きが目立っていた。

四人掛けのクロスシートに腰を下ろすと、ポケットから携帯電話を取りだした。腑に落ちずにいた栞の意図は解明できたけれど、まだひとつ、気がかりな事実が残っている。栞が三月に遭遇したという、暴行事件だ。

ビデオは「瀬川栞　暴行」で検索すると、信憑性の高そうな記事を順に斜め読みしていった。

暴行事件については、ほとんどの新聞社サイトが四月半ばに記事を載せていた。三月二日の十五時過ぎ、浅草駅から徒歩五分ほどの裏路地で未結の男性に襲われ、空き家に連れ込まれたあげく、強姦されたらしい。

栞は親戚の法事から自宅へ戻る途中だったようだ。別れて暮らしている実家族の菩提寺が杉並区にあるらしく、今日のビデオとほぼ同じルートで、白鳥ニュータウン中央駅へ向かっていた。里親と一緒でなかったのは、十七時から塾の授業に出席するため、お斎を退席したかららしい。

総武線から浅草線に乗り換えるため浅草橋駅で下車したところ、次の電車まで二十分ほど時間があり、暇つぶしに改札を出たのだという。気晴らしも兼ねて浅草駅まで歩いてみようと考えたのが運の尽きだった。喪服の少女は二時間にわたり蹂躙されたあげく、路上に置き去りにされた。巡回中の警官が少女を見つけ、事件が発覚したのが十八時前のことだった。

翌日には犯人が捕まった。警官が挙動不審な男に声をかけたところ、顔色を変えて逃げ出したらしい。警官に取り押さえられると、男はあっさり犯行を自供した。犯人は文京区在住で、浅草の病院に通う難病患者だった。犯人の写真も掲載されていたが、ビデオの知る顔ではなかった。

当初はほとんど報道されなかったようだが、栞の失踪後、この事件にもスポットライトが当てられることとなった。勾留中の犯人に少女を攫えるはずはないのだが、複数のジャーナリストが冤罪を唱えたことで、真犯人が存在する可能性が浮かび上がったのだ。栞を強姦した犯人が別におり、彼女のことが忘れられず、一ヵ月後ふたたび拉致するに至ったというわけだ。

もちろん、この説は間違っている。栞を監禁したのは寺田ハウスの三人だし、自分たちは路上で彼女を襲うような真似はしていない。逮捕された男は「女のほうから誘ってきた」と主張しているらしいが、性行為をしたことは認めているらしい。

ビデオは携帯電話の電源を切って顔をあげた。窓ガラスの向こうで、暮色の街並みがゆっくりと流れていた。

6

それから二週間、慌ただしくも単調な日々が流れた。盆に入っても注文が減ることはなく、ネズミは少女たちのスケジュール管理に、ビデオとオナコは送迎に追われ、猫の手も借りたい忙しさだった。

変わった出来事といえば、波多江というオネストマンからツケの代金を回収しに、浅草へ赴いたことくらいだろう。この日は日曜日で、浅草では有名な大道芸人を集めたイベントが開催されていた。白いドレスを着た身長六メートルの巨人が、子供に風船を渡しながら街中を練り歩いている。もちろんドレスの中には二人の結合人間が入っており、一人がもう一人を肩にのせて四本腕で支えているのだが、子供たちはみな目を丸くして巨人に見入っていた。

繁華街の喧騒を抜け、浅草ハイランドスクエアの正面に自動車を停める。インターホンを鳴らすと、息子のミナトが恐縮した顔で扉を開けた。ビデオのことを恐れているらしく、顔を見るなり深々と頭を下げ、十万円の入った茶封筒を差し出した。てっきり親の結合人間が支払うものと考えていたが、玄関先から部屋を覗いたかぎりでは、親の姿は見当たらなかった。

帰りぎわ、栞が男に襲われたという路地に立ち寄ってみた。ハイランドスクエアからの距離は徒歩十分ほどだろうか。ちらほらと定食屋が暖簾を掲げているものの、大道芸人フェスティバルの喧騒が嘘のように、まるで人気がない。ときおりすれ違う人影も、厚いコートを着た羊歯病患者ばかりだった。

蕎麦屋の亭主に尋ねると、怪訝そうな顔をしながらも、栞が連れ込まれたという空き家を教えてくれた。外壁の傷んだ一軒家に生活感はなく、窓ガラスには稲妻形のヒビが走っている。バリケードテープも貼られていないので、人目を避けてこっそり敷地に入った。

ドアノブを捻ってみたが、あいにく錠は閉まっていた。二階にはガラスの割れたバルコニーが見えたが、蔦を伝ってよじのぼる勇気はなかった。高さは六メートルほどなので、さきほどの巨人なら中を覗けたかもしれない。

一時間ほど現場まわりをうろついたものの、大した発見もなく、ビデオは肩を落として浅草を後にした。

それから十日間、ビデオは書き入れどきの忙しさに追われ、栞について思い返すこともなくなっていた。

八月二十六日、早朝。

べたつく寝汗に眉をひそめながら、ビデオは身体を起こした。

となりの居間からがやがやと雑音が聞こえてくる。枕元の携帯電話を手に取ると、時刻はまだ六時前だった。引き戸をふさぐように眠るオナコを跨いで、寝室を出る。

居間は灯りが消えたままで、テレビの光がネズミの顔面を照らしていた。振り向くこともせず、ネズミは仁王立ちのままテレビを見つめている。

テレビの画面には、見覚えのある邸宅が映っていた。船のように映像が揺れているが、吉祥寺に建つ中村大史の自宅に間違いない。警官や救急隊員が入り乱れ、蜂の巣をつついたような騒ぎになっている。生け垣を囲むように救急車とパトカーが並んでおり、若い男がカメラマンに怒声を浴びせていた。

「ちょっとまずいね」

ビデオに気づいたらしいネズミがつぶやく。ビデオも思わず息を呑んでいた。

テロップには「監禁容疑で男を逮捕　日本全国で兄妹を誘拐か」とある。警官やマスコミ関係者を押しのけて、救急隊員が担架を運んでいた。サイレンがリポーターの言葉をかき消しているが、複数の少女が救急車に運び込まれていくのが分かった。

「十分前くらいに、こんなメールがきたんだよ」

ネズミは顔色を変えずに、携帯電話をこちらに向けた。差出人は中村大史本人で、「ごめん逃げて」とだけ書かれていた。

「中村さん、捕まったんですか」

「みたい」

テレビに目を戻すと、担架がカメラのほぼ正面に迫ったところで、警官の手がのび、画面が大きく揺れた。音声が途絶えた直後、映像がスタジオに切り替わる。見覚えのある白髪のキャスターが、蒼い顔で口をぱくつかせていた。

「映像が乱れてしまい失礼しました。くりかえしお伝えしておりますとおり、岩手県盛岡市で眞田ヨウヘイマリコさんの長男・理生くんと長女・えみりちゃんが行方不明にな

って いた事件で、警察は武蔵野市在住の自営業・中村大史容疑者を監禁致死傷の疑いで逮捕しました。中村容疑者は自宅に複数の児童を監禁していたと見られ、現在、救出された被害者が次々と病院に運び込まれています」

キャスターは言葉を切ると、不安げに目を泳がせ、ふたたび口を開いた。

「なお被害者の中に、兄妹で結合させられた結合人間が含まれるとの情報もありますが、警察から正式な発表はなされていません。くりかえします――」

「すごいな」ネズミがしみじみと言う。「近親相姦ビデオに飽き足らず、兄妹を飼育して結合させてたのか」

「でも中村さんが逮捕となると、ぼくらもまずいですよね」

「うん、ちょっとまずいね」

ネズミがそうくりかえした三時間後、危惧は現実のものとなった。

午前九時半、警視庁記者クラブで刑事部長が会見を行い、事件の概要を記者に説明した。大手民放局はおしなべてこの会見を中継し、文字通り日本全土を震撼させた。

保護された兄妹は七組にのぼり、そのうち三組がすでに結合させられていた。身元の分からない被害者が多いものの、中村は全国各地で児童を拉致したことを認めているらしい。子供たちは食事こそ与えられていたが、長年にわたり檻に閉じ込められ、みな心神耗弱の状態にあるという。

「警視庁の威信をかけて、中村容疑者の余罪を追及する考えです」

四つ目の下に隈を浮かべた刑事部長が、力強く声を荒らげる。立て続けにフラッシュが焚かれ、やつれた顔が明滅した。

「このアパートも危ない。逃げるしかないね」

普段より低い声で、ネズミがつぶやいた。

すでに警察は、中村大史の交友関係に捜査の手を広げているだろう。過去には借金を肩代わりしてもらったこともあるので、寺田ハウスに捜査の手が伸びるのは時間の問題だ。売春防止法違反で勾留されれば、芋蔓式に少女殺害まで暴かれる可能性もある。

ネズミに言われるまま、ビデオとオナコは大慌てで荷物をまとめ、ワンボックスカーに詰め込んだ。近所のコンビニで布巾、洗剤、スポンジを買ってくると、床や壁に散った血痕を洗い落とし、部屋中の指紋を拭き取った。中村との連絡に使っていた携帯電話は、データを消して下水道に捨てた。

「どうするんすか、このあと」

昼すぎ、嘘のようにがらんとした部屋を見回し、ビデオが尋ねた。カーテンのなくなった窓から、うだるような日が差している。

「どこかに逃げるしかないよ」

間延びした声でネズミが答える。

「当てはあるんですか?」

「ないよ。でもまあ、大丈夫でしょ。どこがいいかな」

ネズミは前歯を剝き出しにして、とぼけた笑い声をあげた。

ネズミが大丈夫と言うなら大丈夫だろう。少なくとも、十代初めに味わった孤独にふたたび苛まれる心配はない。一抹の不安がないわけではないが、ネズミの言葉を疑うつもりはなかった。

三人はワンボックスカーに乗り込むと、住みなれた荻窪の街を後にした。

7

三人が東京に舞い戻ったのは、翌年の初秋だった。

理由はいくつかある。慣れない東北の地で冬の寒さに参ってしまったというのもあるし、求人が少なく給与も低い田舎暮らしに愛想が尽きたのも事実だ。ただ正直なところ、生まれ育った街への愛着が捨てきれなかっただけという気がする。地元愛など感じたことがなかったので、ビデオにとっても不思議な気分だった。

吉祥寺の兄妹監禁事件は日本中の耳目を集めたものの、九月半ばに起きた通り魔事件や代わり映えしない芸能ニュースに押し流され、世間の関心はすぐに薄れていった。来月には東京地裁で一審判決が出るらしいが、ワイドショーや新聞での扱いは決して大きくなかった。

さいわいなことに、警察の捜査が寺田ハウスに迫ることもなかった。私有地のゴミ山は間一髪のところで処分されていたらしく、栞と茶織の死体は誰にも見つからずにすんだ。監禁事件の発覚から一年が過ぎ、新聞の三面記事で捜査本部の解散を知ったネズミは、満を持して東京に戻る決断を下したのだった。

「初めて高円寺で一緒に住んだころを思い出すね」

窓の多い角部屋を見回しながら、ネズミがつぶやく。新居にネズミが選んだのは、高円寺駅と荻窪駅の中間、阿佐ケ谷に位置する木造アパートだった。高円寺ほど騒々しくはないが、吉祥寺のように洒落た街でもない。ほどよく寂れた住宅街がビデオには心地よかった。

「おれたちみたいなろくでなしは、やっぱり東京がしっくりきますね」

オナコまで感慨深そうにそんなことを言った。

荷物をひと通り部屋に運ぶと、三人は駅前の焼き鳥屋で乾杯した。暖簾を巻きあげて吹きつける風が、ひんやりと冷たい。出会ったころを思い出し、ビデオは懐かしい気分に浸った。

「うちで雇ってた子たち、どうしてるんでしょう」

「ああ、三年生はもう卒業したのか。早いもんだぜ」

オナコがしみじみとつぶやく。

「白鳥ニュータウン、久しぶりに行きましょうよ」

「寺田ハウス、一年ぶりの再起動っすね」

「いや、だめだ」

ビール瓶を傾けながら、ネズミが静かに言った。ビデオとオナコは思わず目を丸くする。

「どうしてですか？」

「リスクが大きすぎる。吉祥寺の監禁事件が発覚してから、関東圏の売春組織はほとんど摘発されてるみたいだ。むこう五年は手を引かないと、痛い目を見るよ」

「じゃあ、何して稼ぐんですか？」

「いろいろ考えたんだけど、やっぱり原点に立ち返るのがいいと思う」

「原点って？」

「映像制作だよ。三人でまた映像を撮りたいんだ」

水を打ったような一瞬の沈黙。声を上げたのはオナコだった。

「エロビデオですよね。儲かんなくないっすか？」

ビデオも思わず頷いていた。どうせ同じ轍を踏んで、在庫と借金を抱えるのは目に見えている。

「うん。だから堅気の、ちゃんとした映像を撮ろうと思う。ぼくたち、経験とスキルはそこそこあるじゃん。きっとできるよ」

ネズミが真顔で答えた。そういえばオナコの親が営むスタジオは、ここから徒歩で十五分ほどの距離だ。ネズミが阿佐ケ谷を選んだのは、そんな理由もあったのだろう。

「なにを撮るつもりなんです？『妹を殺してみた』みたいな動画ですか」

「違う。映画を撮る」

「おお、いいっすね！」

オナコが椅子から腰を浮かせて叫ぶ。店主の結合人間が、厨房から怪訝そうにこちらを覗いていた。

「監督とカメラマンはいいとして、役者はどうするんですか」

「俳優を雇うお金はないよね。だからドキュメンタリー映画を撮ろうと思う」

「ドキュメンタリー？」

気落ちした声でオナコが唸った。分かりやすいやつだ。

「つまんなそうっすね。『ゆきゆきて、ナントカ』みたいなやつですか」

「いや。いろいろ考えたんだけど、『つぼみハウス』みたいなのがいいと思う」

思わずヒメコの薄笑いが脳裏に浮かんだ。言われてみれば、ネズミは前にもそんなことを言っていた記憶がある。

「『つぼみハウス』って、けっこう前に終わりましたよね？」

「そうそう。シーズン3の放送前に、出演者が暴行事件を起こして放映中止になったらしいね。視聴率が悪くて打ち切りになったんじゃなくて。だからファンはたくさん残ってると思うよ」

ビデオはコップを置いて腕を組んだ。そんなに都合よく考えて大丈夫なのだろうか？

たしかに一年前まで、「つぼみハウス」は異様な熱気とともに若者の人気を攫っていた。出演者の言動ひとつひとつに女子中学生が大騒ぎするのを、ビデオも目の当たりにしている。

素人の出演者に建物を用意して好き勝手に生活させ、その様子を撮影するだけでファンがつくのなら、こんなうまい話はない。多少の演出はもちろん必要だろうが、脚本を書いて役者を雇うよりずっと安上がりではある。

「もし一発当たれば大儲けですね。ただ、出演者を見つけるのが大変そうです」

「大丈夫、ちょうどいい当てがあるんだ」

「……なんですか？」

ビデオは首を傾げた。いくらネズミでも、そんなうまいコネが見つかるものだろうか。

「中学校の同級生が、オネストマンの就職支援団体を立ち上げたんだ。オネストマン専用の就職ポータルサイトを作って、オネストマンが自分らしく働ける社会を目指すんだって。意味は良く分からないけど、とにかく、そこに求人情報を載せてもらおうと思うんだ」

「え？」

顔を見合わせるビデオとオナコに、ネズミは同じ説明をくりかえした。

「それじゃ、応募してくるのはみんなオネストマンですよね」

「そう、それでいいんだよ。『あかいひと』が映画賞を総ナメにできたのはなんでだと思う？　ストーリーそのものは凡庸だ。けど、殺人鬼の役に羊歯病患者を起用したのが斬新だったんだ。同じことだよ」

なるほど。なんとなくネズミの言いたいことが理解できてきた。

羊歯病患者を題材にした映画なら、これまでも無数に作られてきた。だが「あかいひと」は、羊歯病患者を憐れな病人として描くのではなく、殺人鬼として描くことで高い評価を得た。病人はこうあるべきというタブーを打ち破り、彼らを健常者と同じステージに上げたのだ。

オネストマンにも同じことが言える。彼らの苦難に満ちた日々を追うドキュメンタリーは無数に作られてきたが、仲間と共同生活を営み、夢を追う姿を記録するドキュメンタリーは存在しない。オネストマンがサーフィンやバーベキューに明け暮れたって、なんの問題もないはずなのにだ。

ネズミはビデオの反応に満足したらしく、嬉しそうに言葉を継いだ。

「もちろん、この低予算映画が評判を得れば、次からはぼくたちにスポンサーがつくことになる。そうしたら撮りたい映画がじっくり撮れる。ぼくたち寺田ハウスは、新進気鋭の映画製作集団として生まれ変わるんだよ」

ネズミが自信ありげに身を乗りだしたところで、店主が厨房から出てきた。四本腕を器用に駆使して、十枚の皿を同時に運んでくる。オナコの腹がぐうと鳴った。

「ネズミさんが言うんなら間違いないっすよ。おれたちの『あかいひと』を作ってやりましょう。なあ！」

手羽先を頬張りながら、オナコがビデオの肩を強く叩いた。

「ありがとう。ビデオも協力してくれるよね？」

ネズミが言葉を重ねる。不安がないわけではないが、どうせネズミならなんとかしてしまうのだろう。なにより、これまでの仕事を続けるよりずっと面白そうだ。

ビデオは大きく頷いて、ネズミの掌を握った。

それから約三ヵ月、撮影開始を十二月一日と決めたネズミたちは、映画製作の準備に追われた。

まず十月の半ば、「オネナビ」という就職マッチングサイトに、出演者の募集が告知された。一ヵ月遊んで暮らすだけという胡散臭い募集ではあったが、好条件に釣られてか、すぐ七人の枠に四人の応募が集まった。

ロケ地もすぐに決まった。東京湾の南方二百九十キロ、八丈島の西に位置する無人島・呉多島だ。年に数回はテレビドラマやCMの撮影に使われており、スキューバダイビングに訪れる観光客も多いという。二年前までは資産家が私有地として管理していたため、ログハウスで寝起きできるのはもちろん、バーベキューからカヌーまで楽しめるという至れり尽くせりな島だった。

資産家が脳梗塞で亡くなり、彼の息子に権利が相続されてからは、知人の不動産会社に管理を任せっきりにしているらしい。ネズミが連絡をとると、ほとんど言い値で、一ヵ月、島を借りられることになった。

十月末には、不動産会社の社員に案内してもらいながら、三人で呉多島を見て回った。発電設備は整っており、電波塔があるので携帯電話も不自由なく利用できる。ログハウスの地下は貯蔵庫になっており、食糧の心配もなかった。

十一月に入ると、ネズミは出演者の確保に奔走した。「オネナビ」からの応募者が、四人のまま増えなかったのだ。報酬額を釣りあげて応募を待ったのだが、十一月半ばに追加で一人から連絡があったきり、応募は途絶えてしまった。

群像劇を撮ろうとしているのに、参加者が五人では物足りない。クランクインを二週間後にひかえ、ネズミは苦肉の策に踏み切った。高架下の呑み屋やライブハウスの前で、金に困っていそうな結合人間に出演を打診したのだ。

もちろん、偶然オネストマンに遭遇する可能性はほぼない。ネズミはノーマルマン相手に、オネストマンの振りをして出演するよう頼みこんだのだ。平たく言えば、ヤラセを画策したのである。

さいわい二人の協力者が見つかり、予定どおり七人の出演者が揃った。ノーマルマンの二人にはくれぐれも正体を明かさぬよう念を押し、二人も気前よく同意した。

「ま、撮影が終われば笑い話になるさ」

悪びれることもなく、ネズミはそう言って笑った。

映画のタイトルはぎりぎりまで悩んだあげく、シンプルに「TERADA HOUSE」と決めた。こうして多少のハプニングはありつつも、ネズミ監督のドキュメンタリー映画は、無事にクランクイン当日を迎えたのだった。

8

竹芝桟橋から大型客船に乗り込み、八丈島まで約十時間。大部屋での雑魚寝さえ気にならなければ、寝ているうちに八丈島に到着する。発達した低気圧が伊豆諸島に迫っており、客船の運航も危ぶまれていたが、ルートが南に外れたことで、客船は定刻通りに東京湾を出発した。七人の出演者たちはみな緊張した様子で、互いに話しかけることもなさそうだった。

「最後の二人が間に合ってよかったですね」

深夜一時過ぎ、甲板で手すりによりかかっているネズミを見つけ、ビデオは背後から声をかけた。

「なんとかなると思ってたよ」ネズミがさざ波を見下ろしたまま答える。「オナコは船室？」

「そうですね。船酔いがひどいみたいで。スーツを脱ぎたがってましたよ」

「ふうん。まあ、あんな格好で船に乗ったら誰でも酔うよね」

撮影クルーがみな未結者では怪し過ぎるというネズミの考えで、オナコは今日から一カ月、結合人間スーツを着たまま生活することになっていた。

「オナコの場合、少し大人しいくらいがちょうどいいですけど」

「あはは、たしかに」

ネズミは笑いながら、腕にかかった水飛沫を拭った。

「いい映画になるといいですね」

ビデオが言うと、ネズミも小さく頷いた。暗い水面に、二人の影が吸い込まれていくようだった。

翌朝、八丈島に到着すると、一行はすぐさま不動産会社がチャーターした漁船に乗り換えた。漁船はかなりの年代物らしく、側板の緩衝用タイヤにびっしりと苔が張り付いていた。無愛想な操舵手に案内され、ビデオも桟橋から漁船に飛び乗った。

「あの、すみません」

船室に荷物を運んでいたところ、出演者の一人、ひょろりと背の高い牛蒡みたいな結合人間が、突然ビデオに声をかけた。

「なんでしょうか？」

相手の身長は四メートルを超えており、ビデオは首をのばして見上げる格好になった。

「あ、あの、えっと……」

結合人間はビデオから目をそらし、マスクの下で口ごもっている。出演者一同の視線がこちらに集まっていた。

「どうかしましたか」

「ご、ごめんなさい。えっと、ぼく、遅刻してませんよね？」

きょとんとしてしまった。いったい何が言いたいのだろう。さいわい、竹芝桟橋では集合時刻に遅れた出演者は誰もいなかった。

「大丈夫だと思いますけど」

「あ、分かりました。すいませんでした」

結合人間は俯いたまま、せかせかと船室へ向かった。言葉の意図が分からず、ビデオはネズミと顔を見合わせるしかなかった。

それから数分後、漁船は呉多島へ向け出港した。島の上空は厚い雲に覆われており、腰の曲がった操舵手の男も浮かない顔をしていた。

出演者たちを狭い船室に押し込むと、ビデオたちは別室に荷物を放りこみ、船尾で朝食を摂ることにした。三人は塗装の剝げた船縁に寄りかかってコンビニ弁当を広げた。

「危ねえから落っこちんなよ。そこ、スクリューあっから」

操舵手がくぐもった声で言う。普段は八丈島近海で漁をしているという操舵手は、色の濃いサングラスにスキンヘッドという、人相の悪い男だった。三人が交互に頷くと、男は操縦室に入って扉を閉めた。

「出演者の連中、ぜんぜん喋らねえな。口を開いたと思ったらわけ分かんねえこと言うし。あれで大丈夫なんすか？」

結合人間そっくりのマスクを脱ぎながら、オナコが言う。撮影のためにネズミが買い直した結合人間スーツは、耐久性と防水性を兼ね備えた最高級品だった。

「大部屋で話してる人もちらほらいたよ。まあ、今はあんなもんでしょ」

携帯電話をいじりながら、そっけなくネズミが答える。

「『つぼみハウス』だと、初対面から全員で自己紹介なんかして盛り上がってましたけどね」

「仕方ないよ、オネストマンばっかりなんだから。コミュニケーションが不得手なのは当然だって」

そんなものだろうか。たしかに撮影も始まっていないのだから、ぎこちないくらいがちょうどよい気もする。

小雨が舞い始めたので、オナコとネズミは船室へ戻った。ビデオは一人になりたい気分だったので、レインコートを借りて船尾に残ることにした。

手すりに身をもたせて灰色の空を眺めていると、世界が水に呑み込まれたような錯覚に陥った。無数の雨粒に隠され水平線が消え去り、空と海が繋がって眼前に迫ってくる。

頭を垂れ、スクリューが海面に広げる波紋をぼんやり眺めていると、ふいに肩をたたかれた。振り返ると、レインコートを羽織った結合人間が背後に立っていた。

「……あ、どうしました？　えっと……」

「今井(いまい)です。今井イクオクルミ。ちょっと新鮮な空気を吸いにきました」

穏やかな重低音の声でそう言って、結合人間はビデオの横に並んだ。

身長はそれほど高くないのに、肩幅と胸板が格闘家みたいに厚い。肌も健康的に浅黒く焼けている。落ち着いた言葉遣いとは裏腹な巨木を思わせる体格と、折り目の入ったスーツにネクタイを締めた容姿で、今井は出演者七人の中でも異彩を放っていた。

「呉多島はまだ見えませんか」

今井が船首を振り返って尋ねる。

「あと二時間はかかります」

「遠いんですね。天候が不安です」

低い空を見上げて、ビデオも当たり障りのない言葉を返した。少しずつ雨が勢いを強め、波揺れも荒々しさを増している。

「違っていたら申し訳ないのですが、あなたたち、売春組織の人間ですね」

ビデオは思わず今井の四つ目を見上げていた。心臓が早鐘を打っている。

こいつはなんと言った？　かまをかけられているのか、それとも——

「なにやらマニアックなアダルトビデオを売っていたことも知っていますよ。安心してください。責めるつもりはありませんから」

「……どうして、ぼくたちのことを」

「わたし、本職は探偵をしておりましてね。日本で唯一のオネストマン探偵という触れ込みで、三軒茶屋に事務所を開いています。ただ、実績も実力もなく儲からないものですから、副業でこんな仕事に首をつっこんでいるんです。あなたたちのことは、二年前から知っていました」

「つけてたんですか」

「違いますよ。ある投資家から、娘の素行調査を頼まれましてね。女児の行動を追跡した結果、ニュータウンに根を張る売春組織にたどりついたんです。もちろん、依頼人が裁判沙汰を望まなかったので、わたしも調査報告を公にはしませんでした」

「じゃあ、ぼくたちの正体を暴く気はないんですね」

「もちろんですよ。わたしは小遣いを稼ぎにきただけですから」

船尾がじわじわと浮き上がり、直後に大きく落下した。遊園地ではしゃぐ子供のように、今井はいたずらっぽく笑っている。犯罪者を前に普通の人間が見せる表情ではなかった。

「絶対に黙っていてください。あなたが探偵だと知ったら、ネズミはあなたを殺しかねない」

「そうでしょうね。あなたたちは昨年、少女を二人殺していますから」

今井が表情を変えずに言う。ビデオは目眩で看板にくずおれそうになった。

錆びた揚網機に手をついて身体を起こすと、甲板に人影がないのを確認し、小さく息を吐いた。この結合人間はすべて知っているのだ。

「これはわたしの持論なんですが」今井は穏やかな口調で続ける。「未結者殺しと結合人間殺しでは罪の重みが違うと思うんです。単純に考えて、結合人間殺しは二倍の罪ですよ。逆に言えば未結者殺しはそれほど重罪ではないと思っています」

「御託はいりません。どこまでご存じなんですか」

「何もかもですよ」今井はすべてを見通すように、四つの視線をビデオに集めた。「もし必要ならば、栞さんという少女の正体についても、説明してみせましょう」

「栞の正体……？」

「ええ、お聞きになりますか」

今井は目を細めて柔和な笑みを浮かべながら、自分を見下ろしている。ビデオは頷くしかなかった。虚勢を張れる相手でないのは明らかだ。

「大筋に間違いがあったら指摘してください。昨年の春、あなたたちは一人の少女に怪我を負わせてしまい、仕方なく荻窪のアパートに監禁した。少女は凌辱され、衰弱した彼女は四ヵ月後に死亡した。彼女の名前は、瀬川栞です」

もったいつけるように言葉を切って、今井は短い前髪をかきあげた。

「おそらく生前、彼女が自分から望んだのでしょう。栞さんが一人ぼっちにならないよう、あなたたちは二人目の少女、下村茶織さんを監禁した。死亡した二人を隠した場所には驚きましたよ。あの吉祥寺監禁事件の犯人、中村大史の私有地ですからね。監禁事件の発覚がきっかけとなり、あなたたちは東京を離れ、一年間、仙台に身を潜めていました。

さて、白鳥第三中学校で聞き込みをするくらいですから、あなたも感づいていたのでしょう。栞さんは従順な少女を装って、胸の奥では何かを企んでいたのではないかと。大丈夫、すべて説明してみせます。

真相をお話しする前に、ひとつ確認させてください。間違いでしたらすみません。ひょっとして、あなたと監督の男――ネズミと呼ばれる彼とは、肉体関係があるんじゃないですか？」

「――――」

しばし愕然とした後、荒波のように混乱が襲ってきた。

今井の言葉は正しい。ネズミは手近に性欲を満たせる女がいないと、きまってビデオに手を出した。上背のある女と性行為をするくらいなら、ビデオの方がましという発想だ。なぜ、今井はそんなことまで知っているのだろう。

「どうやら間違いないようですね。残念ですが、栞さんはあなたたちより一枚上手ですよ。

発端は、三月二日に起きた暴行事件でした。法事帰りの栞さんは浅草駅近くの路地で不審者に捕まり、近くの空き家で強姦されました。逮捕された男は『栞さんが誘ってきた』と供述しているようですが、真偽は分かりません。

重要なのは、犯人が浅草の病院に通う難病患者だったということです。はっきり報道されてはいませんが、ある難病の専門医院が浅草にあるのはご存じですね」

悪寒が背筋を這いあがった。ビデオは「浅草ハイランドスクエア」にヒメコを届けたとき、夏だというのに厚いコートを着込んだ奇妙な通行人を目にしている。

「羊歯病ですか」

「正解です。栞さんを空き家で強姦した人物は、羊歯病の患者だった。それも、ワクチンが効かないC型ウイルスに感染していた可能性が高い。コンドームを使わない場合、性行為による羊歯病の感染率は九割を超えると言いますからね。彼女もこの暴漢に羊歯病を移されてしまった。そう考えるとすべての辻褄が合います。

四月に学校へ復帰した栞さんは、その直後に寺田ハウスと契約し、身体を売り始めました。羊歯病の潜伏期間は短くても一年ですから、まだ症状は現れていません。栞さんの狙いはなんだったのか？　秘密を解き明かすカギは、彼女が演じていた性格に隠されています」

「演じていた性格？」

「ご存じのはずでしょう。中学校での栞さんは、いつも他人の言葉に従っているマゾヒスティックな性格とはほど遠かった。むしろヒメコこと真谷日向子さんのほうが、学校ではそれに近い立場だったようです。栞さんは寺田ハウスに接近するさい、ヒメコさんの振る舞いを真似ていたことになります。

では栞さんは、なぜヒメコさんの所作を真似たのか？　ヒメコさんは売春により大金を稼いでいただけでなく、寺田ハウスのメンバーとも肉体関係を持っていました。分かりますね。栞さんも、彼女を真似れば寺田ハウスのメンバーと関係が持てると考えたんです」

「なぜですか？　栞とぼくたちにはなんの接点もなかったのに」

「決まってるじゃないですか。栞さんは自分の身体を介して、あなたたちに羊歯病を移したかったんですよ。彼女の狙いは、あなたたちを羊歯病ウィルスに感染させ、全身を血豆だらけにすることだった。凄惨な暴力を受け入れたのは、あなたたち三人が自分を強姦するのを待ち望んでいたからです。

　しかし栞さんの願いは挫かれます。荻窪のコスモスハイムに監禁されてから、彼女を凌辱するのは三人のうち一人、オナコさんばかりでした。ネズミさんは幼少時代のトラウマから身長の高い女性とは結合をしませんし、あなたは羊歯病の予防接種を受けていないために、コンドームなしでの性行為を忌避していました。

　このままではメンバーの一人にしかウイルスを移せないまま、自身が羊歯病を発症してしまう。焦った栞さんが悩んだ末に捻りだしたのが、渾身の秘策——すなわち、あなたたちに別の少女を監禁するようそそのかすという作戦でした」

「……意味がよく分かりません」

「文字通りですよ。コスモスハイムに小柄な少女が一人加わることで、ドミノ倒しのように感染が広がることに、栞さんは気づいたんです。まず、茶織さんが拉致(らち)された時点で、オナコさんはすでに羊歯病ウイルスの保有者でした。オナコさんは栞さんとくりかえし性行為をしていたので、これは間違いありません。そのオナコさんが茶織さんを凌辱すれば、茶織さんもまた羊歯病ウイルスに感染してしまいます。

つぎにネズミさんですが、彼も茶織さんと性行為に及んだでしょう。栞さんと違い、茶織さんは背が低いですからね。これでネズミさんもウイルス保有者となります。

残るはビデオさん、あなたですね。女性と結合する際、コンドームを欠かさないのは立派な心がけです。しかしネズミさんに犯されれば、もちろん感染は免れません。残念ですが、あなたの身体はすでに羊歯病ウイルスに蝕(むしば)まれています」

ビデオは耳を押さえてうずくまりたい気分だった。雨音に混じって栞の声が聞こえてくる。

——友だちに会いたい気持ちです。

——同じくらいの歳の、お人形さんみたいに小さい、優しい、女の子がいいです。

疑う余地はない。栞はビデオたちの会話から、ネズミが小柄な女性としか関係を持たないことを知っていたのだ。だからこそ、自分とは違う小柄な少女を連れてくるよう頼んだのだろう。あの言葉には、三人の人生を破滅させようという悪意が潜んでいたのだ。

「冗談みたいですよね。栞さんが持っていたウイルスがオナコさんに伝染し、オナコさんから茶織さん、茶織さんからネズミさん、そしてネズミさんからビデオさんと、まさしくドミノ倒しのようにウイルスが広がっていったんです」

「なぜですか」

顔に降りかかる雨を拭(ぬぐ)い、ビデオは吐くように尋ねた。

「はい？」

「なぜかと聞いたんです。馬鹿げてますよ。どうして栞は、命を投げ出してまでぼくたちを罠(わな)に嵌(は)めたんです」

今井はわざとらしく肩をすくめた。

「調べれば分かるんですけどね。ただ、あなたにも正体に気づくチャンスはありました。手がかりになるのは、やはり栞さんの行動です。彼女はなぜ、目や耳を奪われてまで、オナコさんの熾烈(しれつ)な暴力に耐え続けたのでしょうか」

「強姦されるのを待っていたからでしょう。さっき自分で言ったじゃないですか」

「それが理由の一つであることは確かです。しかし、あれほどの暴力に耐える理由としては弱すぎます。さきほども申したとおり、栞さんは決してマゾヒスティックな性格ではありませんでした。学校での彼女は、むしろ正反対の性格だったわけです。そんな彼女が、なぜ無慈悲な暴力を受け入れたのか。彼女には、自分の正体を隠すために、暴行を受けなければならない理由があったんです」

「どういうことですか」

「分かりませんかね。栞さんは自分の身体的特徴を隠すために、わざと凄惨な暴行を受けるよう仕向けたんですよ」

身体的特徴？　ビデオはまだ衰弱していない栞の姿を思い返した。黒子や火傷の一つ二つはあったかもしれないが、平均的な中学生の体型に、これといった特徴はなかったはずだ。

「あなたは生前の栞に会ったことがないんでしょう。彼女の身体に目立つ特徴なんてありませんでした」

「いえ、よく思い出してください。心当たりがあるはずですよ。身体に明確な特徴を持っており、かつ寺田ハウスのメンバーに強い恨みを抱いている人物に」

ビデオは首を捻った。これまで寺田ハウスが遭遇したトラブルを思い返してみる。多少の金銭トラブルはあっても、人生をめちゃくちゃにされるほど恨まれた覚えはなかった。

「ありませんよ、心当たりなんて」

「ヒントを出しましょう。栞さんが浅草で暴行された日、彼女は杉並区で法事に出席していました。あなたたちが幼少時代を過ごしたのと同じ場所で、彼女は過去に親戚を亡くしているんです。まだ分かりませんか？」

なにを言っているんだ。二人の少女を除けば、自分やネズミが人の死に加担した記憶などない。寺田ハウスでもっとも凶暴なオナコだって、そう変わらないはず――

愕然とした。

雷に打たれたように茫然となるビデオを、今井は憐れむように見下ろしている。

「お気づきですね。中学二年生の春、オナコさんは少年を一人死なせています。カラスと一緒に飼育小屋に閉じ込められたら、そりゃあ子供は助かりませんよ。

オナコさんが少年院行きを免れたのは、この少年が親に虐待されており、児童相談所が不利な事実を隠したためです。そして被害者の少年には、当時六歳の妹がいました。今年、中学三年生になる計算です。なにより、彼女には明らかな身体的特徴がありました」

「身体的特徴？　そんなものありませんよ」

「正確に言うと、彼女の身体には本来あるはずの特徴がなかったんです。日本人なら通常全員が持っているあるものを、彼女は持っていなかった」

「日本人なら持っているもの――？」

「予防接種の注射痕です。日本では二歳の年までに二回、羊歯病の予防接種が義務づけられています。しかし六歳まで親に監禁されていた彼女は、この予防接種を受けていなかったんです。

白鳥第三中学校で聞き込みをしたら、こんな話を聞きましたよ。栞さんは周囲に養子であることを隠していたのに、健康診断がきっかけでそのことがばれてしまったと。おそらく同級生が、栞さんの左肩に注射痕がないことに気づいたんでしょう。羊歯病の感染拡大が世界的な問題となるなか、予防接種を受けない幼児は非常にまれです。なにか事情があると気づいた同級生が、過去の新聞を調べて飼育小屋の事件にたどりついたんでしょう。

この出来事は、栞さんの胸に深い傷を残していました。オナコさんはともかく、頭の切れるネズミさんに注射痕がないことがばれたら、同じように正体を明かされる恐れがあります。だから栞さんは、オナコさんが自らを暴行するよう仕向けたんです」

ビデオは悪夢にうなされている気分だった。たしかに栞は、オナコに切りとってほしい皮膚の部位を指示していたらしい。左肩の皮膚を剝がすよう指示して、注射痕の有無を分からなくさせることは可能だった。

「発端はやはり、浅草の強姦事件だったんでしょうね。暴漢に羊歯病を移されたと知った栞さんは、自殺も試みたはずです。でも無駄死にするくらいなら、兄を死に至らしめた人間に復讐してやりたいと考えた。奇しくも栞さんは、身近な売春組織に復讐相手が所属していることを、幼なじみの真谷日向子さんから知らされたのです。栞さんが殺しても足りないほど犯人を恨んでいたことは想像に難くありません。紆余曲折はありつつも、彼女は、『死ぬより恐ろしい』と言われる羊歯病ウィルスをオナコさんに移すことに成功しました」

「待ってください。ぼくやネズミさんは、飼育小屋の事件とは無関係ですよ」

「その通りですね。栞さんの狙いはあくまでオナコさんです。これは間違いありません」

今井は無念そうに首を振った。

「ただ栞さんには、誰が兄の敵か分からなかったんです。彼女も兄を殺した人物の苗字くらいは知っていたでしょう。でもあなたたちは、普段から渾名で呼び合い、本名を明かすことを避けていた。違いますか？」

今井の言う通りだった。一度だけオナコがヒメコに本名をばらしたことがあるが、それでネズミの怒りを買い、自分たちが本名を明かすことはなくなっていた。

「ぼくはオナコの巻き添えを食ったんですね」

「そういう言い方もできます」

ビデオは手すりを支えに身を起こすと、今井の胸にしがみついた。

「……どうしてぼくにだけ推理を聞かせたんです」

「あなただけは救う価値があると思ったから――なんて気取ったことは言いません。気まぐれですよ。ただ、羊歯病の治療は進歩していて、発症を遅らせる薬も開発されています。撮影が終わったら、早めに専門医に診てもらうことをおすすめします」

「アホか。映画なんて中止だよ」

見張り台の裏に隠れていたオナコが、ふいをついて今井の首にしがみついた。巨大な図体が後方へ崩れる。レインコートに覆われた今井の顔面に、オナコが躊躇なく金槌を振り下ろした。くぐもった悲鳴が甲板に響きわたる。

「ああ、おしい！」

ネズミが船縁を叩いて叫んだ。

顔を覆った今井の掌から鮮血が溢れている。オナコがふたたび金槌を振りかぶったところで、今井の三本の腕がオナコの頭を摑み、揚網機に叩きつけた。手を離れた金槌が、濡れた甲板を滑る。

今井はバネのように立ち上がると、金槌に駆け寄ろうとしたネズミに体当たりし、倒れたネズミの身体を船縁に押しつけた。

「どういうつもりですか？」

レインコートのフードを外しながら今井が尋ねる。

「こっちの台詞だから」

ネズミはニヤリと笑って、今井の喉に嚙みついた。今井が慌てた動作でネズミの上半身を突き飛ばすと、ネズミはあっけなく船縁を越え、頭から海に落下した。鈍い金属音とともに、船体が小刻みに振動する。

手すりから身を乗りだすと、スクリュー周りの海水が赤黒く濁っていた。散らばったネズミの肉片が浮き上がり、ふたたび沈んでいく。素手で殴られたように胃が蠕動し、ビデオは甲板に嘔吐した。

「てめえ！」

うずくまっていたオナコが起き上がり、徒手空拳のまま今井の胸に跳びかかった。今井は軽々と身をかわすと、杵で餅をつくように、後頭部を摑んでオナコの顔面をウインチに叩きつけた。二度、三度と、鈍い衝突音が響く。オナコの顔は斜めに歪んでいた。

「……ビデオ、助けて」

蚊の鳴くような声で、オナコが言う。

ビデオは唾を飲んだ。拳を上げたところでどうにかなる相手ではない。しかし、自分を孤独から掬いあげてくれた親友が、死に瀕して助けを求めているのだ。高みの見物を続けるわけにはいかない。

「や、やめてください」

ビデオが声を張ると、今井は肩で息をしながら振り返った。喉から糸のように血が流れている。

「やめてください」

「わたしだってやめたいですよ。でもまあ、仕事なんでね」

そう答える今井の背後で、オナコがぎこちなく身を起こす。すかさず今井は、オナコの顔面に拳を叩きこんだ。

「やめろ!」

ビデオが跳びかかって太い腕に組みつくと、今井は四本腕でオナコとビデオを同時に摘み上げ、そのまま船縁の向こうへ突き落とした。

時間の流れが遅くなる。背後からスクリューの回転音が迫ってきた。

甲板から首を出した今井が、無念そうに言う。

「寺田ハウスの皆さん、さようなら」

言葉の後半はオナコの悲鳴にかき消された。なんなんだ、これは。

無数の雨粒と一緒に、ビデオは海水に沈んだ。スクリューの刃がビデオの身体を刻み、散らばった肉片が四方に舞った。

冬の海水は冷たかった。

正直者の島

カリガリ島 見取り図

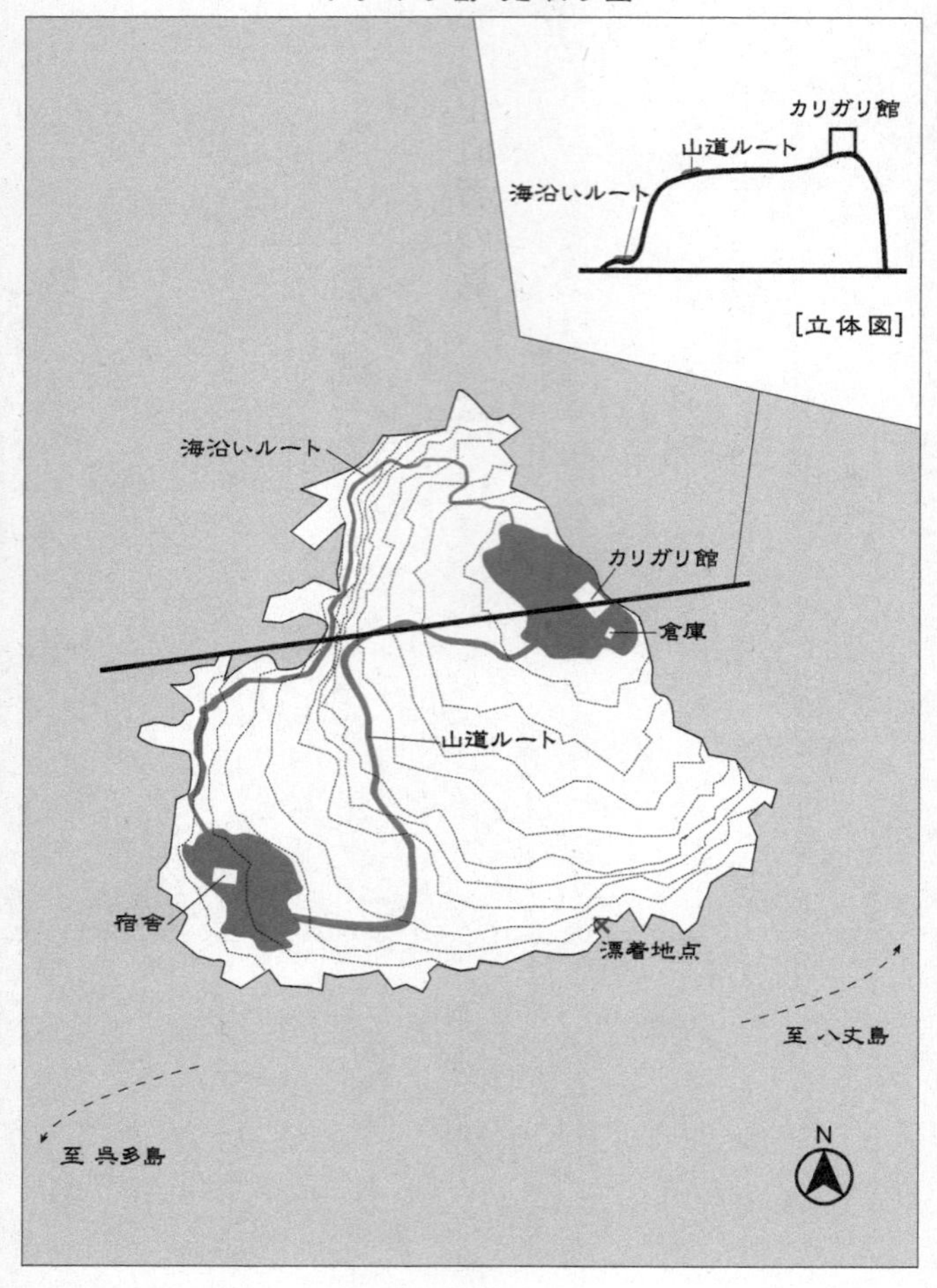

カリガリ館
山道ルート
海沿いルート
[立体図]
海沿いルート
カリガリ館
倉庫
山道ルート
宿舎
漂着地点
至 八丈島
至 呉多島
N

1

巨大地震も凌ぐような激しい縦揺れに、圷ミキオミサキは思わず目を覚ました。

二段ベッドとロッカーが隙間なく並んだ船室に、結合人間たちが鮨詰めになっていた。

半日前に顔を合わせたばかりの面々は、みな不安に目を泳がせながら、どうすることもできずじっと息を殺している。フリーライターの圷もその中の一人だった。

息つく間もなく、船体が左右に激しく揺れる。よくこんな中で眠っていられたものだ。

昨晩は八丈島へ向かう大型客船で雑魚寝だったため、船酔いがひどくて一睡もできず、その睡魔が遅れて襲ってきたらしい。酔い止め薬の入った紙袋が、ジーンズのポケットでくしゃくしゃに潰れていた。

普通の波揺れとは到底思えない、壊れたジェットコースターみたいな振動だった。二段ベッドの上方から雪崩のように布団が落ちてきたと思えば、視界が横転し、スチール製のロッカーが頭を打つ。生身で乱気流に投げ込まれた気分だった。

「ミキオくん、デッキの様子を見に行きましょう」

わずかに振動がおさまった隙をついて、小奈川が圷の肩を叩いた。映画の出演者として集められた七人の中で、小奈川は唯一の顔見知りだった。

「やめとけよ。デッキから落ちるぞ」

出演者の一人、二十歳過ぎくらいの結合人間があきれ声で言う。その直後、リノリウムの床がズドンと跳ね上がった。

「この縦揺れは異常です。操舵手が気を失っているか、船体が故障しているかもしれません」

「素人がいいかげんなこと言ってんじゃねえよ」

「あなただって同じでしょう。ライフジャケットもないまま船室に留まるほうが危険です。今井さんが戻らないのもおかしい。ミキオくん、行きましょう」

坏も小さく頷いて、鼠色のドアノブを捻った。身を刺すような冷気が船室に入り込んでくる。となりの船室を覗いても、撮影クルー三人の荷物が散らばっているだけで人気はなかった。

「今井さんに何かあったんですか?」

坏が尋ねると、小奈川は不安そうに首を捻った。今井というのは出演者の一人で、スポーツマンらしい浅黒い身体に高級感のあるスーツを着込んだ、育ちの良さそうな結合人間だった。

「三十分前くらいに船酔いがひどいと言ってデッキへ行ったきり戻ってこないんですよ。無事だといいんですが」

胸騒ぎがする。小奈川の背を追って、手すりにしがみつきながら濡れた階段を上った。篠突く雨が漁船に降り注いでいる。厚い雨雲が空を覆っていた。

「誰もいませんね」

小奈川が操縦室を覗いて言う。甲板にも見張り台にも人影はない。

船室に押し込められた出演者たちのほかに、監督、カメラマン、撮影助手、それに操舵手の四人が乗船しているはずだった。最悪の可能性が胸をかすめる。圷がぐっすり眠っている間に、四人揃って波に攫われたのかもしれない。

「あっちも見てみましょう」

自分を鼓舞するように力強く言って、小奈川が船尾へ向かう。圷も手すりに摑まって慎重に歩を進めた。巨大な巻き網やリール、ウインチなどがところ狭しと並んでいる。

「誰かいますね」

小奈川が言う。視線の先を追うと、クレーンに寄りかかるように結合人間が倒れていた。雨と荒波がリンネルのスーツを重たく濡らしている。浅黒く日焼けした結合人間は、三十分前に姿を消した今井に間違いなかった。

「息はありますね。気を失っているみたいです」

二人がかりで身体を仰向けにすると、頬や喉元にできた傷が目に入った。傷口を押さえたためか、掌も赤く汚れている。小奈川が肩を揺すると、今井は眉をひそめ、うっすらと細目を開いた。

「もしもし、今井さん？」

「あ――、ああ、あの男はどこです？」

今井はおもむろに身を起こし、左右を見回して言った。

「あの男？」

「操舵手ですよ。早く取り押さえないと大変なことになります」

「どういうことですか」

「デッキに上がってみたら、あの男、カメラマンに暴行していたんです。網でカメラマンをぐるぐる巻きにして、顔や腹を金槌で殴っていました。わたし、びっくりしてしまって、監督と撮影助手の二人を船室へ呼びにいったんです。そしたらあの男、ますます狂ったように暴れ出して、カメラマンを海へ突き落としました」

小奈川が跳び上がって船縁に駆け寄る。圷も海面に目を凝らしたが、人の姿は見当たらなかった。

「無駄でしょう。監督や助手も相次いで襲われ、まるで歯が立たない様子でした。腰の曲がった貧相な身体に、あんな凶暴さを隠していたなんて嘘みたいです。このままでは皆殺しにされると思い、わたしも素手で立ち向かったんですが……、その後の記憶がはっきりしません」

「デッキに倒れていたのはあなただけでした。隠れ場所も見当たりませんし、操舵手の男も海に落ちたんでしょう」

小奈川が海を見つめながら言う。思い返すと、たしかに操舵手の男は不気味なほど人相が悪く、陰湿な目で自分たちを睨んでいた。無人島を貸し切って豪遊する数寄者を、胸のうちで妬んでいたのかもしれない。

「よかった、もうあの男はいないんですね。すると問題は、どうやって八丈島へ引き返すかです」

荒れ狂う海原で操舵手のいない船に揺られていることに気づき、圷は慄然とした。

「小奈川さんに、圷さんでしたね。船を操縦したご経験は？」

大真面目に今井が尋ねる。

「ありませんよ。わたしはしがない高校教師です」

小奈川に続いて圷もかぶりを振った。自分はしがないフリーライターだ。船尾が大きく左に傾き、水飛沫が三人に降りかかる。

「わたしもモーターボートの経験しかありません。ほかの方々に聞いてみましょう」

今井は短い前髪をかきあげると、しっかりした足取りで船室へ歩き出した。圷と小奈川も慌てて跡を追う。

階段を下りて船室の扉を開けると、四人が一斉にこちらを振り向いた。香水の匂いが鼻をついたが、誰のものかは分からない。

「皆さん、落ち着いて聞いてください。現在、この船には操舵手がいません」

今井がさきほどと同じ説明をくりかえした。四人に動揺が広がるのが手に取るように分かる。

「わたし、クルーザーくらいなら操縦できるけど」

出演者の一人で、有名ブランドのコートを羽織った結合人間が、四本腕を組んだまま口を開いた。みな報酬に釣られて集まったはずなのに、すでに裕福そうな身なりが、今井と並んで異彩を放っている。

「浅海さんですね。ぜひ操縦室へ」

二人が船室を出ると、残りの面々もぞろぞろとデッキへ上がってきた。小奈川と圷が船室を出るのに反対した若い結合人間も、長いものに巻かれたらしく、階段を駆け上ってくる。

今井が操縦室へ入ろうとしたそのとき、船体が大きく左へ傾いだ。

「あ――」

圷の前に立っていた樽のように太った結合人間が、ごろんごろんと甲板を転がっていく。助けようと手すりを離した数人が、次々と甲板へ滑り落ちた。悲鳴がこだまして聞こえる。

「浅海さん、早く操縦室へ！」

今井の声を聞いた直後、床が豪快に跳ね上がり、圷の身体も甲板に叩きつけられた。視界が目まぐるしく横転し、バットで殴られたような激痛が全身を駆け廻る。手をのばして揚げ網を摑むと、右前腕を絡ませて必死にしがみついた。口内に血の味が広がる。

「くるな、くるな！」

どこからか擦れた声が響いた直後、巨大な波が船を呑むように襲いかかった。水底に沈んだような錯覚に陥る。波が引くのと同時に、ドボン、と何かが海へ落ちる音が聞こえた。

首を起こして甲板を見渡しても人影がない。まさか、みな、海の藻屑に――

「島があったぞ！」

今井が操縦室から顔を出して叫んでいた。見張り台やクレーンの裏からも歓声が聞こえる。

島だって？　呉多島へ着くにはまだ早すぎるから、別の無人島だろう。どちらにせよ、転覆寸前の船に乗っているよりずっとましだ。

「みんな大丈夫だ！　もう少しだから頑張れ！」

足元からエンジン音が聞こえ、雨風が船尾の方向へ流れ始めた。雨音に混じって響く今井の声が頼もしい。

なんとか生き延びた――

四本腕で揚げ網にしがみつきながら、圷は自分の幸運に感謝した。

七人がカリガリ島に上陸したのは、それから二十分後の出来事だった。

2

「おや、女の子がいますね」

手庇をつくって山を見上げていた今井が、おもむろにつぶやいた。

圷も慌てて視線の先を追う。成層火山らしい円錐形の山肌に、南国めいた照葉樹が茂っている。圷が目を凝らしたときには、人影は消えていた。

「無人島じゃないんですね」

「ええ、どうやら。島民がいるなら、食糧や家屋もあるでしょう。八丈島への連絡手段も持っているはずです」

今井の言葉に胸をなで下ろした。どうやら命の危険からは脱したらしい。

岩礁に舳先を乗り上げて停まっている漁船から、続々と結合人間が下りてくる。八本の手足を広げて岩へ跳び下りる姿は、生まれたての蜘蛛に似ていた。

さいわい出演者の七人は誰も欠けていないようだ。舳先のすぐとなりに太い幹のシイが枝を広げており、七人揃って木陰で雨をしのいだ。

漁船は見るも無残なみてくれになっている。マストが傾き、側面には傷やへこみが並んでいた。緩衝用のタイヤがほとんど弾けているのは、上陸できそうな岩礁を探すのに、浅瀬を無理やり進んだせいだ。

「皆さんの中に、携帯電話が無事だった人はいますか」

今井の問いかけに、めいめいがかぶりを振った。圷もズボンのポケットから携帯電話を取り出してみたが、濡れたディスプレイには何も映っていなかった。電話をかけられないのはもちろん、防水の腕時計がなければ時間も分からなくなっていたところだ。

「やはり島民の方に助けを呼んでもらうしかないですね。人を探しましょう。皆さん、歩けますか。大きな怪我はありませんか」

六人がばらばらに頷く。ここにいる出演者は全員オネストマンのはずだから、誰も嘘を吐けない。甲板に大波が襲いかかったとき、ドボンと何か落ちる音を聞いたが、あれは機材か積み荷だったのだろう。

「今井さんこそ、喉の傷、大丈夫ですか」

「ええ、この程度は慣れてますから。あっちに人が住んでいるみたいなので、行ってみましょう」

山の上方を指して言う今井に、異を唱える者はなかった。迎えがくるとは思えないので、こちらから訪ねるほかない。濡れ鼠のまま雨宿りを続けても、誰かが熱を出して倒れるだけだ。

七人は岩場を離れると、今井を先頭に照葉樹林へ向かった。緑の濃い草木が腰上まで生い茂っている。昼前だというのに視界がますます暗くなった。泥濘に足をすくわれないよう、慎重に歩を進める。雨水がくねくねと蛇のように流れていた。

「わたし、先々月までは教壇に立っていたんですよ。こんなことになるなんて、一寸先は闇ですね」

殿の圷を振り返って、小奈川がぎこちなく笑った。

「定年ですか？」

「表向きは依願退職です。ほとんどクビですけどね。最後の学校では担任もさせてもらえず、肩書は校内美化委員だけでした」

返す言葉が見つからず、圷は俯くしかなかった。

小奈川とは二十年ぶりの再会になる。圷が通っていた公立高校で、一年生のとき担任を務めたのが小奈川だった。当時の年齢が三十路過ぎだったから、いまは五十を越えているはずだ。中肉中背の体型は変わらないが、皺と白髪が歳相応に顔の印象を変えている。もちろん、竹芝桟橋で顔を合わせて気づかないほどではなかったけれど。

思い返してみると、小奈川は決して情熱的ではないが、生徒との接し方がとても丁寧で、授業も分かりやすい、どちらかといえば「当たり」の教師だった。保護者の評判も上々だったはずだ。少なくとも圷は、彼のことを信頼していた。

ただ、小奈川がオネストマンという事実は学校中に知られており、生徒の中には露骨に彼を煙たがる者もいた。高校生は誰もが未結者――つまりノーマルマンだから、彼らにとってオネストマンは未知の存在なのだ。

「ぼくなんて、履歴書にはフリーライターと書きましたが、ほとんど実入りのない無職ですよ。数年前までは薬漬けの廃人みたいな生活でした。先生はご立派です」

「それは大変でしたね。ありがとう」

小奈川の言葉には感情が沁み込んでいた。自分がオネストマンになってみると、教壇に立ち続けた小奈川の気苦労がよく分かる。

「この映画には、どうして応募を？」坏が尋ねる。

「まとまったお金が欲しくてね。五十代のオネストマンの求人がこんなに少ないとは思いませんでしたよ」

「失礼ですが、教師時代の貯金は」

「ほとんど底をついています。親の介護費やら息子の教育費やらで出ていくばかりでしてね。ミキオくんは、お子さんは？」

「娘がいます」カシの葉を払いながら答える。「いまは里親に引き取られていますが」

もちろん悪いのは坏だ。出産してから一年半、食事を与えてオムツを替えるだけで、育児らしいことは何もしなかった。生まれてきた娘には申し訳ないと思うが、当時は自分の不運を嘆くばかりで、罪悪感も湧いてこなかった。児童相談所に保護された娘は、養親に引き取られてどこかの田舎で暮らしている。

「わたしも子育てには苦労しました。息子が頑張って描いた絵は、お世辞でも褒めてやりたいじゃないですか。でもオネストマンにはそれができない。本音をぶつけるか、黙っているしかないんです」

「あんたたち、黙って歩いてよ。遠足じゃないんだから」

前を歩いていた結合人間が、おもむろに足を止めて言った。さきほど漁船を操縦していた、浅海という結合人間だ。カシミヤのコートが雨に濡れて肩に張りついていた。

「すみません」

小奈川が頭を下げると、浅海は舌打ちして歩きだした。前途にたちこめる暗雲が、少し厚くなったように感じる。

先頭から歓声が聞こえたのは、それから三十分ほど過ぎたころだった。

「皆さん、建物ですよ！」

思わず圷も首を伸ばして、前方に目を凝らした。いつのまにか山の頂上へ近づいていたらしく、空が眼前に迫っている。

木々の向こうに、黒い火成岩が剝き出しになった広場が見えた。切り立った崖のふちに、荘厳な洋館がそびえている。外壁は赤茶けたレンガ積みで、尖塔の上では風見鶏が回っていた。二階の窓には淡い灯りがともっている。

「行きましょう」

広場に出ると、上陸時より雨が弱まっているのが分かった。今井のあとにぞろぞろと結合人間が続く。

狐に化かされたような気分だった。神戸の異人館街みたいな洋館を目の前にすると、ここが八丈島近海というのを忘れそうになる。山頂までレンガを運ぶだけで大変な手間だっただろう。洋館のとなりには同じ赤レンガの二階建て倉庫があった。

玄関ポーチに七人が並ぶと、今井が扉を二度叩(たた)いた。雨音も小さくなっているから、ノック音は邸内に響いたはずだ。

一分ほど待ったが誰も現れない。居留守を使われているのか、住人が寝込んでいるのか。扉にはガラスが埋め込まれているが、曇りが濃く屋内の様子は分からなかった。

今井が無理やり魚眼レンズを覗(のぞ)きこもうとしたところ、おもむろに扉が小さく開いた。温かい空気が隙間から洩(も)れる。

「どちらさま」

ひょろりと痩(や)せた顔色の悪い結合人間が立っていた。頰がこけ、眼窩(がんか)は窪(くぼ)み、紙のような白い顔に隈(くま)が円く浮かんでいる。街中で見かけたら奇術師か大道芸人に映っただろう。年齢は三十代にも五十代にも見える。

「わたしたち、この近くで海難事故にあいまして。暖を取らせてもらえませんか」

「困るね。突然こられても」

結合人間は木で鼻を括(くく)ったような態度で、目も合わせずに扉を閉めようとする。

「お願いします。みな疲弊しておりますし、船が壊れて帰る当てもないんです」

「なにか見たのか」

「え?」

「この島でなにか見たのか聞いている」

ぎょろりと目を剝いて、結合人間は今井の目を指さした。絵でも描いていたのか、指先に山吹色の絵具がついていた。

「いえ、なにも。岩礁に漂着して、まっすぐここへ登ってきただけです。女の子なら一人、見かけましたけど」

「女の子が一人――それだけか」

「はい、もちろんです」

「ふん。いいか、ここはわたしたち親子の島だ。二人だけで静かに暮らしている。勝手に押しかけて中に入れろとは虫が良すぎる」

「おっしゃることは分かります。しかし――」

「あんたが代表か。用があるなら、まずあんただけで挨拶に来るのが筋だろう。七人も揃ってふてぶてしい」

「てめえこそ、頭おかしいんじゃねえか」

出演者の一人、若い結合人間が組みつこうとするのを、今井が後ろ手に制した。瘦身の結合人間はうんざりしたように息を吐いて、小さく首を振った。

「向こうの小道を下ると、この館を建てるとき作業員を泊まらせた宿舎がある。八人までなら入れるはずだ。余計な真似はしないと約束するなら、案内してやる」

「迷惑はかけません。約束します」

今井が頭を下げたので、圷たちもそれに倣った。

「コートを取ってくる」

結合人間は音を立てて扉を閉めた。

異世界に迷い込んだような気分で、七人はめいめい顔を見合わせていた。なんとか門前払いは避けられたらしい。絶海の孤島に洋館を建てるだけあって、主人はいかにも一癖ありそうな人物だった。

「待たせた」

黒いレインコートを羽織った結合人間が姿を見せる。扉の間からシャンデリアの灯りが洩れたが、子供の姿は見えなかった。

広場を横切って進む結合人間を、圷たちはぞろぞろ追いかけた。広場の南側から樹林の奥へ、二メートル幅くらいの歩道がのびている。

「わたしは今井イクオクルミと言います。お名前を伺えますか」

今井が尋ねると、

「狩々(かりがり)ダイキチモヨコだ」

爬虫類(はちゅう)のように丸い目をしばたたかせて、短く答えた。

「わたしたちは八丈島から呉多島へ向かっていて、事故にあいました。差し支えなければ、ここが何という島か教えてもらえませんか」

「便宜的によそ者がつけた名前は知らない」

結合人間は振り返らずに言った。

「――わたしたちはカリガリ島と呼んでいる」

3

宿舎は海岸から二十メートルほどの場所に建っていた。プレハブ小屋を横に二つ繋げた、トタン屋根の平屋だ。周囲の地面は平らに均されているものの、小屋と外灯を除けば人工物は何もなかった。

狩々ダイキチモヨコによると、過去にはこの宿舎に小間使いを住まわせていたこともあるらしい。キッチン、シャワールーム、トイレなど、生活に不可欠な設備はひと通り揃っている。自家発電機が併設してあり、電気ストーブで暖を取ることもできるらしい。

「電話は借りられませんか。携帯電話が壊れてしまって、本土と連絡が取れないんです」

軒先での今井とダイキチモヨコの会話が聞こえてくる。雨はやんだが、凍える風が電灯を左右に揺らしていた。

「本土や八丈島との連絡手段はない。宿舎の食堂とカリガリ館に、一つずつ固定電話があるが、通話できるのは二か所の間だけだ。金曜日に食糧を積んだ定期便がくる手筈になっているから、その船で帰りなさい」

ダイキチモヨコが抑揚のない声で応じる。あの洋館はカリガリ館というらしい。

「分かりました。少しでいいので、食糧も分けてもらえませんか」

今井の言葉に、ダイキチモヨコは浮かない顔で息を吐いた。

「一息ついたらカリガリ館へ取りにきなさい」

「感謝します。ありがとうございます」

コートの襟を立てて歩道へ向かうダイキチモヨコに、今井が頭を下げていた。


玄関口で泥だらけのスニーカーを脱ぎ、正面の食堂へ向かう。小奈川たちが一足先に、電気ストーブで空気を暖めていた。文明の恩恵が身にしみる。

食堂の敷居を跨ぐと、ふと、甘い蜜のような香りが鼻腔をくすぐった。菓子でもあるのかと食堂を見回してみたが、そんなものは見当たらない。キッチンにも食器や調理具が並ぶだけで、匂いの正体は分からなかった。

食堂といっても、折り畳み式の長机にパイプ椅子を並べただけの殺風景な部屋だ。椅子を数えるとたしかに八脚ある。サッシ窓の下には木製の電話台があり、古めかしい固定電話に埃が積もっていた。

壁には掛け時計と日めくりカレンダー、それに一枚の絵画が掲げられていた。掛け時計は圷の腕時計と同じ時間を指しているが、カレンダーは三年前のものだ。

となりの絵画は圷にも見覚えのあるものだった。三十人くらいの修道士がぐるぐると階段を歩いている、有名な騙し絵だ。

「だからマウリッツ・エッシャーなんだ」

　出演者の一人、看護師みたいに大きな衛生マスクをつけた結合人間が、絵画を見上げて言った。四メートルはある巨大な体軀（たいく）とは裏腹に、無口な性格らしく、だみ声に耳を疑った。

「これはいい。未開封のインスタントコーヒーですよ。コーヒーが苦手な方はいますか？」

　今井がキッチンから顔を出して言う。各々は無言のまま首を横に振った。今井は満足げに頷（うなず）くと、薬缶（やかん）を火にかけ、十分ほどでカップに注（つ）いだコーヒーを運んできた。

「お好きなんですか」と小奈川。

「ええ、コーヒーがない場所では生きていけません」

　今井は人数分のコーヒーカップを長机に並べると、パイプ椅子に腰を下ろし、旨（うま）そうにコーヒーを啜（すす）った。

「さきほど計算してみたんですが、わたしたちはあと一週間、この島で暮らさないといけないようです」

　一息ついたところで、今井が白い湯気を見上げながら言った。今日は土曜日だから、定期便は昨日来たばかりなのだろう。見知らぬオネストマン七人で共同生活を送るというのは、当初のシナリオ通りとはいえ、正直気が重かった。

「大丈夫、みなで協力すれば乗り切れますよ。あらためて自己紹介しましょう、わたしは今井イクオクルミといいます。三軒茶屋にオネストマン探偵局という事務所を開いている私立探偵です。その名の通り、嘘を吐けない正直な探偵というのを売りにしているんですが、評判はいま一つですね。皆さん、あまり悩まずに乗り切りましょう」

今井が明るい声で言う。悩んでいるというより、三文小説みたいに異様な展開に頭が追いつかないだけだ。撮影クルーの三人が操舵手に襲われて亡くなったというのも、冗談じみていて現実感がない。

「探偵ってなによ。浮気調査とかで稼いでるわけ」

コートを着込んだ結合人間が、胡散臭そうに尋ねる。

「人捜しや信用調査が多いですね。ストーカー被害者や子供の警護をすることもありますが。最近は結合人間スーツを着た不審者にまつわる依頼も増えています」

「へえ。じゃあ見抜けるわけ？」

「結合人間スーツを着た未結者ですか。一目では分かりませんが、半日尾行すれば尻尾を摑む自信はありますね」

「じゃあ、企画に応募したのは売名目的ってことだな」

右隣に腰かけた結合人間が、今井に憎まれ口を叩く。漁船で小奈川にも文句を言っていた、二十歳過ぎくらいの小柄な結合人間だ。

「言い方は悪いですが、それもあります。あなたのお名前は？」

今井が自己紹介を促す。

「おれか？　おれは丘野ヒロキチカ。二十三歳。一つおれが言いてえのはさ、『つぼみハウス』みたいな映画の撮影って聞いたのに、なんで若いやつ全然いねえんだってこと。詐欺臭えとは思ったけどさ。とっとと帰りてえわ」

「お仕事は？」今井が尋ねる。

「無職。学生のころは印刷会社でバイトしたり、映像撮ったりしてたけど、ぜんぶやめちまったから今は根なし草だ。夢はあるけどな。つか、定職あったらこんなの応募しねえだろ」

脱色した長髪を払いながら啖呵を切る。前髪の下には眉がなかった。

「夢というと、どんな？」

「ゆーま」

「は？」

「未確認動物を見つけるんだよ。河童とかツチノコとか。なんだてめえ、バカにしてんのか」

ふざけているのか本気なのか分からない。

「分かりました。じゃあ次、お願いします」

今井が横の結合人間に水を向ける。丘野のとなりに座っているのは、カシミヤのコートを着込んだ四十前後の結合人間だ。右前腕には舶来の高そうな腕時計をはめている。

顔立ちや言葉遣いが女性的な雰囲気を醸しているが、結合人間なのでもちろん性別はない。オネストマンには結合前の男性の人格が受け継がれているので、彼は結合前から女性的な性格だったのだろう。栈橋で顔を合わせたときから一貫して、まるで愛想がなかった。

「浅海ミズキハルカ。元内科医です」

コーヒーカップを手にしたまま、高圧的な声で言う。なるほど、どうりで身なりが良いわけだ。

「お医者さんでしたか。あなたに船を操縦する腕がなければ、今ごろみな海に沈んでいましたよ。ありがとうございます」

「どうも」

「どうしてお医者先生がこんなとこにいんだよ」

丘野が皮肉を言うと、浅海は高圧的な笑い声をあげた。

「あんたたちみたいなその日暮らしと一緒にしないで。医者っていうのは神経を遣う職業なの。オネストマンが簡単に続けられる仕事じゃないのよ」

「なるほど、嘘が吐けないと医者は流行らねえってことか。阿漕な商売だな」

「好きに言えばいいわ。いくら減らず口を叩いても、病気にかかれば医者に頼らずにはいられないんだし」

「お前んとこじゃ風邪も診られたくねえよ」

丘野は鼻を鳴らして笑った。

「では次、どうぞ」

今井がとなりの結合人間に水を向ける。さきほど壁の絵画を見上げていた、身長の高い結合人間だ。結合人間の平均身長は三メートルと言われているが、彼の身長は四メートルを超えていた。

「あ、双里ワタルカオルです」

くぐもっただみ声に食堂が静まり返った。大きなマスクとレザーキャップをかぶったままなので、顔がほとんど分からない。

「お仕事は」と今井。

「えと、いまはイラストレーターです」

「絵描きさんですか。以前は別の仕事を？」

「あ、はい、元アートディレクターです。やめましたけど」

どちらも圷には馴染みのない職業だった。そういえば「つぼみハウス」にも、画家志望の若者が出演していた気がする。顔を隠しているのは芸術家としてのポリシーなのかもしれない。

「無理にとは言わないけど」今井がゆっくり口を開いた。「しばらく一緒に過ごすわけだし、ちゃんと顔を見せてくれませんか」

食堂がしんと静まる。窓外のシイの葉もぴたりと静止していた。

双里はしばらく俯いていたが、両耳の裏に手を回すと、ゆっくりマスクを外した。顔を見れば分かる有名人なのかとも考えたが、まるでそんなことはない。スリッパの裏みたいな平べったい顔立ちで、歳は三十路前くらいだろうか。七人の中では丘野の次に若そうだった。

「もういいですか」

「あ、はい。ありがとう」

双里はマスクをつけると、視線を避けるように俯いた。対人関係を苦手とするオネストマンはいくらでもいるが、ここまで極端な例は珍しい。

「あの、すみません」

右前腕をあげて圷が言うと、全員が驚いた顔でこちらを向いた。

「圷さんですね。どうしました？」と今井。

「いえ、双里さんに質問なんですけど。さっき壁の絵を見て、『だからエッシャーなんだ』ってつぶやいてましたよね。あれ、どういう意味なのかなと思いまして」

圷はそう言って壁の絵画を指さした。双里はわずかに顎を上げたが、圷と目が合うなり、責められた子供のように俯いてしまった。

「あ、ひょっとしてカリガリ島のことを知ってるのかと思ったんです。勘違いだったらすみません」

「島のことは知りません」双里が口早に答えた。「ただ狩々ダイキチモヨコさんは、十年ほど前に斯界から姿を消した画家です」

一同から驚きの声が上がった。言われてみれば、芸術家らしい雰囲気をまとっていた気もする。

「どんな絵を描いていた人なんですか？」と今井。

「あ、あまり詳しくないですが、エッシャーの幾何学的な世界観と五十年代のポップアートを組み合わせたような作品が有名でした。欧米での評価が高くて、なんというか、思索的な作風の画家だと思います」

いまいちピンとこないが、なにやら個性的な作品を残していたらしい。無人島に移り住むくらいだから、商業的にも大きな成功をおさめたのだろう。

「ようは変なやつってことだな」

気だるそうに丘野がつぶやく。

「じゃあ次、お願いします」

今井がぱんと手を叩いて、自己紹介を進めた。

「はい、ぼくだね。神木トモチヨ、三十五歳。未結者みたいな名前だけど、トモとチヨでくっついた結合人間です。どうぞよろしく」

軽快に喋り出したのは、まるまると太った人の良さそうな結合人間だ。甲板をごろんごろん転がっていた姿が目に焼き付いている。よく海に落ちなかったものだ。

「仕事のことだよね。三年前まで生命保険の外交員をやってたんだけど、オネストマンになってすぐクビになった。そりゃそうだよね、不安を煽って要らないものを買わせる仕事なんだもん。オネストマンになったら『こちらの保険がオススメです』なんて口が裂けても言えないよ。政治家と医者の次に嘘まみれの職業だと思うね。あ、浅海さんごめんなさい」

　横の双里とは対照的に、神木は福々しい顔に笑みを浮かべてぺらぺら喋り続けた。これまで空気を読んで口をつぐんでいたのだろう、堰を切ったように言葉が溢れ出ていた。

「どうしてこの映画に参加したんです」今井が尋ねる。

「参加理由？　実はぼく、こう見えて病んでたんだよね。築いてきた地位も人脈もぜんぶ失って、絶望しちゃったっていうか。自殺しようと思ったこともあるし、精神科にも通ってる。でも一年前、偉大な師匠の教えに出合って、これも運命だって気づいたんだよね。オネストマンになってから初めて、素顔の自分と向き合えた気がするんだ」

　神木の笑顔が胡散臭く見え始めた。言動がなんだか宗教じみている。

「参加理由は？」

「最後まで聞いて。ぼくが出合った教えでは、オネストマンっていうのは、神に選ばれた特別な存在なんだ。神はぼくたちを通して、嘘を吐くことの卑しさを伝えようとしているんだよ。自分の使命は、一人でも多くのオネストマンに、この事実を伝えること。だから日本中にぼくの声を届けたくて、この映画に参加しました。これが理由です」

「お前、この一年で友だち減っただろ」

　貧乏揺すりをしながら丘野が言う。

「きみ、口悪いねえ。同志ならたくさんいるよ」

「次に行きましょう。はい、どうぞ」

今井は両手を振って話を遮ると、むりやり小奈川に話を向けた。小奈川はコーヒーカップを置いて立ち上がると、咳払いして口を開いた。

「小奈川ヨウスケミイと申します。この中ではわたしが最年長みたいですね。十月まで高校で数学を教えていました。この映画に応募したのは、まとまった生活費が欲しかったからです。撮影は白紙になってしまいましたが、あと一週間、仲良く頑張りましょう」

「おれたちは子供かよ」丘野がいちいち憎まれ口をたたく。

「喧嘩しながら過ごす一週間は長いですよ。仲良く過ごせばあっという間です。みんなで協力して、早く家に帰りましょうよ」

「さすが先生ですね」今井が合いの手を入れる。「よいことをおっしゃる」

「ちなみにこちらのミキオくんは、二十年前の教え子です。埠頭で顔を合わせたときは驚きました」

すでに二人の会話で感づいていたのか、一同に驚きはなかった。圷は続けて腰を上げると、

「どうも、圷といいます。圷ミキオミサキ。今年で三十五歳です。仕事は、いちおうライターをやってます。よろしくお願いします」

それだけ言って腰をおろした。

「どんな文章を書かれるんですか？」

今井がいやなところを突いてくる。ライターとは名ばかりで、廃刊寸前の大衆誌やコンビニのムック本に記事を書いて小銭を稼いでいるだけの、ほぼ無職だ。

「ええと――、あ、たまにですけど『月刊カルト』に寄稿してます」

「ままま、まじかよ！　カルトのライター？」

腰を抜かさんばかりに跳び上がったのは丘野だ。思ってもいない反応にこちらも椅子から落ちそうになる。

「月刊カルト」は陰謀論ばかりを掲載するオカルト情報誌で、古臭い装丁と正しいことが一つも書いていない誌面で、少数のマニアから好評を博していた。圷も何度かデタラメな記事を載せたことがある。

「おれ、中学生のころから定期購読してるぜ！　先月の羊歯病ウイルス陰謀論は興奮したな。お前、どんな記事書いてんだ？」

「ええと、十月号にゲルニカお祭り説っていう見開き記事を書いてます」

周囲の冷ややかな視線に気を揉みながら、声を落として言う。

「ピカソのやつか！　あれは下らなかったな！」

「……褒め言葉？」

「当たり前だろ！　あとは？」

「ええと、半年くらい前に、アンディ・ウォーホル色盲説って記事が――」

「いい加減にしろよ」

誰の声だか分からなかった。丘野もきょとんとした顔で食堂を見回している。

このいがらっぽい声は――、双里だ。レザーキャップと衛生マスクで表情が読みとりづらいが、目を三角にしてこちらを睨んでいる。

「すいません」

ピカソやウォーホルを茶化したのが癪に障ったのだろう。圷は素直に頭を下げた。どう考えても嘘八百で小銭を稼いでいる自分が悪い。

「まあ落ち着いて。これで全員の紹介が終わりましたね。小奈川先生もおっしゃいましたが、みなで協力して乗り切りましょう。いつか良い想い出になりますよ」

今井がうまくまとめて、その場はお開きになった。


宿舎は食堂のとなりにキッチン、シャワールーム、トイレが集まっており、その奥に四つの小部屋が並んでいた。廊下の手前側に二部屋、直角に角を曲がった奥にもう二部屋という案配だ。嵌め殺しの窓がついた畳敷きの和室は、取材資料で目にした雑居房に似ていた。

布団の枚数から判断するに、それぞれが二人部屋らしい。滞在者は七人だから、誰かが一人部屋になる。

「ぼく、一人でもいいかな。うまれつきの体質で、夢遊病を起こすことがあるんだ。睡眠薬で抑えることもできるんだけど、師匠にはなるたけやめるよう言われてて」

宗教かぶれの神木がどこか得意気に言い、手前の「一号室」と書かれた部屋を一人で使うことになった。相部屋になりたいタイプではないので、誰も異存はなかった。

「もうこんな時間ですか。なんだかあっという間でしたね」

小奈川が腕時計に目を落として言う。針はちょうど十六時半を指していた。

圷と小奈川が並んで奥の四号室に入ろうとすると、

「おいおい待てよ！」

丘野がニヤニヤ笑いながら肩に腕を回してきた。いやな予感がする。

「お前、おれの部屋に来るよな」

「いや、でも……」

「ちょうどいいわ。小奈川先生はこちらへいかが」

元医師の浅海が猫撫で声で口を挟んできた。カリガリ館へ向かう途上で叱られたときとはまるで態度が変わっている。考えてみれば、まともな職業に就いていたのは医師と教師の二人くらいしかいない。せめて堅気同士で夜を明かしたいのだろう。

「おお、お偉い先生二人で相性ピッタリだ。相部屋で想い出話でもしてろ」

「子供みたいね。言われなくてもそうするわ」

反論する間もなく、圷は三号室へ、小奈川は四号室へ連れ込まれた。

「まあ仲良くやろうぜ。『月刊カルト』の話はゆっくり聞かせてくれよ」

丘野はそう言って後ろ手に扉を閉めた。宿舎の玄関扉と同じく、個室の扉も錠はついていないようだ。

「はあ。よろしく」

不安を振り払うように嵌め殺しの窓へ目をやると、灰のような雪がちらほら舞い始めていた。

4

時計の針が十七時を回ったころ、今井がノックして三号室に入ってきた。カリガリ館へ食糧をもらいに行くのに人手が欲しいらしい。ルームメイトの双里には同行を断られたそうだ。特にすることもないので、圷と丘野を加えた三人で宿舎を出た。

薄雪が山道を覆っている。降り始めて三十分というところだろうか。ここが亜熱帯の孤島ということが、自分でも信じられなくなってくる。足早に進むと、二十分ほどで山頂まで辿(たど)りついた。

奇妙な場所にあるのは変わらないが、夜空の星を背負ったカリガリ館はどこか愛らしく見えた。玄関ポーチの横には、掌(てのひら)サイズの真っ白い雪だるまが座っている。

今井が扉をノックすると、すぐにダイキチモヨコが姿を見せた。玄関ロビーに段ボールが積み上げられている。

「七人分の衣類と食糧だ。無駄にするな」

ぎょろりと目を光らせて言う。食糧は四箱だったが、こちらが三人なのに気づいて三箱に詰め直してくれた。無愛想なだけで情のある人物なのかもしれない。汗を拭った額に山吹色の絵具がついていた。

「感づいているかもしれないが、この島の気候には常識が通じない。不要な外出は控えることを勧める」

「妖怪が島にいるんじゃないすか。この洋館も、吸血鬼とか住んでそうっすもんね」

丘野がおどけた声で言うと、

「オカルトは嫌いだ」

ダイキチモヨコは顔も上げずに答えた。坏まで叱られたような気分になる。

三人は口を揃えて礼を言うと、踵を返して山道へ向かった。自分たちの足跡がまだ残っているが、雪はもうやんでいた。

ふと振り返ってカリガリ館の二階を見上げてみたが、案の定、窓辺に少女の姿は見当たらなかった。

宿舎に戻ると、レトルトカレーを鍋で煮込んで七人で夕食を摂った。すっかり腹を空かしていたので、硬いごはんも頬が落ちるような美味に感じた。顔を顰めていたのは浅海くらいだろう。

「このジャージ、でかすぎだろ。小さいサイズも用意しとけよ」

鍋に残ったカレーをほじくりながら、丘野が不平を洩らす。ダイキチモヨコは全員分のジャージと下着、スニーカーを用意してくれていた。雨に濡れた姿を見て気をきかせてくれたのだろう。サイズにまで文句を言うのは贅沢が過ぎる。

「双里さんはぱつんぱつんですね」

今井が微笑して言う。双里のような四メートルを超える身長は、結合人間でも非常にまれだ。今井の言うとおり、双里には裾の丈がまるで合っていなかった。

「そうだ、圷。おれ、さっき段ボールを運びながら、凄いことに気づいた」

「なんですか」

「いや、ここじゃ言えねえよ。部屋に戻ってゆっくり話そうぜ」

丘野はずいぶんと圷に親近感を抱いているらしい。オカルト好きなのは分かるが、こちらは何度か記事を書いただけの素人で、付け焼き刃の知識しかない。

「そういえば、部屋でこんなものを見つけたよ」

食事がすんだころ、神木が日焼けした紙を取り出して言った。机上に広げられたのは、新聞の見開き大の地図だった。茶色く焼けているが、読み取りに支障はない。一枚目がカリガリ島の測量地図、二枚目がカリガリ館の見取り図だった。

「どこにあったんですか？」と今井。

「一号室の窓に貼り付けてあった。ぼくの部屋だけなんだとしたら、神の御意志を感じるね」

「結露の対策に使っただけだろ。アホか」

丘野が舌打ちして言う。

地図で見るカリガリ島は、想像していたよりもこぢんまりとしていた。初めは円に近かった火山島が、波に晒されて徐々に歪んだのだろう。北東の海岸線だけが直線状の岸壁になっており、それ以外は岩場と砂浜が緩やかにカーブしている。カリガリ館と倉庫はちょうど北東の崖沿いに、宿舎は南西の海際に位置していた。

夕食後、各々が自室に引き返したあとも、今井だけは食堂でじっと地図を見つめていた。

圷がキッチンに残って食器を洗っていると、小用を足しにきたらしい小奈川が手を貸してくれた。

「わざわざすみません」

学生時代に戻った気分で、圷は小さく会釈した。

「こんなところで再会するとは人生分からないものです。無事に戻ったら、赤羽の呑み屋で一杯やりましょう」

「いいですね。あ、ぼく、先生に謝らないといけないことがあるんです」

「へえ。なんですか？」小奈川が片眉を上げる。

「ぼく、入学したころから、小奈川先生がオネストマンっていう噂は聞いてたんです。

でも信じられなかったんですよね。クラスみんなに優しいし、他の先生とも仲良さそうだし。ドキュメンタリー番組とかで観るオネストマンとはまるで違ってたんです」

「もともと本音で生徒と接するタイプだったんでしょう」

「それで、たまたま職員室に配布物を取りにいったとき、先生の机に、健康診断結果の封筒が置いてあったんです。放課後の遅い時間で、誰も見てなかったんですよね。ぼく、封筒ごと持って帰っちゃったんです」

「わざわざそんなものを」

「嘘を暴いたと思ったんです。でも家で封筒を開けてみたら、オネストマンの欄にちゃんとチェックが入っていました。急に後ろめたくなったんですけど、正直に言い出せなくて、半年くらい後に捨てました」

小奈川は声をあげて笑った。

「覚えてませんねえ。まあ時効で許しますよ。健康診断の結果なんて、当時はちゃんと見ていたか怪しいですし」

「ありがとうございます」

「オネストマンらしく見えなかったのは、できる仕事に自分で線引きをしていたからです。意外とクラス担任はやれるんですよね。ただ進路指導はできません。多少の嘘を交ぜてでも、生徒のやる気を引き出さないといけませんから」

笑いながら語っているが、自分がオネストマンになってみて小奈川の苦労が身に沁みて分かった。結合前から自分を偽らない性格だったからこそ、オネストマンになっても同じ仕事を続けられたのだろう。

「小奈川先生がいて良かったです。あと一週間、辛抱できそうです」

「ありがとう。そういえば、一つだけ気がかりなことがあります。あのダイキチモヨコさんという人、なにか隠しているように見えませんでしたか」

小奈川が途中から声を落として言う。

「そうですか？」

「世話になっている人を悪く言うのは気が引けますが、なにか秘密がある気がします。初め七人で訪ねたときも、わたしたちが目撃したものを気にしていました」

圷はあらためて狩々ダイキチモヨコの姿を思い返した。芸術家とはいえ、太平洋の孤島に洋館を建てて暮らしているのだから、浮世離れした人物なのは間違いない。なにか打ち明けられない事情を抱えているのだろうか。

「考え過ぎな気もしますけど――痛っ」

ぼんやりしながら手を動かしていて、うっかり包丁の刃先で指を切ってしまった。思わず引いた肘(ひじ)が包丁立てにぶつかり、出刃包丁と果物ナイフが床に散らばった。鈍い金属音が響きわたる。

「大丈夫ですか？」

「ええ、すみません」

指の傷を舐めながら、残りの手で包丁を拾いあげた。足に刺さっていたらシャレにならない。出刃包丁には刃こぼれひとつなかったが、果物ナイフの柄にY字のヒビが入っていた。結合人間は足が四本もあるのだ。

「いけない。割っちゃいました」

「気にすることはないですよ。今は小さいことにくよくよしても仕方ありません」

小奈川の慰めが胸に響いた。これでオネストマンというのだから、小奈川は本当に人格者なのだろう。彼を教壇から追い出した人間をとっちめてやりたい。

「ありがとうございます」

「わたしも反省しました。こんなときに要らぬ邪推をしても仕方ありませんね。大人しく定期船を待っていれば大丈夫でしょう」

「触らぬ神に祟りなし、ですか」

「ええ。これはわたしの人生訓なんですけどね、本当に危ないと感じたものからは、一目散に逃げるべきだと思うんです」

「先生は昔からそうおっしゃってましたね」

「ええ。教師の多くは逃げることが恥ずかしいことのように教えますが、あれは嘘ですよ。イジメ、犯罪、借金、火事、津波、雪崩。みんな逃げた人間が得をするようにできているんです」

やけに生々しい人生訓だった。小奈川の実体験が活かされているのだろう。小奈川は目を細めて笑ったが、表情はどこか不安げに見えた。

布巾で拭いた皿を食器棚に収めると、二人はキッチンを出た。廊下で小奈川と分かれ、三号室の扉を開けた。

「おお、人気オカルトライター。おせえよ！」

布団に転がって手招きする長髪の結合人間を見下ろし、圷は隣室に逃げ込みたくなった。

「羨ましいぜ。印刷会社のバイトより遥かに夢がある職業だもんな」

「夢なんてないですよ。食べていけなくて失踪する人も多いですし」

「ロマンがあっていいじゃねえか。それよりおれ、狩々ダイキチモヨコの正体に気づいちまったんだ。早くドアを閉めろ」

「丘野さん、陰謀論と現実をごちゃごちゃにしちゃダメですよ」

「お前の原稿と一緒にすんな。いいか、よく聞け。おれ、狩々ダイキチモヨコはジョイントマンだと思うんだ」

丘野の眼差しがあまりに真剣なので、圷もしぶしぶ畳に腰をおろした。

ジョイントマン――あるいは結合人格人間とは、フリーメイソンやエイリアン、イエティなんかと似たような、オカルト雑誌の定番ネタの一つだった。

通常、人間の男女が結合すると、前頭葉や記憶海馬は女性のものだけが受け継がれる。女性の人格は結合前のまま維持されるが、男性の人格は消滅するのだ。唯一の例外は脳機能が逆転した結合人間――つまりオネストマンだが、この逆転が起こる確率は一パーセント以下なので、男性は結合前に人格を捨てる覚悟を決めねばならない。

ところが世界には、男女どちらかの人格ではなく、結合前の人格を共に維持した、二重人格の結合人間が存在している――、これがいわゆるジョイントマン存在説だ。場合によっては、すでに世界人口の半数はジョイントマンに占められている、なんて尾鰭がつくこともある。

もちろん、そんな都合のいい人間は実在しない。不老不死の薬と同じで、人間の願望が生み出した空想の産物だ。七十年代にフィリピンのミンダナオ島で見つかったというニュースが世界を駆け巡ったが、後の調査で自作自演だったことが判明している。

「月刊カルト」に寄稿しているライターにも、ジョイントマンの存在を心から信じている者などいない。オカルトとは所詮、エンターテインメントなのだ。

「こんな噂、お前も聞いたことねえか？」

相手に興味がないことなどおかまいなしに、丘野は声をひそめて語り始める。

「三十年くらい前、東京の帝国病院から伊豆諸島の診療所に派遣されていた医者の先生が、人里離れた集落でジョイントマンを見つけたんだ。その集落ではジョイントマンも珍しくなくて、他の住民と交じって平穏に暮らしていた。

世紀の大発見に、お医者先生は狂喜した。ところが帝国病院の同僚に事実を伝えても、一笑に付され取り合ってもらえない。功を急いだお医者先生は、ジョイントマンの一人に羊歯（しだ）病の疑いがあると言って、東京の病院へ連れだした。騙（だま）くらかしたんだな。もう病院は大騒ぎだ。ジョイントマンを病室に監禁すると、功名心にかられた教授どもは、患者そっちのけで駆け引きに明け暮れた。

ところが一月が過ぎて、ようやく大学がジョイントマンの存在を公表しようとしたところ、そいつは病室から煙のように姿を消していたんだ。功名ばかり考えて人命を疎（おろそ）かにする医者たちに愛想が尽きたんだな。教授たちが大挙して伊豆諸島の集落を訪れると、そこに人気はなく、砂埃（すなぼこり）の舞う廃村が広がるばかりだった――」

丘野の長広舌を聞いていると、同じ記事をどこかで読んだ気がしてきた。知人のオカルトライターの創作かもしれない。まあ、オカルト雑誌を捲（めく）ればいくらでも出てきそうな都市伝説ではある。

「それで？」

「だから狩々ダイキチモヨコが、病院から逃げ出したジョイントマンなんだよ。集落の仲間に危険を知らせて、あいつ自身はこの島に身を隠したんだ」

「根拠は？」

「根拠も糞（くそ）もねえよ。そうでもなきゃ、孤島でひっそり暮らす理由がねえだろ」

丘野が胸を張る。こじつけもいいところだ。そもそも三十年前に羊歯病ウィルスは見つかっていないから、時代背景がおかしい。

「べつにダイキチモヨコさんは、人格が二つあるように見えなかったですけど」

「分かってねえな。もう一方の人格はハイド氏なみに凶暴なんだよ。病院で監禁されてたのはそれが理由だ。おれたちをカリガリ館に泊めなかったのは、そうしなきゃもう一つの人格が乱暴しちまうのが分かってたからだ。

初め玄関ポーチでダイキチモヨコと顔を合わせたとき、島で何か見たかって聞かれたろ？　きっとあの瞬間まで、ダイキチモヨコは別の人格だったんだ。自分のもう一つの姿が見られていないか、不安だったんだろうな」

それなりに理屈を練っていたらしく、丘野は得意気にまくしたてた。牽強付会もいいところだが、ダイキチモヨコが隠し事をしているように見えたのは事実だ。

「なあ、これ記事にしてくれよ。太平洋の孤島でジョイントマンを発見！　次の特集はこれで決まりだ」

「ぼくにそんな裁量はないです」

「ひよんな。クソ面白い原稿を持ちこめば大丈夫だろ」

「引きが弱すぎます。いまどきジョイントマンネタなんて犬も食べませんよ」

「じゃあ殴り合いでもすればいいじゃねえか。本誌ライターがジョイントマンと決闘！　これだ。さっそくカリガリ館に侵入しよう」

触らぬ神に祟りなし、という小奈川の言葉がよみがえる。

「丘野さん、バカな真似はやめて――」

「待てよ。あいつの別人格はかなり凶暴だからな。いくらガリガリとはいえ、こっちも素手じゃ危ねえか」

「あの人は多重人格なんかじゃないですよ」

「は？　証拠はあんのかよ」

「彼はぼくたちの恩人です。いい加減にして――」

ガタン、と宿舎の扉が開く音が聞こえた。荒っぽい靴音が続く。

「全員出てこい！」

怒髪天を衝くような狩々ダイキチモヨコの声だった。

「どうされましたか」

坏と丘野が玄関口へ駆けつけたときには、すでに今井がダイキチモヨコと向き合っていた。自称探偵だけあって動きが速い。坏たちの後ろには小奈川、浅海、双里が続いている。神木だけ姿が見えなかった。

「余計な真似はしないと約束したはずだ。反故にするなら今すぐ出ていけ」

肩を怒らせたダイキチモヨコが、こぼれんばかりに目を剝いて怒鳴る。三時間前とは明らかに顔色が違っていた。レインコートに木の葉がくっついている。

「すみません。わたしたちが何かご迷惑をおかけしましたか？」

失言を詫びる政治家みたいな声色で、今井が問い返す。

「この中に、麻美を襲った人間がいる」

ダイキチモヨコによれば、彼の娘――麻美という十五歳の少女らしい――が来訪者たちに好奇心を抱き、十六時半ごろこっそりカリガリ館を出て、宿舎のすぐ近くまで山を下りたという。

麻美は木陰から、一時間くらい宿舎を遠巻きに眺めていた。時おり聞こえてくる話し声に耳を凝らしていたところ、急に名前を呼ばれたらしい。振り返ると、衛生マスクで顔を隠した結合人間が四本腕をのばしていた。麻美は泣きながら逃げ出すと、山道を駆け上がって狩々ダイキチモヨコに助けを求めたという。

「ここはわたしの島だ。わたしたち親子の暮らしを脅かす者は、どんな手段を使っても叩きだす」

「申し訳ありません」

目を吊り上げたダイキチモヨコに、今井が深々と頭を垂れる。娘が襲われたというのは大げさ過ぎる気もするが、ここは素直に謝っておくのが得策だろう。坏にも娘がいるので、憤慨する気持ちも分からないではない。一同は揃って頭を下げた。

「誰のしわざだ」

「麻美ちゃんを泣かせてしまったのは」今井が後ろを振り返った。「あなたですか」

みなの視線が双里に集まる。ずっとマスクをつけている結合人間は一人しかいない。

双里は言葉を選ぶように黙り込んでいたが、

「すみません」

短く言って上半身を曲げた。

「どういうつもりだったんですか」と今井。

「あ、えっと、悪意はないんです。外に出た理由は、べつに、そういうんじゃなくて……」

「お前、人見知りじゃなかったか？」

胡散臭そうに丘野が言う。

「えっと、でも、普段から子供に絵を教えたりしていて。だから、子供はそんなに苦手じゃないというか」

「子供に危害を加えようという気はなかったんですね」

「それは、もちろんです、はい」

「ダイキチモヨコさん、彼も悪意はなかったようです。許して頂けませんか」

今井の言葉に続いて、双里もふたたび頭を下げた。声をかけた程度で、こんな大事になるとは思わなかったのだろう。

ダイキチモヨコもやや冷静さを取り戻したのか、目を閉じて考えるそぶりを見せると、吐くように告げた。

「今回は許す。だがこれが最後だ」

「ありがとうございます。もしもこれから狩々麻美ちゃんに出会っても、驚かすような真似は絶対にしません」

「当然だ。カリガリ館にも絶対に近寄らないでもらいたい。用事があるなら電話を使うれる。

「約束を破る者に命の保証はないからな」

語気を強めて言うと、ダイキチモヨコは宿舎を出ていった。各々の口からため息が洩れる。

扉の外では、冷たい夜風が横殴りに吹き荒んでいた。

「言ったとおりだったろ？やっぱりあいつは二重人格だ」

三号室に戻るなり、丘野が得意顔で言った。鼻息が荒い。

「極論過ぎますよ」

「見るからに顔つきが違ってたじゃねえか。前の落ち着いてるのがダイキチの人格で、今の怒りっぽいのがモヨコの人格なんじゃねえかな」

圷は丘野に背を向けて息を吐いた。自分のようなろくに子育てをしたことのない親でも、娘のことを思うと胸を締め付けられることがある。子供のことを考えるとつい感情的になってしまう親は、いくらでもいるだろう。まあ、多重人格かと思えるほどダイキチモヨコの人格が急変していたのは事実だったけれど。

「ぼくたちは医者じゃないんですから。確かなことは言えません」

「じゃあ浅海大先生に協力してもらうか」

「鼻で笑われるのが落ちですよ」

「なんとか証拠を摑みてえとこだな。迂闊にカリガリ館へ近づくのは危ねえし。やっぱり不意を突くしかねえか」

冗談で言っていないところが恐ろしい。丘野もオネストマンの一人なのだ。

「この話はもうやめてください。ぼく、シャワーで汗を流してきます」

下らない真似はしないよう釘を刺して、圷はシャワールームへ向かった。

廊下へ出たところで、さっぱりした顔の神木とすれちがった。ちょうどシャワーを浴びてきたところらしく、くせ毛が湿っている。騒動のことなどつゆ知らぬ顔で、にこやかに微笑んでいた。

シャワールームは仮設トイレのような安っぽい設備だったが、ハンドルを捻ると温水が出るのがありがたかった。絶海の孤島でシャワーまで浴びられるのは狩々ダイキチモヨコのおかげだ。手足の泥を落としながら、圷はカリガリ島へ漂着した偶然に感謝した。

ごわごわのタオルで髪を拭きながらシャワールームを出ると、トイレから出てきた丘野と顔を合わせた。さきほどまでの得意気な態度が一変して、俯きがちに胸を押さえている。

「ど、どうかしました？」

「なんでもねえよ。気にすんな」

そう言い捨てて、丘野は足早に三号室へ向かった。腹でも下したのだろうか。

扉を開けてトイレを覗いてみると、汚れた床板に赤い斑点がついていた。ほんのわずかだが、血のようにも見える。なにか深刻な持病を隠していたのだろうか。

不安を抱きながらトイレを出ると、食堂の電灯を消し、三号室へ向かった。

顔を伏せた丘野が入れ違いでシャワールームへ向かう。邪推しても仕方ないので、圷は電気を消して布団にもぐった。一日の疲労がどっと押し寄せてくる。撮影クルーの三人が命を落としたのが、遠い過去の出来事のように思えた。

まぶたを閉じると、先の分からない不安が鉛のようにのしかかってきた。一週間後、自分は本当に元の生活へ戻れるのだろうか。いや、あの退屈な生活に戻ることが、はたして自分にとって正解なのだろうか。

そんなことを自問しながら、圷はゆっくりと眠りに落ちた。

5

嵌め殺しの小窓から暖かい日が差している。耳をすませば、波音にまじって小鳥の囀りが聞こえてきそうだ。気まぐれな低気圧は伊豆諸島沖を去ったのだろう。

「――――」

心地よい朝の気分は、寝返りを打つと同時に胸騒ぎに変わった。ルームメイトが寝ているはずの布団が蛻の殻だったのだ。

宿舎はまだ寝静まっている。丘野が一人で朝食の準備をするような人間とも思えない。

──迂闊にカリガリ館へ近づくのは危ねえし。やっぱり不意を突くしかねえか。

丘野の得意気な声が耳の奥でよみがえった。いやな予感がする。

坏は足音を忍ばせて廊下へ出た。食堂を覗いても人影はない。玄関口に立ってみると、案の定、昨晩よりスニーカーが減っていた。澱のような不安が胸に広がる。時計を見ると六時五十分だった。

「ちくしょうめ」

寒さに身を強ばらせながら、玄関の扉を開けた。透き通った冬空に、筆で刷いたような白い雲が浮かんでいる。昨晩わずかに降った雪はすでに溶け、火成岩の散らばる地面が剝き出しになっていた。

山頂のカリガリ館までは、走っても二十分、歩いたら三十分はかかるだろう。丘野がいつ部屋を抜け出したのか分からないが、追いかければ間に合うかもしれない。ダイキチモヨコに見つかって島から追い出される前に、なんとしても丘野を連れ戻さねばならない。

小奈川に相談しようかとも考えたが、四号室の浅海と顔を合わせるのは気が重かった。腹を括ると、坏は山道に足を踏み出した。

昨日ほどの泥濘ではないが、焦るとすぐ脚を取られそうになる。うっかり斜面を転落したらシャレにならない。駆け足とはほど遠い速さでも、五分後には全身汗だくになっていた。

十五分ほどかけてやっと中腹を通り過ぎる。海岸が近いらしく、潮の香りが鼻腔をくすぐった。息を切らして歩いていると、白い妙なものが視界に入った。

「なんだ？」

足元に目を落とすと、四メートルくらいの白いゴム紐が落ちていた。昨晩はなかったはずだが、丘野が落としたのだろうか。用途がまるで想像できない。

あたりを見回すと、道沿いに立つシイの根元に、糸を巻いたような跡が残っていた。木肌に白い筋が浮かんでいる。何かの目印だろうか。

考え始めると気味が悪いので、坏はゴム紐を茂みの奥へ放りこみ、頂上へ歩を速めた。山道の途中にもう一つ、同じ跡のあるシイを見つけたが、深く考えることはせず道を急いだ。

山頂の広場へ辿りついたときには、すっかり息が上がっていた。胸のうちで呪詛を吐きながら顔を上げると、火成岩の広場を挟んで丘野の姿が見えた。玄関ポーチに屈みこんで、扉に耳を押しつけている。足元には小さくなった雪だるまが見えた。

腕時計は七時二十分を指している。狩々親子が起床していてもおかしくない。声を出して呼ぶわけにもいかず、坏は足音を忍ばせて丘野のもとへ駆け寄った。

フランス窓のカーテンの隙間に目を凝らしている丘野の右肩を叩くと、

「うわあ！」こちらを振り向いて目を丸くした。「なんでここに？」

「静かにしてください。丘野さん、非常識な真似はやめてください」

「お前、そんなにおれのスクープを邪魔したいのかよ」

「そんなんじゃありません。昨日、勝手にカリガリ館へ近寄らないと約束したばかりじゃないですか。島から追い出されますよ」

「上等じゃねえか。追い出されても只じゃ帰らねえけどな」

虫の良いやつだ。丘野もオネストマンだから、虚勢を張っているのではなく、これが本心なのだろう。たちが悪い。

「丘野さん、昨日のダイキチモヨコさんの言葉を思い出して――」

「分かった、見つからなきゃいいんだろ。いい隠れ場所はねえかな」

丘野が右肩をさすりながら言う。ふとレンガ積みの倉庫に目を留めると、観音開きの扉に駆けより、把手を捻った。

「いい加減にしてください」

「ちくしょう、閉まってやがる」

背後から覗くと、スライド式の金具に錆びた南京錠が貼り付いていた。鍵穴には土埃が詰まっている。

「仕方ねえ、そこの茂みにでも隠れるか――ん？」

カリガリ館の中から、かすかに電子音が聞こえた。目覚まし時計のアラームかと思ったが、どうやら電話の呼び出し音のようだ。

「愛人のモーニングコールかな」丘野がいやらしく笑う。

「冗談を言っている場合ですか。早く行きましょう」

「お前、それでもオカルトライターかよ。この壁の向こうにジョイントマンがいるんだぞ」

「いませんよ。電話でダイキチモヨコさんが目を覚ましたかもしれません。逃げましょう、早く」

「でも鳴りやまねえぞ？」

丘野が耳に手を当てて言う。たしかに電子音は鳴り続けているようだ。どうして誰も受話器を取らないのだろう。

ふと別の疑問が頭をもたげた。ダイキチモヨコの説明では、電話が繋がるのはカリガリ館と宿舎の間だけだったはずだ。つまり宿舎の誰かがこちらに電話をかけていることになる。いったい何のためだろう。

呼び出し音は一分ほどで鳴りやんだ。邸内は静まり返っており、人の気配がない。妙な胸騒ぎがした。

「なんだよ、居留守使ってんのか」

丘野が正面玄関に歩み寄って、真鍮のドアノブを捻る。さすがに錠は閉まっているようだ。

「やめてください。他人の家ですよ」

「坏、いま何時だ」

「七時二十五分ですけど」腕時計を見て答える。

「じゃあ、あと三十分くらいで帰る。お前はさきに宿舎へ戻ってろ」

丘野はそう言って、いそいそと木立に身を隠した。中腰になって、洋館から響く音に耳を澄ましている。ダイキチモヨコを見張っていれば、二つの人格がある証拠が摑める（つか）と考えているらしい。

「そう言って追い払おうって魂胆ですか」

「腹が減っただけだよ。せっかく早起きしたのに、出てきやしねえ。ちくしょう」

「分かりました。八時までですからね」

この問題児を野放しにして戻るわけにはいかない。坏も叢（くさむら）に身を潜めた。

同じころ——のちに小奈川から聞いた話だが——、宿舎でも騒ぎが起こっていた。

小奈川は七時十五分に目を覚ましたという。ルームメイトがいないのに気づき、寝坊したかと慌てて部屋を出た。

小用を足してから食堂へ向かうと、浅海と今井が斜向（はす）かいに腰かけていた。朝からひどく顔を曇らせている。

「あ、小奈川先生。おはようございます」

今井が会釈して言う。

「なにかあったんですか？」

「いえ、わたしの部屋の双里さん、具合が悪いみたいなんです。浅海さんに診てもらったんですけど——」

「四十度近い熱が出てる。放っておくと肺炎に進行するかもしれないわ」

浅海が起伏のない声で答えた。

「そんなに危険なんですか」

「命の心配はないと思いたいけど、本人の免疫によるわね。抗生剤がないと危ないのは間違いないわ」

慎重に言葉を選んでいるのが分かる。医療設備のない島に一週間留まるのは、リスクが大きいということだろう。

「もう一つ奇妙なことがあります。坏さんと丘野さんの姿がありません」

「え？　いつからです」

「つい先ほど、玄関のスニーカーが減っているのに気づきました。確認してみると、三号室は蛻の殻でした」

早朝から二人で外出しているというのか。どこへ、何のために。小奈川の頭は疑問符で溢れた。

「いやな予感がします。わたしの考えが甘かったのかもしれません」

「ダイキチモヨコさんに相談してみたらどうです。子供と暮らしているんですから、常備薬くらい揃えているでしょう」

「七時に一度電話をかけてみたんですが、出たのは麻美ちゃんだけでした。ダイキチモヨコさんはまだ寝ているみたいだったので、起きたら折り返してもらうよう頼んであります」

浅海も会話を聞いていたらしく、表情を変えずに頷(うなず)いた。

「あっても解熱剤くらいだとは思うけどね」

「もう一度かけてみましょうか」

今井はパイプ椅子から腰を浮かせて、右前腕で受話器を取った。ダイヤルしなくても発信が始まるらしく、スピーカーから発信音が流れ始める。今井は無表情のまま虚空を睨(にら)んでいたが、

「誰も出ません」

一分ほどで受話器を置いた。

「カリガリ館へ出向いて、ダイキチモヨコさんに直(じか)談判したほうが早いかもしれません」

「そうですね」今井は二度頷いた。「ではわたしがカリガリ館へ行きましょう。浅海さんは双里さんの看護をお願いします。もし神木さんが起きてきたら、事情を伝えておいてください。小奈川先生は、近くの浜辺に坏さんたちがいないか捜してくれませんか」

「分かりました」

険しい顔で山頂へ向かう今井を見送り、小奈川は一人で浜辺へ向かった。

山頂の広場に今井が姿を見せたのは、七時五十分のことだった。

「何をしているんですか」

圷が振り返ると、目の前に浅黒い結合人間が立っていた。山道を駆け上がってきたらしく、額に汗が浮かんでいる。

「なんだ、お前もスクープを邪魔しにきたのか」

丘野はふんと鼻を鳴らした。

「スクープ？」

「教えてやろうか。狩々ダイキチモヨコの正体はジョイントマンなんだよ」

丘野が自説を披露しようとすると、今井は両手を突き出してそれを止めた。

「時間がないんです。ダイキチモヨコさんたちはカリガリ館にいますね」

今井は返事を待たずに玄関ポーチへ歩いていく。圷と丘野は訳も分からず跡を追った。

「な、何かあったんですか」

「双里さんが高熱を出して倒れているんです」

昨日と同じように、今井は扉を二度叩いた。あいかわらず邸内は静まり返っている。

「おかしいですね。麻美ちゃんは絶対にいるはずなのに」

「なぜ分かるんですか」

「七時に電話で話したんですよ。そのあとで外出したんでしょうか」

今井はくりかえし狩々親子の名を呼んだが、人が出てくる気配はなかった。不安と困惑が胸を満たしていく。

「うわあ！」

丘野が悲鳴を上げた。玄関ポーチから見て、左側のフランス窓を覗きこんでいる。

「どうしました」

「あ、あれ、ひょっとして人間――？」

顔を蒼くした丘野が、カーテンの隙間を指さした。駆けよって見ると、アトリエらしい小部屋の床を、窓から差した一筋の光が照らしている。イーゼルの前に痩せた結合人間が倒れているのが見えた。

「もしもし、ダイキチモヨコさん！」

今井が拳で窓を叩いたが、倒れた結合人間はぴくりとも動かない。血の気が引いていくのが分かった。

「仕方ありません、扉を破りましょう」

低い声で言うと、今井は玄関ポーチへ引き返した。シリンダー錠の真上にガラスが嵌まっているので、うまく割れば腕を入れてつまみを捻ることができそうだ。

今井は二人と目を合わせてから、磨りガラスに肘鉄砲を食わせた。一発目で蜘蛛の巣状のヒビが入り、二発目で中央が丸ごと床に落ちる。尖った割れ目に左前腕を差し入れ、つまみを捻った。

外開きの扉を開けると、玄関ロビーの向こうに板張りの廊下がのびていた。採光窓から柔らかい日が差している。暖炉に火が入っているらしく、暖気が緩やかに流れていた。廊下の左右に一つずつ扉があり、臙脂色の絨毯を敷いた階段がカーブしながら二階へ続いている。

洋館なので靴を履いたまま、今井を先頭に廊下を進んだ。設計ミスかと思うほど、床鳴りがギシギシと響く。左右の壁にはエッシャーのトリックアートが並んでいた。

廊下の左右に、板チョコみたいな装飾を彫り込んだ扉が現れた。左手の扉がアトリエだろう。今井はゆっくり扉を開けると、壁のスイッチを押して電灯を点けた。

時が止まったかのような沈黙。口の中に苦いものが広がっていく。

イーゼルと書棚に挟まれて、狩々ダイキチモヨコのひょろりとした身体が仰向けに倒れていた。喉がぱっくり裂けており、床の木目に沿って血痕が広がっている。凶器は見当たらない。顔には苦悶の色が張り付いており、見開かれた四つの目はすでに白く濁っていた。

顔を上げると、丸椅子とイーゼルを囲むように、ずらりと書棚が並んでいた。重厚感の漂う書架に、アートやデザインにまつわる洋書や写真集が詰まっている。イーゼルに固定されたスケッチブックには、赤紫色と山吹色が鬩ぎ合うような、得体の知れない水彩画が描かれていた。

「残念ですが亡くなっていますね」今井が死体の顔を覗きこんで言う。「おそらく首を裂かれたことによる失血死でしょう」

「自殺か？　それとも、殺人——？」

必死に強がっているが、丘野の声は明らかに震えていた。

「凶器がないので他殺でしょう。丘野さん、今日は何時から山頂にいたんですか」

「六時半くらいかな。でも、ず、ずっと見張ってたわけじゃねえよ。館の周りをうろついてたから」

「圷さんが合流したのは？」

「七時二十分です」

「では、それからはずっと目を離していないですね」

「それは間違いありません」

「では、ダイキチモヨコさんが殺されたという前提で考えると——、犯行時刻が七時二十分より前でないかぎり、犯人はカリガリ館から出ていない。まだどこかに潜んでいることになります」

今井の言葉にますます血の気が引いた。根が生えたように足が動かない。

「ま、待てよ、ガキはどこなんだ？」と丘野。

「どこかの部屋にいるはずです。捜しましょう」

今井はアトリエを出ると、向かいの扉を開けた。丘野が四つの手で口を押さえ、ごくりと唾を飲む。

冬の朝日に照らされた、欧風のダイニングキッチンだった。人影はない。窓際には宿舎と同じ電話台が置かれている。装飾のない質素なマントルピースに、火かき棒が立てかけられていた。シックな黒色で統一された家具はモデルルームのようで、生活感が薄かった。

「いません。あとは二階ですね」

額の脂汗を拭うと、今井は階段へ足を進めた。坏も臙脂色の絨毯を踏みしめ、おそるおそる後に続く。

二階は廊下を挟んで扉が左右二つずつ、合計四つ並んでいた。手前の二つが小部屋で、奥の二つが大部屋のようだ。

どこかに殺人犯が潜んでいると思うと、生きた心地がしなかった。呼吸がうまくできない。逃げ出そうにも、どこが安全なのか分からないのがもどかしい。

今井は大きな口を真一文字に結んで、順に扉を開けていく。手前の右がトイレ、左が物入れだった。どちらも人影はなく、隠れるような隙もない。残る部屋は二つだ。心臓が早鐘を打つ。

奥右手の扉を開け、今井の動きがとまった。時間が停まったような静寂。

「な、なんだよ」

背後から室内を覗いた丘野は、目を見開いてしばし凍りついたのち、

「おげえっ」

吐いた。

今井が部屋に入るので、圷もおそるおそる後に続いた。

荘厳な西洋建築の一間としては不自然なくらい、普通の子供部屋だった。学習机には教科書や文房具が乱雑に散らばり、壁際の書棚には少女マンガが背表紙を並べている。人気マンガのキャラクターがあしらわれたカーペットの上に、胸と喉から血を流したパジャマ姿の少女が仰向けに倒れていた。足元に落ちているナイフが凶器に違いない。

「死因は同じく失血死でしょう。かなり抵抗したようですね」

少女の腕を持ち上げ、今井が言う。両手に複数の切り傷があるようだ。よく見ればカーペットはめくれ上がり、ベッドも斜めを向いていた。

「アトリエには凶器がありませんでしたが、こちらには凶器がありますね。傷口もよく似ている。犯人はダイキチモヨコさんを殺したあと、二階に上がって麻美ちゃんを殺したんでしょう」

べったりと血がついたナイフを眺めながら、今井が分析する。学習机の横にはカッターナイフも落ちていたが、こちらは血がついていないので無関係のようだ。

背中ごしにナイフを覗きこんで、圷はぎょっとした。刃渡り十センチほどのナイフの柄に、Y字のヒビが入っていたのだ。

脳裏に昨晩の記憶がよみがえる。宿舎のキッチンで小奈川と皿を洗っていたとき、圷はうっかり果物ナイフを床に落としてしまった。あのとき果物ナイフの柄に入ったヒビが、いま目にしているのと同じY字だった。

あのあと、圷は果物ナイフを包丁立てに戻しておいたはずだ。そのナイフがいま、血まみれになって殺人現場に転がっている。これは何を意味するのか――？

ガタン、と背後から物音が響いた。

全身が粟立つ。今井が部屋を飛び出した。

「ちょっと、大丈夫ですか」

振り返ると、丘野が絨毯に反吐を吐いて倒れていた。気を失っているらしい。今井が肩を叩いても、意識を取り戻す気配はなかった。

「あと一部屋、確認して戻りましょう」

「死体はそのままですか」

「当然です。いずれここへ警察が来ますから、それまで手を触れてはいけません」

今井は毅然とした面持ちで言って、向かいの扉を開けた。

横幅の広い結合人間用のベッドに、大きなオーディオスピーカー、薄型テレビが並んでいる。狩々ダイキチモヨコの寝室だろう。殺人犯の姿は見当たらない。

壁沿いの棚に目を向けると、「悪霊教室」なるタイトルのビデオがずらりと並んでいた。アトリエの洋書とはずいぶん趣が異なっている。他人のプライバシーを覗いたような後ろめたい気分になった。

「犯人はいないみたいですね」

安堵と困惑がまじった声だった。カリガリ館の中に未知の殺人犯はいない。あるのは死体が二つと、凶器が一つ。

「宿舎へ戻りましょう。浅海さんに丘野さんを手当てしてもらいます」

「でも――」

「犯人について考えるのは後です」

有無を言わせぬ口調だった。

今井は酔っ払いを担ぐように丘野を持ち上げると、階段を下りて玄関ロビーまで運んだ。結合人間には腕が四本あるので、同じ体格の人間でも十分持ち上げることができる。丘野は身長が二メートルに満たない小柄な体格なので、筋肉質の今井が運ぶのに苦労はなさそうだった。

今井はいったん丘野を床に横たえると、ふたたび二階へ向かった。あいかわらず床鳴りがうるさい。一分もせずに、今井は救急箱を持って下りてきた。

「電話で宿舎に一報を入れましょうか？」

圷が気をきかせて言うと、

「いや、みんなを動揺させるだけでしょう」

今井の口調に迷いはなかった。

ガラスの割れた扉を開けると、気持ちよく澄んだ空が広がっていた。何もかも冗談のような気がしてくる。

坏は救急箱を抱え、今井は丘野を担いで、ゆっくり山道を下りた。

今井は時おり足元に注意を促すだけで、ほとんど口を開かなかった。坏も日頃の運動不足がたたってか、歩くだけですっかり息切れしてしまい、事件について考えを巡らせる余裕はなかった。ぽかんと口を開けて運ばれる丘野が憎らしい。

四本足が棒になって視界が歪(ゆが)んで見えたころ、木立の向こうに宿舎が見えた。扉の前に浅海がぽつねんと立っている。

「何があったの……？」

顔を曇らせた浅海が駆けてくる。今井は言葉を詰まらせたが、やがて意を決したように、

「カリガリ館で死体を見つけました」

「死体――」

「狩々さん親子のものです。浅海さんには簡単な検死を頼みたいのですが、まずは彼――丘野さんの介抱をお願いします。あとこれ、救急箱です」

木箱を受け取る浅海の手が震えていた。吹きつける海風が冷たい。

「警察へ通報しないとだめじゃない」

「あいにく連絡手段がありません。一週間後の定期船を待ちましょう」

「ああ、そのとおりね。うんざりするわ」

浅海は丘野を抱きかかえると、気だるそうに玄関先へ運んだ。廊下に寝かせて熱と脈

拍を確認している。

「他の皆さんは？」と圷。

「双里さんは部屋で休んでる。神木さんもまだ起きないわね。小奈川先生は——、そうだ、あなたたち二人を捜しに浜辺へ行っているわ」

「わたしが連れ戻してきましょう」

今井が腰を上げる。圷が続こうとすると、

「大丈夫です。圷さんはまず身体を休めてください。浅海さん、彼に気付けのコーヒーを一杯あげてもらえますか」

探偵はそう言って浜辺へ向かった。圷は慣れない山歩きでふらふらになっていたので、今井の言葉に甘えることにした。

目眩によろめきながら食堂へ入る。掛け時計は八時五十五分を指していた。いつもの自分なら、まだ毛布にくるまっている時間だ。壁にかかったエッシャーの「上昇と下降」がぐるぐると回って見えた。

パイプ椅子に腰をおろしてコーヒーに口をつけると、カリガリ館で目にした光景がすべて幻のように思えた。映画撮影に出向いたはずが海を漂流させられ、たどりついた孤島で殺人事件に遭遇する——、いかにも夢らしい脈絡のなさだ。自分は今、アパートの布団で寝汗をかいて悪夢にうなされているのかもしれない。

そんなことを考えていると、疲労困憊した身体からゆっくり意識が遠のいていった。

6

医師からオネストマンだと告げられた、暑苦しい夏の日の午後。

現実感が乏しく、誰かの不幸な身の上話を聞かされた気分だった。待合室ではしゃぐ子供の声がやかましかったのを覚えている。世界は何も変わっていないのに、自分はもうノーマルマンではなくなってしまった――、そんな現実をすぐに信じられるはずがなく、その日は夢を見ているような気分で日が暮れた。

絶望は翌朝、津波のように遅れて襲ってきた。

病棟が寝静まったままの早朝、硬いベッドの上で目を覚ました圷は、わずかな期待を込めて口を開いた。

――ぼくは鳥だ。

声が出なかった。いくら試しても舌が回らない。

ああ、これは現実なのだ。そう気付いた瞬間、圷はパニックに陥った。まぶたを閉じて夢に戻ろうとしても、溢れる涙がそれを許さない。自分を取り巻くすべてが敵に変わった瞬間だった――

天井を見上げて目を覚ました圷は、十五年前の自分を思い出したため息を吐いた。

トタン屋根を支える鉄骨が剝き出しになっている。ここは自宅のアパートではない。いくら目を擦っても、自分がカリガリ島の宿舎にいることは変わらなかった。

食堂で眠っていた圷を、誰かが部屋に運んでくれたのだろう。毛布から這い出ると、足腰の痛みに悶えながら三号室を出た。山道の上り下りが運動不足の身体に応えたらしく、関節がひどく痛い。

「圷さん、目を覚ましましたか。気分は悪くないですか」

食堂の扉を開けるなり、今井が不安げな表情で言った。

今井、小奈川、浅海、神木、丘野の五人が、雑炊の入った鉄鍋を囲んでいる。姿がないのは双里だけだ。丘野も一足先に意識を取り戻したらしく、窓際の席で雑炊をがつがつ頬張っていた。

「ええ、おかげさまで」

「風邪っぽさもない？」

「大丈夫です」

関節が痛いですと申告する必要はないだろう。

「良かった。今のところ、双里さんの容態も落ち着いています」

解熱剤が効いているだけ、と浅海が付け加えた。

掛け時計はちょうど十二時を指している。三時間も眠っていたらしい。圷は空いているパイプ椅子に腰をおろし、茶碗に雑炊をよそった。昨晩から何も食べていないせいか、ひどく腹が減っていた。

みな落ち着いた態度で食事を口に運んでいるが、昨日とは違い、どこか表情がぎこちなかった。狩々親子の死という現実に怯え、頭から押し出そうとしながらも、誰かが事件について言及するのを待っている——そんな空気があった。

「圷さんも起きたことですし、あらためて状況を整理しておきましょうか」

鍋が空になったのを確認して、今井が静かに言った。みなの表情が強ばる。

「じつは、浅海さん、小奈川さん、そしてわたしの三人で、あらためてカリガリ館の現場へ行ってきたんです。二時間ほど前のことですね。わたしたちで検討した結論は、狩々ダイキチモヨコさんと麻美ちゃんは殺されたというものです。事件である以上、この中には——」

「天罰だよ。オネストマンを足蹴にしたから、神がお怒りになったんだ」

平坦な声で神木が言う。

「お前は黙ってろ。おい今井、こいつの言ってることは論外としても、なんで二人が殺されたって分かるんだ？　一家心中かもしんねえだろ」

パイプ椅子に浅く腰かけた丘野は、死体を見てひっくりかえったのが嘘のように、いつもの小生意気な態度に戻っていた。貧乏揺すりが憎らしい。

「説明します。ご存じのとおり、ダイキチモヨコさんは一階のアトリエで亡くなっていました。死因は喉を刃物で裂かれたことによる失血性ショック死です。室内に争いのあとはなく、凶器も見当たりませんでした。

一方の麻美ちゃんは、二階の子供部屋で亡くなっていました。死因はやはり、喉と胸を刺されたことによる失血性ショック死です。こちらは部屋中に争ったあとがあり、床に落ちていた果物ナイフが傷跡と一致していました。

浅海さんの見立てによれば、角膜の状態と死後硬直の進み具合から判断して、死体はどちらも死後二時間から四時間が経過していました。逆算すると、二人は午前六時から八時の間に息を引き取ったことになります。ただし麻美ちゃんに限って言えば、わたしは七時に彼女と電話をしているので、殺害された時刻はそれ以降、七時から八時に絞られます。二人の傷口はよく似ており、子供部屋に落ちていた果物ナイフで、ダイキチモヨコさんも襲われたものと見られます。そうですね？」

浅海が黙って首肯する。

「丘野さんが考えているのは、こんな経緯でしょう。狩々ダイキチモヨコさんが娘の麻美ちゃんと言い争いになり、かっとなった拍子にナイフを振ってしまった。ふと我に返り、娘を殺したことに気づいたダイキチモヨコさんは、罪の意識に苛(さいな)まれ、アトリエで自らの喉を刺して自殺した」

「筋が通っているじゃねえか」と丘野。

「通っていません。ダイキチモヨコさんが自殺したのなら、アトリエに凶器が落ちていたはずです。しかし果物ナイフが見つかったのは麻美ちゃんの部屋でした」

「じゃあ逆だったんだ。麻美がアトリエで親を殺したあと、怖くなって子供部屋で自殺した。これなら筋が通る」

「それも違います」今井がかぶりを振る。「麻美ちゃんの部屋には、明らかに争ったあとが見られました。自殺する前に一人で暴れていたとは思えません」

「初めから部屋が汚かっただけじゃねえの」

「麻美ちゃんが殺されたことを示唆する証拠があります。浅海さん、彼女の傷について説明してもらえますか」

今井が浅海に水を向ける。浅海は気だるそうに頷いて、ポケットから紙束を取り出した。カレンダーを破ってつくったメモ帳に、死体の様子をまとめていたらしい。

「法医学なんて大学で習って以来だから、あんまり正確な知識は期待しないでほしいんだけどね。彼女の二つの傷を比べてみると、大きさはどっちも似たようなものなのに、喉の傷だけ大きく開いていて、胸の傷はほとんど広がっていなかった。出血もほとんど喉からだったし。あと、喉の傷には化膿が見られるのに対し、胸の傷はまったく膿が出ていなかった。ようするに、胸の傷だけ生活反応がなかったってこと」

「胸を刺された時点で、麻美ちゃんは死んでいたということですね」

今井が冷静に確認する。浅海はメモ帳をなぞって頷いた。

「そう。あれだけ出血が少ないってことは、死後三十分は過ぎていたはず」

「皆さん、そういうわけです。つまり麻美ちゃんが息を引き取って半時間以上たったあと、念押しで胸を刺した者がいるということです。彼女が自殺したと考えると、この傷の説明がつきません」

今井の説明は道理にかなっていた。ダイキチモヨコが麻美を殺して自殺したのだとすると、アトリエに凶器が見当たらないのはおかしい。かといって麻美がダイキチモヨコを殺して自殺したのだとすると、彼女の死後に胸を刺した人物が見当たらない。どちらも真相でないなら、犯人は未知の人物で、まだカリガリ島のどこかに潜んでいることになる。圷は全身が粟立つのを感じた。

「ちょっといいですか」四つのまぶたを指で押さえて、小奈川が口を開いた。「狩々さん親子が死んでいたのが一家心中でないことは分かりました。ただ、他に犯人がいるとなると、いっそう妙なことになりませんか」

「わたしも同意見です。小奈川先生、説明してもらえますか」

「あまり自信はないんですが――、ミキオくんたちが初めに死体を発見したとき、正面玄関の錠は閉まっていたんですよね。他に出入り口は見当たりませんでしたが、犯人はどうやってカリガリ館から脱出したんでしょうか」

「おいおい、密室殺人かよ。えげつねえな！」丘野が腰を浮かせて言う。

「それは発想の飛躍です」と今井。「二人を殺したあと、犯人はダイキチモヨコさんが所持していた鍵を奪って逃げたんでしょう。カリガリ館に入るときは、それこそ急患とでも嘘を吐いて、扉を開けさせればいい話です」

「分かります。それでも妙なんです。ミキオくんと丘野さんは、朝から山頂の広場に張り込んでいたんですよね？」

「もちろんよ」

小奈川の問いに、丘野が手柄顔で答える。

「それは何時から？」

「宿舎を出たのが六時だから、六時半には山頂に着いてただろうな」

「ずっと正面玄関を見張っていたんですか？」

「いや、じっとしてたわけじゃない。館の周りをうろついていた」

「なるほど。そこに跡を追ってきたミキオくんが合流したわけですね。時刻は覚えていますか」

「七時二十分です」と圷。「早く戻りたくて腕時計ばかり見ていたので、間違いないと思います」

「それ以降は、二人で正面玄関を見張っていたんですよね」

「はい。広場の叢に隠れていました」

圷まで意気揚々とカリガリ館を見張っていたと思われるのは癪だが、肝心な点はそこではない。

「では、正面玄関から人の出入りがなかったと断言できますか？」

「間違いねえよ。ネズミ一匹見逃しちゃいねえぜ」

丘野が胸を張るので、坏も神妙に頷いた。

「そうですか。では確実に人の出入りがなかったのは、七時二十分から八時の死体発見までということですね」

小奈川はそう言って、悩ましげに首を捻った。

「やはり妙です。今井さんは七時に麻美ちゃんと話したんですよね。胸の傷が死後三十分以上おいて刺されたものなら、犯人は少なくとも七時三十分まで、カリガリ館の中にいたことになります。七時二十分から八時まで、ミキオくんたちが正面玄関を見張っていたのに、犯人はどうやってカリガリ館から脱出したんでしょうか」

「ほら、やっぱり密室じゃねえか」丘野が得意気に言う。

「裏口とか窓から逃げたんじゃないですか。べつにカリガリ館を四方から見張っていたわけじゃないですし」

坏が反論すると、小奈川に代わり今井が口を開いた。

「風当たりの強い立地ゆえか、館の窓はほとんど嵌め殺しの採光窓でした。開閉できるのは一階のフランス窓と二階のバルコニーの扉だけです。確認したところ、すべてクレセント錠が閉まっていました」

「死体発見後に現場を訪れた誰かが、隙を見てこっそり閉めたのかもしれません」

「可能性はありますが、これらの窓は広場側――つまり正面玄関と同じ方を向いているので、張り込んでいた二人に見つからず出入りするのは不可能です」

「分かりました。それなら、今井さんが七時に電話をした相手が、実は麻美ちゃんの振りをした犯人だったんじゃないでしょうか」

「いえ、あれは間違いなく子供の声でしたよ。きちんと会話をしましたから、録音機を再生していたなんてこともありません。ですよね、浅海先生」

今井の言葉に、浅海も深く頷く。

「それじゃあ、カリガリ館は――」

「ええ。丘野さんの言うとおり、犯行時のカリガリ館は密室だったと言ってよいでしょう」

圷は思わず息を呑んだ。今井、小奈川、浅海の三人で検分したというから、現場に見落としはないのだろう。圷が丘野を説得していたまさにあのとき、洋館の中には殺人犯が潜んでいたのだ。

「念のため言っておきますと、カリガリ館には秘密の抜け道もありませんでした。カリガリ館の見取り図にも隠し通路など載っていません」

「分かったよ。じゃあ犯人はどこに消えたんだ」

丘野の問いに、食堂が水を打ったように静まり返った。今井もまだ答えを見つけていないらしい。六人は互いの顔色をうかがっては、気まずそうに視線を落としている。

沈黙を破ったのは小奈川だった。

「手段はさておき、狩々さん親子が殺されたのは間違いないですよね。やはり犯人は、わたしたち七人の中にいるんでしょうか」

「そんなわけないでしょ！」

　浅海がおもむろに腰を上げ、ヒステリックに声を荒らげた。

「バカじゃないの？　なんでわたしたちが初対面の画家風情を殺さなきゃなんないのよ」

「すみません。可能性は否定できないと思いまして」

「この中に殺人犯がいる？　冗談じゃないわ。バカなの？」

「落ち着いてください。興奮しても状況は変わりませんよ」

　今井が穏やかに浅海を諫めた。浅海は肩で息をしながら小奈川を睨んでいたが、自分の取り乱しように気づいたのか、恥じるように顔を伏せた。

「犯人がこの中にいるのか、わたしには分かりません」今井が言葉を紡ぐ。「島を探索したわけではないので、どこかに未知の人物が隠れている可能性もあります。ただ、山頂から島を見回したかぎり、ほかに夜を明かせそうな建物はありませんでした。島の地図を見ても同じことが言えますし、ダイキチモヨコさんからも、カリガリ島で暮らしているのは自分たち親子だけだと聞いています。犯人はこの中にいると考えるのが、現実的だと思います」

　今井の推測は的を射ていた。可能性だけを考えれば、未知の殺人鬼がクルーザーでカリガリ島に乗りつけ、親子をナイフで刺して逃げ去ったとも考えられる。ただしそんな妄想を膨らませるより、この七人の中に殺人犯が紛れていると考えたほうがよほど現実味がある。

そしてもう一つ、犯人がこの出演者の中に隠れている根拠がある。圷はおずおずと右前腕を挙げた。

「一ついいですか。凶器として使われたナイフですが――、あれ、昨晩まで宿舎のキッチンにあった果物ナイフなんです」

五人が息を呑むのが分かった。浜辺の波音が耳に迫って聞こえる。

圷は、昨晩皿を洗っていて果物ナイフを床に落としたこと、果物ナイフにY字形のヒビが入ってしまったこと、麻美の部屋で見つけたナイフに同じヒビが入っていたことを説明した。

「なるほど、貴重な証言ですね」

「待ってよ。みんな深夜までキッチンを見張ってたわけじゃないでしょ。賊がこっそり宿舎に入り込んで、ナイフを持ち去ったのかもしれないじゃない」

反論する浅海の声は弱々しいものだった。自分でも説得力がないと分かっているのだろう。

「浅海さん、それは机上の理論です。もし自分が犯人だったとしたら、深夜とはいえ、誰と鉢合わせするか分からない宿舎に侵入できますか」

「――――」

「皆さん、ここは前向きに考えましょう。もしわたしたちの中に殺人犯がいるなら、その人物を特定することは非常に容易です」

声色を変えずに今井が言った。

犯人を特定するのは容易？　五人の啞然とした視線が今井に集まる。

「どういうことよ」と浅海。

「文字通りの意味です。わたしたちはみなオネストマンですから、嘘が吐けません。当然、犯行を隠すこともできないはずです。どうでしょう、皆さんに一つ質問をしたいのですが、よろしいですか」

剣呑な空気が食堂を満たした。今井の言いたいことは想像がつく。尋問されるようで気分はよくないが、ここで難色を示したら犯人の疑いをかけられてしまうだろう。

沈黙を承諾と解したのか、今井は椅子からゆっくり腰を上げた。

「初めに聞いておきましょう。この中に、狩々さん親子を殺したと認める方はいらっしゃいますか？」

またも水を打ったような沈黙。

不安げな視線が交錯するだけで、名乗りでる者はなかった。

「いいでしょう。では順に聞いていきます。丘野さん、あなたは狩々さん親子――いえ、わたしたちが狩々さん親子と呼んでいる二人のうち、両方もしくは一方を殺しましたか」

「いや。おれじゃねえよ」

「では犯人の正体を知っていますか」

「知らねえよ」

「ありがとうございます」

今井は神妙に頷いて視線をずらした。

「では浅海さん、あなたはどうですか」

「違う。わたしじゃないし、犯人の正体も知らない。バカなこと言わないで」

「神木さん、あなたはどうですか」

「ぼくは神に誓って犯人じゃない。犯人を知ってもいない」

「小奈川先生、いかがですか」

「違います。わたしは殺していませんし、犯人の心当たりもありません」

「圷さん、どうですか」

「ぼくも同じです。殺していませんし、犯人のことも分かりません」

「ありがとうございます。公平を期すために言っておくと、わたし今井イクオクルミも狩々さん親子を殺していませんし、犯人の心当たりもありません。妙ですね。どうやらこの中に犯人はいないようです」

緊張と困惑が、各人の顔に浮かんでいる。ある意味、六人には立派なアリバイが成立したと言える。

「おいおい、忘れてんのか。まだあの病人が残ってんだろ」

丘野が低い声で言う。もちろん忘れていたわけではないが、高熱を出して倒れていた双里が犯人とは考えづらい。

「まあ、双里さんだけ特別扱いするわけにはいきませんね。仮病の可能性もありますし」

今井がそう言って腰を上げたので、残る五人もぞろぞろと後に続いた。廊下を抜け、二号室の扉をノックしてからドアノブを捻る。部屋に入ると、安っぽい香水の匂いが鼻腔をくすぐった。

双里は部屋の隅の暗がりで横になっていた。四メートルを超える身長のせいで毛布から手足がはみ出ている。マスクに覆われて表情は分からないが、頬が昨日よりも赤く火照っていた。

「双里さん、気分はどうかしら」

浅海が枕頭に屈みこむのと同時に、双里はゴホゴホと咳き込んだ。浅海が背中をさする。一同が揃っているのに気づくと、おもむろに首を持ち上げ目を丸くした。

「……な、なにごとですか」

双里のだみ声はいっそう擦れている。

「落ち着いて聞いてください。事件が起きました。カリガリ館で狩々さん親子が殺されたんです」

今井が囁くように言うと、双里は目を剝いたまま黙り込んだ。

「ひとつだけ質問があります。双里さん、あなたは親子二人、もしくは一方を殺しましたか」

今井がさきほどと同じように尋ねる。

「――――」

「答えてください。あなたはこのカリガリ島で人を殺したんですか」

「……ま、まさか。ぼくじゃない」

マスクの下から声が聞こえた。腹話術で誰かが代わりに答えた――なんてトリックではなく、双里の特徴的なだみ声だった。

「では犯人の正体を知りませんか」

「知らない。分からない」

「分かりました。疑うような真似をしてすみません。このことは忘れて、安静にしていてください。皆さん、戻りましょう」

今井は一礼して踵を返した。容態を尋ねる浅海を二号室に残し、圷たちも食堂へ戻った。

「おい探偵、こいつはどういうことだ」

席につくなり、丘野が得意気に口を開いた。

「とおっしゃいますと」

「とぼけんなよ。この中に犯人がいねえってことは、犯人がどっかに隠れてるってことだろ。お前の推理、外れてんじゃねえか」

鬼の首を取ったような丘野の物言いに、今井は冷静に応じた。

「おっしゃるとおりです。親子の心中でもなく、わたしたちの誰かが殺したのでもないとすると、犯人は別にいることになりますね。島のどこかに秘密基地でもあるんでしょうか」

言葉を返す者はなかった。地図にない隠れ家があるとは考えづらい。

「そうだ。赤レンガの倉庫、怪しくねえか」

丘野が長机を叩いて言う。カリガリ館のすぐ右隣にそびえている、二階建て倉庫のことだろう。なるほど、犯人が隙を突いてカリガリ館に侵入しようと企んでいたなら、もってこいの隠れ家に違いない。

「じつは現場検証に行ったとき、念のため調べてみたんです。南京錠が錆びついて、扉の金具にくっついていました。潮風のせいでしょうね。半年は誰も出入りしていないと思います」

言われてみれば、坏も錆びついた南京錠を目にしていた。死体を発見する前、カリガリ館を見張る場所を探していた時のことだ。鍵穴に土埃が詰まっていたから、ここ数カ月は誰も出入りしていないのは確かだろう。

「はいはいそうっすか。じゃあ犯人はどこにいやがんだよ」

唇を尖らせた丘野が、苛立たしげに吠える。

「どうにも事件の輪郭が摑めませんね。わたしたちは何かを見落としているんだと思います。ひとつだけ言えるのは、カリガリ島のどこかに殺人犯が潜んでいる可能性が非常に高いということですね。定期船が来るまで、警戒を怠らずに過ごしましょう」

「歯切れが悪いな、名探偵」

丘野の憎まれ口に、圷も共感せずにはいられなかった。

7

「二人を殺したのは、元医者の浅海ミズキハルカだ」

昼食後にふらりと宿舎を出ていった丘野は、宵時になって三号室に姿を見せるなり、藪から棒にそんなことを言った。

すでに太陽は水平線に沈み、窓の外は夜の帳が下りている。出演者たちはめいめい食堂や自室で暇を潰していたが、日が暮れるとねぐらへ帰るように部屋へ戻っていた。圷も一度はコーヒーでも飲もうと部屋を出たのだが、廊下で神木に鉢合わせし、笑顔で「一緒におしゃべりしない？」と誘われたので、逃げるように部屋へ引き返していた。

「それより、こんな時間までどこへ行っていたんですか？」

圷がため息まじりに尋ねると、

「決まってるだろ。事件の捜査だよ」

丘野は窓辺に立ったまま胸を張っている。ふと、丘野の身長が上陸時より低くなっていることに気づいた。

「丘野さん、ひょっとして昨日まで履いてた靴、上げ底でした？」

「うるせえな！　お前、おれの話を聞けよ！」

丘野が狂ったような雄叫びをあげる。二メートルに満たない身長にコンプレックスを抱いているのかもしれない。

「なんでしたっけ。えっと、浅海さんが犯人？」

「そうだ。おれの灰色の脳細胞がそう告げている」

鬼の首を取ったような丘野の顔を見て、圷は三号室から逃げ出したくなった。あと五日も、この浮薄な結合人間と寝食をともにしなければならないのだ。

「丘野さん、そういうことを軽々しく言わないでください」

暖簾に腕押しと分かっていて、こんな言葉を吐くのはむなしかった。

「根拠がある。狩々ダイキチモヨコがジョイントマンってのは昨日も説明したよな。ダイキチモヨコは帝国病院に軟禁されてたとき、人命を疎かにする病院の実態をいろいろ目撃しちまったんだ。身寄りのない患者に人体実験まがいの治療をしたり、医療ミスで死んだ患者の遺族を金で黙らせたり、たぶんそんなやつだな。もう分かるだろ？　浅海はかつてこの病院の勤務医だったんだ」

「それは丘野さんの空想ですよね」

「ほかにジョイントマンを殺す理由があるかよ。あいつは狩々ダイキチモヨコを殺すことで、自分を解雇した病院にもう一度取り入ろうとしているんだ」

丘野の与太話を一笑に付そうとして、ふとカリガリ館の情景がよみがえった。

狩々ダイキチモヨコが死んでいたアトリエには、アート関連の洋書がざっと五百冊は背表紙を並べていた。トリックアートに限らず、ダイキチモヨコは西洋美術に造詣が深いのだろう。

その一方で、寝室の棚に並んでいたのは、雰囲気の異なるオカルトビデオだった。嗜好の幅が広いと言えばそれだけの話だが、同じ人物が買い揃えたと考えるには違和感がある。ひょっとして娘の趣味では――とも考えたが、麻美の部屋には歳相応の少女マンガが並んでいたので、その可能性も低い。

まさかダイキチモヨコには、異なる嗜好を持つ二つの人格が同居していたのだろうか。彼が本当にジョイントマンだとすれば、丘野の珍説もにわかに説得力を持ってくる。

「どうした、クソ真面目な顔して」

丘野が顎をさすりながら圷の顔を覗きこんでいた。

よほど疲れているのだろう。圷は雑念を追い出すように首を振った。ジョイントマンなんて空想の産物が、現実にいるはずがない。

「それより密室の謎は解けたんですか。犯人はどうやってカリガリ館を脱出したんです」

「うるせえな、これから考えんだよ」

坏はうんざりして天井を仰いだ。こんな調子で真相にたどりつけるとは思えない。

「とにかく、ジョイントマンなんてものはいません。今井さんも言っていましたけど、まだ手がかりを見落としているような気がします」

「見落としか。そういえば山道の途中に、変なゴム紐が落ちてなかったか？　一瞬ツチノコかと思ったぜ」

変なゴム紐――？

呆然と丘野の顔を見つめたあと、自分の間抜けさに腰を抜かしそうになった。

「それ、早く言ってくださいよ！」

「あれ、みんな気づいてたんじゃねえのか」

丘野が後頭部を搔いて言う。坏が山道から茂みに投げ入れたせいで、今井たちはゴム紐に気づかなかったのだろう。カリガリ館の密室殺人とどう繫がるのか分からないが、重要な手がかりの可能性は高い。

腕時計は七時二十分を指していた。夜が更ける前に、場所だけでも確認しておきたい。はやる心を抑えて三号室の扉を開けると、丘野も無言で跡についてきた。廊下を進むと、今度は食堂から出てきた今井と鉢合わせになる。隠す必要もないので、山道にゴム紐が落ちていたことを打ち明けた。

「気になりますね。道のどのあたりですか？」

「こことカリガリ館のちょうど中間くらいの、山道が右に曲がっているところです」

「行ってみましょうか。三人で離れずにいれば、夜道を襲われる心配もないでしょう」

今井の頼もしい言葉に頷いて、三人は山道へ向かうことになった。

玄関を出ると、軒先の電灯に大量の蛾や甲虫が集まっていた。十二月なのに昆虫が飛び交っているあたり、南国の島にいることを実感させられる。昨日の雪が嘘のようだ。

丘野は虫が苦手なのか、顔を顰めて電灯の横を走り抜けた。

今井、丘野、圷の順で、ぞろぞろと山道を登った。カリガリ館で死体を見つけたのと同じ顔ぶれだ。

夜は海鳴りが耳に迫って聞こえる。足元が不明瞭なので、同じ山道が昼の倍くらい長く感じた。

「このへんですよね」

「そうだな。あ、あの木じゃねえか」

丘野が指さしたシイの根元に目を凝らす。地面から五十センチほどの高さに、糸を巻いたような跡が見えた。樹皮の皺と交わるように、水平な筋が残っている。

「この木と、二十メートルくらい道を進んだところにもう一つ、同じ跡のついたシイがありました」

「なるほど。この近くにゴム紐があるんですね？」

「ぼくが投げ込んだのはそこの茂みです。ほら、ありました」

シイから三メートルほどの木立に足を踏み入れ、茂みからゴム紐を取り上げた。長さは四メートルほど、雑貨屋ならどこでも買えそうなゴム紐だ。端を見ると、結び目を解いたようなクセが二つ残っていた。

「圷さん、こちらへ」

高さ一メートルほどの火成岩に上って、今井が手招きする。明るい方へ来いということらしい。三本腕を駆使して、爬虫類みたいに岩肌を這いあがった。

「やはりシイの木に巻いてあったんでしょうね」

ゴム紐を月明かりに照らしながら、今井が言う。白い生地の表面に、焦げ茶色の樹脂が染みているのが見えた。

「なにかの目印にしていたんでしょうか」

掌についた土埃を払いながら言うと、

「昨日の五時過ぎにカリガリ館まで食糧を受け取りにいったとき、こんな紐は見当たりませんでした。でも今朝の時点では、道の上に落ちていたんですよね。圷さんがここを通ったのは何時くらいですか？」

「起きたのが六時五十分でしたから、七時過ぎくらいですね」

「なるほど。丘野さんが通ったのは何時くらいですか？」

今井が眼下の結合人間に呼びかける。丘野は火成岩に上らず、ぽつねんと茂みに佇んでいた。高所恐怖症なのだろうか。

「――丘野さん？」

「うるせえ、聞こえてるよ。六時二十分くらいじゃねえか」

「紐は木に結ばれてましたか」

「いや、そこの道の上に転がってたぜ。圷が見たのと同じだよ」

「なるほど――、分かりました」

岩から飛び降りると、今井はシイとは反対側の木立に分け入った。何かを探しているらしい。圷と丘野も従者みたいに後へ続いた。

「ああ、思った通りだ」

今井は腰を低くして、灌木の根元を指さした。V字に分かれた幹の一方に、白い筋が浮いている。ここにも紐を巻きつけていたらしい。

「分かってきましたよ。この仕掛けは狩々ダイキチモヨコさんが拵えたものでしょう」

「仕掛け？」

「ええ。昨晩のダイキチモヨコさんの様子を思い出してください。双里さんが麻美ちゃんに声をかけたことに激昂していましたよね。不用意にカリガリ館へ近づけば身の保証はしないとまで言っていました。彼はそれを有言実行したんです」

今井はゴム紐で輪を作って灌木に引っかけると、紐を引っぱりながら小道を突っ切り、もう一端をシイの幹に括りつけた。くるぶしの高さで、ぴんと張ったゴム紐が小道を横断している。

「子供のイタズラかよ」

足をゴム紐に引っかけながら丘野がぼやく。圷も同感だった。日没後に通ったら危ないだろうが、昼時なら手前で気づきそうだ。

「宿舎で怒鳴り散らしたあと、帰りがけに予め準備していた紐でこの仕掛けを作ったんでしょう。少し上に同じ跡のついた木があるそうですから、仕掛けを作れる場所を探して回ったんでしょうね。ただ、足を引っかけるだけというのが腑に落ちません。労多くして功少なしです。こんな子供騙しで、本当に不審者を追い払えると考えていたんでしょうか」

今井は腕を組んで、足元のゴム紐に目を落とした。

昨晩の激しい剣幕を思い出すと、ダイキチモヨコの娘への愛情は常軌を逸していたように思う。そもそも娘と二人で無人島に移り住んでいる時点で、常識は通用しないと考えたほうがいい。そのくせ仕掛けの正体がこんな子供騙しとは、たしかにどこか解せない。

今井は腰を落としてゴム紐に目を凝らしていたが、おもむろに顔を上げると、

「結び目が二つ――なるほど、分かりました」

手をぽんと叩いて、灌木側の木立にふたたび足を踏み入れた。

枝葉をかきわけて進むと、五メートルほどで崖の上に出る。圷が今井の後ろからおずおずと足元を見下ろすと、月明かりに照らされ、白波が砂浜を攫っていくのが見えた。

地面を伝って波音がせり上がってくる。

丘野はやはり高所が苦手らしく、山道から退屈そうにこちらを睨んでいた。死体を見たときも引っくりかえっていたし、ああ見えて怖がりなのだろう。

「圷さん、砂浜をよく見てください」

今井は崖下の砂浜を指さして言った。喬木を掴みながらおそるおそる目を凝らすと、波打ち際からやや離れたところに、金属片のようなものが光って見えた。

「なんでしょう、あれ」

「想像はつきますが、下まで行って確認したほうがいいでしょうね。いったん宿舎まで戻って、波打ち際へ回り込みましょう」

言うなり踵を返すと、今井はゴム紐を幹から外し、ジャージのポケットに仕舞った。ここは用なしと言わんばかりに、そそくさと山道を下り始める。

砂浜へ行くのは初めてだったが、今井と丘野は日暮れ前にそれぞれ足を運んでいたらしい。丘野にいたっては、散歩がてら島を一周したそうだ。

崖下の砂浜へたどりついたときには、すでに二十時を回っていた。

「思ったとおりですね」

浅黒い腕をのばして今井が拾いあげたのは、二十センチほどの錐だった。鉛筆を太くしたような木製の持ち手から、注射器みたいに針が飛び出ている。付着物もなく、よく手入れされているように見えた。

「この錐が親子殺しに関係してんのか?」と丘野。

「いえ、二人を刺した果物ナイフとはまったく別物です。ダイキチモヨコさんは、ゴム紐の一端にこの錐を括りつけていたんですよ。ほら、この紐をよく見てください」

今井はポケットからゴム紐を取り出し、月明かりにかざして見せる。

「結び目を解いたようなクセが二つあるでしょう。一つはシイに括りつけた結び目だとして、もう一つが不思議だったんです。でももう分かりますよね、答えはこの錐です。ダイキチモヨコさんはこの部分に準備しておいた錐の柄を括りつけて、不審者に怪我を負わせる仕掛けを作っていたんですよ。

シイに固定したほうの結び目が嘘結びだったんでしょう。うっかり足を引っかけると、この結び目がはずれ、ゴム鉄砲の要領で足元に錐が飛んでくる。罠にかかった人間は、さぞ恐ろしい目にあうでしょうね。ただし的を外れると、茂みを越えてこの砂浜まで落ちてしまうようですが」

なるほど、子供じみた仕掛けには変わりないが、夜道で茂みから錐が飛んできたらどんな悪党も震え上がるだろう。狩々ダイキチモヨコなら、それくらいの仕掛けは平気で作りそうな気もする。未結者ならともかく、結合人間は足が四本生えているから、錐の命中率もかなり高い。

実際に手に取ってみると、木製の錐は驚くほど軽かった。これならゴム紐で弾き飛ばすことも十分に可能だろう。

「スカイフィッシュみてえだな。でも錐がここに落ちてるってことは、誰かが仕掛けに引っかかったってことか？」

丘野が手元の錐と崖の上を見比べながら言った。海風が長い前髪を揺らしている。

「狩々ダイキチモヨコさんが自ら仕掛けを外した可能性もゼロではありません。夜が明けてから誰も山道を通っていないのを確認し、自分で仕掛けを回収したということですね。ただこの場合、ダイキチモヨコさんが紐を放置した理由と、錐が砂浜に落ちていた理由が分かりません。自分で罠を外したのなら、ゴム紐と錐をカリガリ館に持ち帰ったはずですからね。この可能性は除外しても大丈夫でしょう。

こう考えると、やはり昨晩から今朝の六時二十分までの間に、ダイキチモヨコさん以外の誰かが山道を通ったことになります。ダイキチモヨコさんの狙いどおり仕掛けが発動したものの、幸いにも錐が外れ、負傷せずにすんだということですね」

「回りくどい言い方すんなよ」丘野がニヤリと笑って言う。「その罠にかかったやつが犯人なんだろ？」

「断言はできませんが、可能性は高いでしょうね。もし夜が明けていたら罠に気づくはずですから、その人物が道を通ったのは、朝日の差す前のことだと分かります。正確な時刻は調べないと分かりませんが、空が明らみ始めるのが五時半ごろだとすれば、この人物が山道を通ったのはそれ以前ということです」

「おれより一足先に、山道でカリガリ館へ向かっていたってわけだな。どうせなら弁慶の泣き所にぶっ刺されればよかったのに、悪運の強いやつだぜ」

うすら笑いを浮かべて丘野が言う。冗談としては笑えないが、犯人が罠にかかっていれば二人が殺されずにすんだのも事実だ。

「狩々さん親子が殺されたことと、山道の仕掛けは関係しているんでしょうか」

「なんとも言えませんね。ただ、錐が飛んできたことに激怒して、犯人がカリガリ館に押し入ったという可能性はありません」

「……なぜですか？」

「犯人がキッチンから果物ナイフを持ち出しているからです。凶器を準備しているということは、山道を通る前から犯人には殺意があったはずです。罠に嵌まったことで殺意を強めた可能性はありますが、罠に嵌まったこと自体が動機ではありません」

「錐が飛んできたことに激怒して、それから宿舎まで果物ナイフを取りに行ったんじゃねえのか。初めは純粋に夜のピクニックを楽しんでいたやつが、罠にかかったせいで癇癪を起こして、宿舎に戻ったんだろ」

「いえ、それなら犯人は浜辺の錐を拾いにいくはずです。深夜に誰かと鉢合わせする危険を冒してまで、キッチンの果物ナイフを取りに行く必要はありません。狩々さん親子を襲う覚悟を決めているなら、それくらいの用心はするでしょう」

なるほど、そういうことか。なんとなく筋は通っている気がする。やはり犯人は、初めから明確な殺意を抱いていたらしい。

錐が飛んでくるさまを想像しながら砂浜を眺めていると、崖下の岩のくぼみに水が溜まっているのを見つけた。海岸からは距離が開いており、ここまで波が届くとは思えない。雨水が溜まったのだろう。岩の表面にはフジツボがびっしりと並んでいる。月の浮かぶ水面を眺めていると、坏はなぜか不吉なものを感じた。

「犯人はやっぱり浅海じゃねえかな。医者ってのは命を屁とも思わねえやつが多いんだよ」

丘野が身も蓋もないことを言う。

「宿舎へ戻りましょうか」

今井に促され、一行は砂浜を引き返した。

三号室に戻って時計を見ると、二十時五十分だった。

丘野に続いてシャワーを浴び、波音に耳を澄ましながら部屋に戻ると、相方はすでに毛布をかぶっていた。電灯を消して、疲れた身体を布団にあずける。

長い夜だった。まぶたの裏側に、狩々親子の死体がこびりついて消えない。丘野も寝つけないらしく、数分おきに寝返りを打っていた。

画家としての名声を捨てて無人島に移り住み、アトリエで命を落とした結合人間。奇矯な親の手にかかり無人島で育てられ、わずか十五歳で命を絶たれた少女。彼らが最期に見た景色は、どんなものだったろう。

ふとまぶたの裏に、自分の娘の顔が浮かんだ。最後に顔を見たのは小学校の卒業式のときだ。里親が気をきかせて二人だけの時間を設けてくれたのだが、圷は娘にかける言葉が見つけられず、逃げるように学校を去るしかなかった。きっと彼女は、自分のことをおかしな大人だと思ったことだろう。

浅い眠りと覚醒を行ったり来たりしていると、カリガリ島で二度目の夜はゆっくり更けていった。

8

不審人物が圷の前に姿を見せたのは、カリガリ島に漂着して三日目、十二月三日のことだった。

朝から死体に出くわした昨日とは打って変わって、ちょうど台風の目に入ったような、妙に平穏な一日だった。

午前中はからりと晴れ渡っていた空が、午後に入ると西から雲が流れ始め、島全体がベールに覆われたように暗くなった。今井と丘野はそれぞれ手がかりを探しにカリガリ館へ足を運んでいたが、残りの五人は自室に籠もりきりだった。島のどこかに殺人犯が潜んでいる可能性が高い以上、へたに事件を嗅ぎまわるより、宿舎でじっとしていたほうがよい――そう考えるのは自然な発想だろう。

双里の容態も快方に向かっていた。熱は三十七度台まで下がっており、食事もしっかり摂(と)れているらしい。ただ、浅海は症状に気がかりな点があるらしく、いつも浮かない表情をしていた。

昼食がすんでから十六時過ぎまで、圷と小奈川は食堂に残り、昔話に花を咲かせた。小奈川によれば、将来オネストマンになるとは毛ほども考えていなかった高校時代の圷も、それなりに不安や悩みを抱えて過ごしていたらしい。家族や進路について、ときおり小奈川に相談していたそうだ。

「わたしが教えたのは一つだけです。本当に危ないと感じたものからは、とにかく一目散に逃げる。これさえ守っていれば人生なんとかなるんです」

「それ、ずいぶん大雑把なアドバイスですよね」

「それくらいがちょうどいいんですよ。もちろん相談はしっかり聞きますけどね。でも、問題を本当に解決できるのは自分だけですから」

高校時代の想い出を、こんな場所で語りあう日がくるとは思ってもいなかった。気づけば圷は、娘と離れて暮らさざるをえない、自分の不甲斐(ふがい)なさを打ち明けていた。

「少し休みましょうか」

窓からのぞく曇り空を見上げて、小奈川が言う。相談したい事柄がいくつか頭に浮かんでいたが、焦らずとも時間は十分すぎるほどある。圷は伸びをして腰を上げた。

その瞬間、音をたてて引き戸が開き、丘野が食堂に駆けこんできた。

「で、出やがった！」

頭を抱えて丘野が叫ぶ。和やかだった空気が一瞬にして凍りついた。

「どうしたんですか」

「た、助けてくれ。部屋にやつがいる！」

「落ち着いてください。誰がいるんですか」

顔色を失っている丘野の肩を摑んで、小奈川が尋ねた。

「すげえでかいアカゴダニ」

「ダニ？」

丘野は何度も頷きながら、両手で十五センチくらいの丸を作った。

アカゴダニは胴体が肥大化した捕食性のダニで、全長が赤ん坊の頭ほどになることからこう呼ばれている。小動物の死体から血を吸うことで生命を維持しており、人に危害を加えることは基本的にない。ただし、四本の歩脚で縦横無尽に動き回る不気味さゆえ人々に嫌悪され、都会で姿を目にすることはめったになくなっていた。

「アカゴダニは安全ですよ。病気を媒介することもありませんし」

小奈川が元教師らしいことを言う。気味が悪いのは分かるが、丘野の反応はいくらなんでも大げさだ。

「そういう問題じゃねえ。おれがすぐ失神しちまう体質なの知ってんだろ。頼む、助けてくれ」

丘野が目を白黒させて言う。小奈川を先頭に食堂を出て廊下を進むと、三号室の扉が半開きになっていた。

「いませんよ。どのあたりですか？」

室内を見回して小奈川が尋ねる。

「あそこ。見ろ、斑点がついてる」

丘野が震える声で答え、日焼けした畳を指さした。イグサの編み目に杭を打ったような穴が開いており、その周りに赤い染みが残っていた。坏も以前、取材に訪れた岡山の民家で同じものを見たことがある。体液が染みついた、典型的なアカゴダニの痕跡だった。

「この部屋にはもういないみたいですけど」

小奈川が首を回して言う。さすがに体長十五センチの生物を見逃すとは思えない。二人で物入れを覗いたり布団を持ち上げたりしてみたが、アカゴダニはおろか蜘蛛一匹見当たらなかった。

「どっかに隠れてやがんだよ。ほら、あの鉄骨の上とか」

丘野が頭上に目を向けて言う。トタン屋根を支える骨組みの裏までは、背伸びをしても目に入らない。双里くらい上背があれば見えるかもしれないが、そのために病人を起こすのも気が引ける。

アカゴダニは害虫ではないと小奈川が言い聞かせても、顔を蒼くした丘野は聞く耳を持たなかった。高所恐怖症にダニ嫌いと、この青年は並はずれて心臓が弱いらしい。

食堂に連れていきコーヒーを一杯飲ませると、丘野はようやく正気を取り戻した。

「あんなバケモノを創るなんて、神様も気が触れてるとしか思えねえな」

「丘野さん、未確認生物を探してるんじゃなかったんですか？」

「おれは気持ち悪くないやつ専門なんだよ。おい、定期船とやらはいつくんだ」

「今日が月曜日ですから、四日後ですね」

坏が答えると、丘野は奇声を発しながら背もたれに倒れた。虫嫌いなのになぜ南国の映画撮影に名乗り出たのか分からない。

ふと坏は、一日の晩にもアカゴダニの痕跡を目にしていたことを思い出した。シャワーから出た直後、顔色の悪い丘野と鉢合わせをした、あのあとのことだ。トイレで目にした赤い斑点は丘野が血を吐いたわけではなく、アカゴダニが残した体液だったのだろう。丘野は小用を足そうとした矢先に天敵と遭遇し、慌ててトイレを飛び出したのだ。

その日の夜、早めの夕食を終えて坏が三号室に戻っても、丘野はなかなか姿を見せなかった。心の底からアカゴダニに肝を冷やしているらしい。

二十二時過ぎにシャワーを浴び、髪を拭きながら廊下を歩いていると、二号室から出てきた浅海と鉢合わせした。

「双里さん、大丈夫そうですか？」

「本人は治ったって言い張ってるわよ」

浅海があいかわらず気だるそうに答える。

「よかったです。安心しました」

「まだ安静にしなさいって言い聞かせてるところ。それに彼の場合——、いや、なんでもないわ」

浅海の口調はどこか不安げだった。頭に浮かんでいる病名があるのに、根拠が薄く口にできないのだろう。浅海の勘が外れてくれればいいのだが。

四号室に帰る浅海を見送って、半開きになった三号室の扉を開けた。床の真ん中で、丘野が毛布にくるまって震えている。

「ミノムシの真似ですか？」

「お前、バカにしてんだろ」

「すみません」

「頭がイカれてるのはおれじゃなくてバケモノのほうだからな。ダニなんて捻りつぶせんのが普通なのに、あいつだけ養豚場の豚みたいにでかくなりやがって」

丘野が語気を強めて言う。そんな文句を言われたらダニも困るだろうに。

「あ、こら、ドア閉めんなよ。バケモノと密閉空間で夜を明かすなんて死んでも御免だ」

「何を言っているんですか。この島には殺人犯が潜んでいるんです。扉を開けっ放しにして寝るなんて気味が悪いですよ」

圷が扉を閉めようとすると、丘野は布団から跳ね上がって圷を突き飛ばし、震える手で扉を押し開けた。小芝居ではなく、アカゴダニが怖くて仕方ないらしい。

「まじでやめてくれ。どうせ錠はねえんだから、開いてても閉まってても同じだろ。だいたいお前、おれがショック死したら責任とれんのか――うわあ！」

唐突に悲鳴をあげて、丘野が引っくり返った。天井から落ちた埃（ほこり）が、左右にふわふわと揺れながら床へ落ちていく。動くものはすべて虫に見えてしまうようだ。ここまでくると病気に近い。

「……分かりましたよ。でも、廊下から別のアカゴダニが入ってくる可能性もありませんか」

「おれは入ってこないほうに賭（か）ける。分かってくれよ。閉所でやつと一緒になるよりマシなんだ」

いまいち腑（ふ）に落ちない理屈だが、丘野が簡単に気絶することを知っているだけに、真剣に迫られると断れない。これ以上人が倒れたら、浅海も面倒（めんどう）を見切れないだろう。

丘野の希望で電灯をつけたまま、圷は毛布をかぶった。

昨晩寝つけなかったせいか、すぐに眠気が襲ってきた。アカゴダニ騒ぎがあったとはいえ、平穏に一日が過ぎたことが大きかったのだろう。布団にも身体が慣れてきたらしく、くつろいだ気分のまま圷は眠りに落ちた――

鳩尾を襲う激痛により、圷の心地よい睡眠は吹き飛んだ。

「な、なにするんですか？」

眼前に丘野の顔が迫っていた。脱色した長髪が圷の頬にかぶさっている。まだまんじりともしていないらしく、眼光がますます鋭かった。こいつが鳩尾に拳を叩きこんできたらしい。

「おい、あれを見ろ」

囁くような声で言って、丘野は窓を指さした。時計を見ると二十三時を過ぎている。こんな時間に何があるというのか。圷は毛布から這い出すと、窓の向こうに目を凝らした。

「――――」

玄関から五メートルほどの草木を、電灯が仄かに照らしている。その電灯の横に並ぶようにして、結合人間の姿が見えた。手前に立っているヘゴの葉のせいで、上半身が隠されている。透き通るような白い四本足が、砂地をゆっくり歩くのが見えた。

「獣人にしちゃ生っ白い。あいつが、か、狩々殺しの犯人なんじゃねえか」

圷の肩を叩きながら、丘野が声を裏返らせた。

突然のことで状況が呑み込めないが、こんな時間に屋外をふらついている人物が怪しくないわけがない。こっそり証拠を隠蔽しようとしているのか、ひょっとして次の獲物を探しているのか。

「ちくしょう、葉っぱが邪魔で上半身が見えねえ」

窓ガラスに顔を押しつけて、丘野がぼやく。

「こ、声が大きいですよ。見つかったらどうするんですか」

「なんだお前、目の前にいる犯人を見過ごせってのかよ。やべ、向こうに行っちまうぞ」

結合人間はしなやかな足取りで、左側の木立へ歩を進めていた。窓からは死角になっており、行方を追うことができない。

「行くぞ」

足が竦んだ圷を押しのけて、丘野は三号室を飛び出した。気が強いのか弱いのか分からない。圷も跡を追いかけようとしたが、膝から力が抜けうまく歩けなかった。

「ま、待ってください――」

廊下から鈍い物音が響いた。

おそるおそる部屋を出る。薄暗い廊下の真ん中で、丘野がうつ伏せに倒れていた。嘔吐したらしく、頭がドロドロに汚れている。丘野の反吐を見るのはこれが二度目だ。

誰かに襲われたのかと思い目を凝らしたが、人影はまったく見当たらない。よく見ると、丘野の脇の下から、潰れたアカゴダニが顔を出していた。勇んで部屋を飛び出したところで、天敵と鉢合わせしたのだろう。運の悪いやつだ。

圷は丘野の身体を裏返すと、下半身を引きずって三号室へ戻った。アカゴダニの死体は廊下の隅に押しやっておく。丘野は気絶しているだけで、外傷はなさそうだった。

窓外に目を向けると、不審者の姿は消えていた。木立へ向かったのならいいが、玄関の扉には鍵がかからないので、宿舎へ入ってくる可能性もある。殺人犯に見つかったらシャレにならないので、電灯を消して扉を閉め、毛布にくるまった。

天井から落ちる埃に悲鳴をあげていた丘野の気持ちが、いまならよく分かる。風や葉擦れの音に怯えながら、圷は一睡もせず夜明けを待った。

9

明くる十二月四日は、昨日までとは段違いに冷え込んだ朝だった。

「深夜に宿舎の周りをふらつく結合人間ですか。気になりますね」

双里を除く六人が食事の席についたところで、圷が昨晩の不審者について打ち明けると、今井は悩ましげに腕を組んで言った。

丘野は七時過ぎに何事もなかったように目を覚ました。アカゴダニが死んだことを伝えると、丘野は親の敵でも討ったように躍り上がった。彼には殺人犯よりも、一匹の節足動物のほうが脅威だったのだろう。もちろん、自分の身体でアカゴダニを潰したことは伝えていない。

「二人とも寝ぼけてたんじゃないの」

浅海が食卓に手を伸ばして言う。朝食のメニューは、乾パンとレトルトのガーリックスープだった。

「そんなわけねえだろ。不審者が姿を見せるまで、おれはうとうともしちゃいねえ。坏はすやすや寝てやがったけどな」

「電灯の下に立っていたのに、顔や体型は分からなかったんですか」

「ちょうど窓の外に、大きなヘゴが生えているんです。視界が遮られて不審者の足元しか見えなかったんですが、誰かが歩いていたのは間違いありません」

「靴や服装も分かりませんか」

「たぶん、ぼくたちと同じスニーカーを履いていた気がします。あまり自信はないですが」

坏の曖昧（あいまい）な説明に、今井は首を傾げた。

「分かりませんね。わたしたちが寝起きしている四つの部屋には、それぞれ嵌（は）め殺しの窓があります。もし不審者が外をふらついていたら、誰に目撃されてもおかしくないわけですよね。危険を冒してまで、不審者は何を企（たくら）んでいたんでしょう」

「待ってよ。この中の誰かが、寝付けなくて夜風に当たってただけじゃないの？」

神木が珍しくまともなことを言う。全員で顔を見合わせたが、名乗り出る者はなかった。

「昨日と同じように聞いてみましょうか。神木さん、外出していたのはあなたですか？」

今井は一人ずつ昨晩の行動を質したが、外出したと答える者はなかった。

「やっぱりこの島、ほかに誰かいるのかしらね」

浅海が頬杖をついて言うと、

「容疑者はもう一人いるぜ。あの病人にも聞かなくていいのか」

丘野が廊下を指さして言う。

「そうですね。念のため聞いておきましょうか」

今井が腰を上げて二号室へ向かう。今井に続いたのは、圷と浅海だけだった。徒労に帰すのは目に見えているが、可能性は潰しておいた方がいい。

一昨日と同じく、今井がノックしてから二号室の扉を開けた。

双里は目を覚ましており、窓側の壁に寄りかかって座っていた。浅海の介抱が功を奏したのか、顔色もすっかり良くなっている。ただ、一人で部屋にいるだけなのに、あいかわらず大きなマスクと香水を身にまとっていた。

「突然すみません。圷さんと丘野さんが外を歩く不審な人影を見たらしいんですが、この人物の正体はあなたですか？」

今井の問いかけに、双里はちらりと浅海の顔色をうかがい、黙ったまま顔を伏せた。

なんだか怪しい。

「責めるつもりはありません。あなたはこっそり宿舎を抜け出していましたね？」

今井が語気を強める。双里はマスクの下で口ごもっていたが、やがて短く「はい」と答えた。

「何をしていたんですか」

「……あ、えっと、ちょっと身体を動かしたくなったというか。す、すいません」

普段通りのだみ声だった。風邪で昼寝をしたせいで夜眠れなくなることは誰でも経験があるだろう。電灯に照らされた結合人間の正体は、獲物を狙う殺人犯ではなく、病み上がりの双里だったらしい。

圷は胸のつかえが下りた半面、どこか悄然とした気分になった。朝まで毛布の下で震えていた自分が情けない。ヘゴの葉で顔が見えなかったばかりに、いらぬ想像を膨らませてしまったのだ。

「分かりました。たびたび問い質すような真似をしてすみませんでした」

今井は小さく頭を下げて部屋を辞した。

食堂に戻って真相を明かすと、小奈川と神木が安堵の表情を見せたのに対し、丘野は腹立たしげに長机の脚を蹴とばした。双里の気まぐれのせいで天敵と鉢合わせして気絶したとなれば、文句をつけたくなる気分も分かる。怪我の功名でアカゴダニを仕留めたことに、本人は気づいていない。

「犯人の正体は分からずじまいですね。あと三日間、なにも起こらなければいいですが」

小奈川が天井を見上げて長い息を吐く。

「大丈夫だよ。みんなオネストマンなんだから。神に選ばれたぼくたちに天罰が下るはずがない。それでも不安っていうなら、ぼくの部屋で一緒にお祈りをしよう」

朗らかな声で神木が言う。相手をするのも面倒(めんどう)とばかりに、一同はばらばらと部屋に戻った。

冷え込んだ朝から気温はいっそう下がり続け、正午前には小雨が降り始めた。日差しもなく、いまにも雪に変わりそうな空模様が、初日の憂鬱(ゆううつ)な気分を思い起こさせた。圷は部屋にこもったまま、丘野ともろくに会話をせず、窓外の曇天を見上げて時間を潰した。疲労が肩にのしかかって、自分の生気を奪っているような気がした。

丘野はあれこれ推理を練っているらしく、「あいつか？」「違うな」「あと一歩だ」などとわざとらしくつぶやいていた。ジョイントマンの与太話を聞かされるよりマシだが、考えていることは大差ないように聞こえる。

浅海がドアをノックしたのは、十三時を過ぎたころだった。

「ちょっと食堂まで来てもらえる？」

昼食の誘いかと思いきや、浅海の顔にはいつになく深刻な色が浮かんでいた。不安がじわじわと胸を満たしていく。双里の容態に変化があったのだろうか。

二人が食堂へ足を運ぶと、今井がぽつんと椅子に腰かけていた。同じく浅海に呼ばれた小奈川と神木が、後からぞろぞろと続いてくる。

六人が長机を囲んで座ると、浅海は言葉を探すように口ごもっていたが、

「昼前に、双里さんの容態が急変したの」

苦いものを吐くように言った。

息苦しい沈黙が食堂に充満する。圷はつい三時間ほど前の双里の様子を思い返した。今井に問い詰められておどおどしていたものの、体調はほぼ回復しているように見えた。あれから何が起きたのだろう。

「そんなに悪い状態なんですか？」小奈川が尋ねる。

「いや、危険な状態からはむしろ遠ざかってるわ。命に別状もない。ただ、本人は誰とも顔を合わせたくないと思う」

「どういうことですか？」

神木が首を傾げる。圷にもいまひとつ事情が分からない。

浅海は迷うように拳(こぶし)を額に当てていたが、やがて意を決したらしく、重い口を開いた。

「──彼、羊歯(しだ)病を発症したのよ」

雨粒が窓ガラスをまっすぐ伝い落ちた。

いまから七年前、知人の紹介でオカルトライターの仕事がちらほら舞い込み始めたころ、編集者の紹介である映画監督と知り合った。

その男は当時から地方の映画祭で高い評価を受けていたが、知名度は低く、熱狂的な

映画マニアにしか名を知られていなかった。実験的な作風ゆえに資金集めに苦労しており、映画の製作費を捻出するために、名を伏せて猥雑なオカルト雑誌に記事を書いていた。

初めて顔を合わせたときから、見るからに社会の枠からはみ出た無愛想な男に、圷は妙な親近感を覚えていた。相手がどう感じていたかは分からないが、圷は寡黙な小男と杯を酌み交わすのが好きだった。

「きみも睡眠薬を飲んでるんだって？」

そのころ、娘を養親に引き取られたため破れかぶれになり、睡眠薬漬けの生活を送っていた自分に、男は抑揚のない声で言った。

「ええ、飲んでます。ときどき猛烈な不安に襲われて眠れなくなるんです」

「仲間だね。ぼくも飲んでるよ。酒と一緒に飲んで寝ると、願ってもない効果があるんだ」

そう言って男は、猪口に純米酒を注いだ。

「願ってもない効果？」

「悪夢だよ。そりゃもうとんでもない悪夢を見るんだ。医者に聞いたら、アルコールと一緒に飲むと効果が出やすいらしい」

そんな副作用があったとは知らなかった。言われてみると、薬を飲んだ夜は悪夢にうなされることが多い気もする。

「ひょっとして監督の映画は、その悪夢が元になってるんですか」

「企業秘密だぞ。でもな、睡眠薬には人間の想像力を絞り出す効果があるんだ。きみもネタに困ったら使ってみるといい」

男は薄笑いを浮かべて、一息に日本酒をあおった。

自分には珍しく、その男とは月に何度も飲み明かす仲になったのだが、一年も経たずにまた疎遠になってしまった。彼が貯金をはたいて撮った「あかいひと」というホラー映画が世界的な話題を攫い、すっかり雲の上の存在になってしまったからだ。

羊歯病の殺人鬼を描いたその問題作は、世界中で賛否両論を巻き起こし、数多の映画祭で大賞を射止めた。羊歯病の症状ゆえに全身を虫に噛まれ血だるまになった少年が、「軟膏を貸してくれませんか」と言って門を叩くシーンは、圷の脳裏にもくっきりと染みついている。孤独な男の見た悪夢が、劇場のスクリーンを通じ、世界中に伝播したのだ。

そんな過去のせいで、羊歯病と聞いて圷のまぶたに浮かんだのは、無愛想に日本酒をあおる男の横顔だった。

「それは、この島に来る前からウイルス保有者だったということですよね？」

浅海に向かって、小奈川が困惑した顔つきで尋ねる。

「当然でしょ。羊歯病の潜伏期間は短くても一年。結合前に男女のどちらかが感染してたんでしょうね」

「オネストマンの羊歯病患者か。人生終了だな」

丘野が悪びれもせずに言う。

羊歯病を発症すると、全身の肌という肌が血豆だらけになり、柘榴の怪物みたいな見てくれになってしまう。日本に三万人いると言われる患者の多くは、外界との交流を断ち、人目に触れない生活を営んでいるという。現に圷は二十年近く東京で暮らしているが、性病科の病院にでも近寄らないかぎり、羊歯病患者を目にしたことはなかった。

「なるほど、それできっつい香水をつけてたんだ」

神木の言葉に、浅海が俯いたまま頷く。

「顔につけてた大きいマスクも、できるだけ肌を露出しないで臭いを隠そうって狙いだったみたい。皮膚に異変が表れる前でも、感染後半年くらいから体臭が変化することは珍しくないから。羊歯病ウイルスの潜伏期間は知っていたはずだし、そろそろ発症するってことは本人も分かってたんでしょうね」

「昨日までの高熱も、羊歯病と関連しているんですか？」小奈川が尋ねる。

「いえ、発熱の原因はずぶぬれになって体温を奪われたことだと思う。羊歯病の症状はあくまで皮膚と汗腺の機能不全だから。まあ、ストレスや発熱によるホルモンバランスの乱れが発症の引き金になった可能性もないとは言えないけど」

「じゃあ、喫緊に専門治療を受けないと危ないというわけではないんですね」

「そうね。そもそも羊歯病の効果的な治療法はまだ見つかっていない。医者ができるのは一過性の対症療法とメンタルケアくらいしかない。むしろ社会的なサポートが大切なのよ」

「オネストマンと似たような話だな」丘野が鼻を鳴らして言う。

「初めに双里さんの異変に気づいたのは、わたしなんです」

黙り込んでいた今井がおもむろに口を開く。五人の耳目が彼に集まった。

「同じ部屋で寝起きしていますから、当然なんですけどね。以前から覚悟していたとはいえ、彼は現実に怯えきっています。あれほど憔悴した人間は見たことがありません。こんな場所ですし、崖から身を投げようと考える可能性もあります」

心臓がドクンと胸を叩いた。オネストマンとして暮らした十五年間の経験から、いまの社会に自分たちを支える余裕がないことは分かりきっている。いっそ南国の小島で死んでしまいたいという心情は、圷にも十分理解できた。

「それだけは避けましょう」小奈川が強い口調で言う。「なんとしても」

「もちろんです。あと三日間、わたしができるだけ双里さんを見張ります。ただ、彼がもっとも恐れているのは、自分の変貌を皆さんに見つかることだと思うんです。部屋に籠もっているとはいえ、用を足しに出ることもあるでしょう。廊下で彼と鉢合わせしても、どうかそっとしてあげてください。わたしたち七人、誰も欠けずにこの島を出るためです」

今井の言葉には切実な思いが滲んでいるようだった。

十五時過ぎに雨がみぞれに変わり、日が沈むころには横殴りの雪が吹き荒れていた。真冬とはいえ南国の吹雪には現実味が薄かった。トタン屋根にも雪が積もり、ギシギシと音を鳴らしている。出来の悪いホラー映画を観ている気分だった。

「この状況で誰かが殺されて、宿舎の周りの雪に足跡がなけりゃ、七人の中に殺人犯がいるってはっきりするな」

三号室の窓辺に寝ころがって、丘野が縁起でもないことを言う。自分が殺される恐怖はないのだろうか。

坏も仰向けに横たわって、長い息を吐いた。あと三日の辛抱だ。親子殺しの犯人は分からなくても、無事にこの島を出られれば不満はない。砂を嚙むような日々を愛おしいとは思わないが、孤島で殺人犯と過ごすよりずっとマシだ。欲をいえば娘の顔が見たいけれど、贅沢は言うまい。今はただ早くこの島から逃れたかった。

そんな願いをせせら笑うかのように、カリガリ島の時間は緩やかに流れていく。四度目の夜はゆっくりと更けていった。

10

六時過ぎに目を覚まし、窓の外に広がる薄雲を見上げたときから、言いようのない胸騒ぎを感じていた。虫の知らせと言っていいのか分からないが、カリガリ島に暗い影のようなものが迫るのをはっきりと感じていた。

食堂へ行っても人影がないので、圷は一人で朝食の支度をした。昨日の余りのスープを火にかけながら、湯を沸かしインスタントコーヒーを淹れる。乾パンの入った缶のフタが開かないので、出刃包丁の刃元を使ってこじ開けた。

七時を回ると、目を覚ました出演者たちが三々五々集まり始めた。竹芝で顔を合わせたときより、みな憔悴した顔をしている。双里を除く六人が揃ったので、ガーリックスープを汁椀によそった。

「双里さんの様子はどうですか」

小奈川が今井に尋ねる。

「正直、思ったほど変わりませんね。呆けたみたいに黙り込んでいるので、高熱で寝込んでいたときと大差ないように見えます。もちろん、外見は大きく変わってしまいましたが」

圷は自分がオネストマンだと告げられた夏の日を思い出していた。あのときも、絶望は一晩遅れて押し寄せてきた。双里もまだ現実を理解できていないのだろう。

朝食の片づけが終わると、圷は退屈しのぎに玄関の外へ出てみた。潮の香りとともに、身を切るような冷風が襲いかかる。首を竦めて雪の上に出ると、今井と神木も同じことを考えていたらしく、宿舎の周りをあてどなくふらついていた。

カリガリ島は見渡すかぎり白雪に覆われていた。初日にちらついていた灰雪とは段違いの積雪で、山の斜面だけを見ればスキー場に迷い込んだようだ。もし狩々麻美が生きていたら、うんと大きな雪だるまを作ったことだろう。

新雪に足を踏み入れると、くるぶしまで雪の中に沈んだ。スニーカーではまっすぐ歩くこともままならない。宿舎を半周しただけで指先の感覚がなくなった。

「ねえ圷さん、オネストマンに無礼をはたらいた親子が死んだあと、こんなに綺麗な雪が降るなんて、ぼくたちの理解を超えた因果を感じませんか」

神木が空を仰ぎながら言う。例によっていやな予感がしたので、圷は曖昧に会釈をして宿舎に引き返した。

雲の狭間から日が差すこともなく、薄暗いベールに覆われたまま十三時を過ぎた。

食欲のある数人だけで昼食を摂ったあと、食堂でひとりコーヒーを啜りながら時間を潰していると、今井がコーヒーカップ片手に姿を見せた。積雪のせいで現場検証にも向かえず、時間を持て余していたのだろう。

「この島に来てから、なんだか現実感がありません。あの絵に迷い込んだような気分です」

黙り込んでいるのもおかしいと思い、圷は自分から声をかけた。

「『上昇と下降』のことですか。できることなら迷いこんでみたいですよ。あの奇妙な世界がどんな理屈で動いているのか、とても興味があります」

壁にかかった絵画を見上げて、今井はしみじみと言った。

「狩々さん親子が殺された事件の真相は分かりましたか」

「いえ、探偵を名のりながらお恥ずかしい限りです。密室状態のカリガリ館から脱出する方法は思い浮かんでいるんですが、カリガリ館であの日なにが起きたのか、納得のいく説明はできていません」

今井は絵画から目を離すと、カップにコーヒーフレッシュを注ぎながら答えた。机上に白い滴が散らばる。

「やはり犯人はこの七人の中にいるとお考えなんですか」

「そうですね。事件から昨日までの三日間で島全体を見て回りましたが、人が隠れられるような建物はありませんでした。カリガリ館に隠し部屋の類は見当たりませんし、倉庫も南京錠が錆びついて入れません。岩礁に打ち上がった漁船にも戻ってみましたが、人が隠れていたような痕跡はありませんでした。この大雪の中で、樹林に人が潜んでいられるとも思えませんよね。もちろん、凶器の果物ナイフが前日までキッチンにあったことも、犯人が宿舎にいるという事実を裏づけています。

くわえて、犯人がわたしたちの誰かではなく、カリガリ島に潜んでいる第三者だと仮定すると、犯人の行動は非常に不可解なことになってしまいます。わたしたちのような部外者がいないときに親子を殺せば、事件が発覚する可能性は限りなくゼロに近いですからね。毎週金曜日に定期船が来るとはいえ、一週間かければ死体も痕跡まで隠蔽できます。部外者がぞろぞろやってきたタイミングで二人を殺すのは、あまりに不合理でしょう」

「ぼくたちに罪を着せようとしたんじゃありませんか」

「いえ、犯人はカリガリ館の玄関扉を施錠しています。部外者の犯行に見せかけるなら、扉は開けておくはずでしょう。だいいち、たまたま漂着した他人に親子殺しの罪を着せるのは無理があります」

今井の淀みない口上に、圷は頷かずにはいられなかった。外部との交流を絶って孤島に住んでいた親子が、部外者が漂着した翌日に殺されたのだ。客観的に考えれば、この中に犯人がいるのは間違いないだろう。

「……でもぼくたちはオネストマンです。そして全員が、自分は人殺しではないと明言しているんです。これは今井さんの推理と矛盾していませんか」

「ええ、問題はそこです」

今井は苦い声で言った。

「犯人はオネストマンなのに犯行を否定している、つまり、明らかに嘘を吐いているわけです。ここに何かカラクリがあるはずですよね。考えられる可能性は三つあります」

「そんなにあるんですか」

「ええ、せっかくなので説明しましょう。一つ目は、犯人が犯人であることを自覚していない可能性です。無自覚説とでも呼びましょうか。もしわたしが狩々さん親子を殺したとしても、わたしにその自覚がなければ、犯行を否定できるはずですよね」

圷は思わず首を捻った。犯人なのに犯人の自覚がない、そんな都合の良い話があるだろうか。


「納得のいかない顔ですが、可能性はゼロではありません」

今井はそう言うと、日焼けした指でコーヒーフレッシュの容器を取り上げた。

「たとえば圷さんが、このコーヒーフレッシュに強いアレルギーを持っていたとしましょう。圷さんがトイレに行っている間に、ブラックコーヒーの苦手なわたしが気をきかせて、容器に残っていたミルクを圷さんのカップに注ぎます。圷さんはそれに気づかず一息にコーヒーを飲み干し、アナフィラキシーショックで死んでしまいました。この場合、圷さんを死に至らしめたのはわたしでも、犯人という自覚は一切ありません。わたしは誰かがコーヒーカップに毒物を仕込んだと信じ込み、犯人捜しを始めるのがオチです」


なるほど、そういうことか。喩え話は荒唐無稽だが、ちょっとした勘違いが人を追い詰めることは十分にありうる。

「七人のうちの誰かが、知らぬまに狩々さん親子を死に追いやっていたんですね」

「可能性に検討の余地があるというだけですよ。自分で言っておいて何ですが、風が吹けば桶屋が儲かる式に今回の事件を説明するのは、現実的とは言えません。二人は事故やアレルギーではなく、喉（のど）や胸を刺されて死んでいたわけですからね。凶器が初めからカリガリ館にあったのならともかく、宿舎のキッチンから意図的に持ち出されていた以上、突発的な事故の可能性もありません。無自覚説が真相である可能性は、きわめて低いと思います。

そこで二つ目に考えられるのが、犯人が殺意を持って二人を殺しながら、その過去を忘れている可能性です。こちらは忘却説と呼んでおきましょう」

またしても突拍子もない説が出てきた。認知症の老人ならともかく、人を殺した冷徹な犯人がそう都合よく過去を忘れるだろうか。

「犯人が記憶障害を患っていたということですか？　ちょっと虫が良すぎる気もしますが」

「原因はいくらでも考えられます。心因性のストレスで一時的な健忘症を起こしたのかもしれませんし、多重人格障害者だったのかもしれません。まあ、犯人にとって都合が良すぎるきらいはありますね。忘却説がさきほどの無自覚説と違うのは、こちらを採用した場合、疑わしい人物が具体的にいることなんです」

「疑わしい人物？　双里さんですか」

「いえ、神木さんですよ。彼はうまれつき、睡眠時遊行症――俗に言う夢遊病を患っていたそうです」

言われてみれば、初日に部屋割りを決めたとき、神木は意気揚々とそんなことを言っていた。

「睡眠中の神木さんが狩々さん親子を殺したというんですか」

「もちろん、神木さんの言葉を鵜呑みにはできませんよ。彼には詰まらないことを大げさに捉える癖があるようですからね。ただ、彼もオネストマンである以上、夢遊病の気があるのは事実なんだと思います。

夢遊病というと徘徊のイメージが強いかもしれませんが、着替えたり料理をしたり、複雑な行動をとるケースも少なくありません。アメリカでは、車を運転して親を刺殺した若者が、無意識状態だったために無罪とされた判例もあります。神木さんも無意識のうちに狩々さん親子を殺し、その事実を忘れているのかもしれません」

そんなバカなと言いたいところだが、オネストマンが人を殺したという奇妙な現実がある以上、無茶苦茶な説とも言い切れない。

「無意識のうちに人を殺すなんて、あまり考えたくないですね」

「同感です。もっとも、神木さんが本当に夢遊病患者だったとしても、そう簡単に二人を殺せるわけではありません。毛布から這い出して果物ナイフを持ち出し、山頂まで移動して二人を手際よく殺害し、さらに宿舎へ舞い戻るわけですからね。手についた血液を洗う手間もかかります。睡眠状態のままこれをやり遂げるのは困難でしょう。

くわえて、二人が殺されたと見られる七時から八時の間、山頂には丘野さんや圷さんが、宿舎には小奈川先生や浅海さんがいました。これだけの人間の目に留まらぬよう、隙をついて犯行をこなすのは、覚醒時の人間でも至難の業です。無自覚説と同じく、忘却説が真相である可能性もきわめて低いと思います」

「ということは、三つ目の説がもっとも真実に近いということになりますね」

「ええ、わたしもそう考えています。長々と前口上を述べたのは、そのことを理解いただくためでもありました」

圷は固唾を飲んだ。犯人は自覚的に狩々親子を殺しており、かつその事実を忘れたわけでもない。オネストマンでありながら、犯人はなぜ犯行を否認できるのか。ここからが本題ということだろう。

「それで、第三の説というのは？」

「単純なことですよ。犯人の正体が――」

今井の言葉を遮るように、廊下からたどたどしい足音が響いた。食堂の引き戸が音を立てて開く。またアカゴダニが出たのかと思いきや、駆け込んできたのは浅海だった。

「どうしましたか？」

「なんでここにいるのよ。二号室にいてくれてると思ってたのに」

顔色を失った浅海が、今井に詰め寄る。

「すみません、圷さんと話し込んでしまいまして。まさか――」

「双里さんがどこにもいないの」

浅海の声はかすかに震えている。

ふと、目覚めと同時に感じた胸騒ぎを思い出した。

十四時三十五分。

今井、圷、浅海に小奈川を加えた四人が、宿舎の玄関先に顔を揃えている。

トイレやシャワールームまで隈なく覗いてみたが、宿舎の中に双里の姿は見当たらなかった。玄関口に立ってみると、今朝より明らかにスニーカーの数が減っている。同宿人が食堂で熱弁をふるっている隙に、双里がこっそり宿舎を出ていったのだろう。

雪に足跡が残っていないかと期待したのだが、朝食後に今井と神木が踏み荒らしたせいで、足跡をたどるのは困難だった。

「行き先の見当をつけられないでしょうか」

日焼けした地図を靴入れの上に広げながら、小奈川が尋ねる。

「島のいたるところに崖や岩礁がありますからね。身投げしようと思えばどこへ向かってもおかしくありません」

「手分けするしかないわね」

気の滅入った声で浅海がぼやく。とても乗り気には見えないが、これ以上の死者は出したくないのだろう。

各人が頷くのを確認して、今井が手早く捜索場所を振り分けた。小奈川は時計回りに、圷は反時計回りに、それぞれ海岸線とその周辺を見て回る。今井自身はカリガリ館までの山道に沿って人影を探し、浅海は宿舎に近い樹林や海岸を重点的に捜索するという算段だ。オカルトマニアと宗教かぶれは役に立ちそうにないので、あえて声をかけなかった。

「いま二時三十八分です。双里さんを見つけられなくても、日が暮れるまでには宿舎へ戻ってください」

今井が語気を強めて言うと、

「もし双里さんを見つけても、無理に取り押さえようとしたり、説教を垂れたりしちゃダメよ。なんでもいいから話をして、時間を稼ぐの。時間が経てば一時の興奮は収まるはずだから」

浅海が医師らしく付け加えた。なるほど、理屈で自殺志願者を説得する自信はまったくないが、無駄話くらいなら自分にもできる。浅海の言葉を胸に刻んで、一同は宿舎を後にした。

圷は転ばないよう気をつけながら、岩礁へ向かう坂道を下りた。身体が枝葉にぶつかるたびに、葉先から雪解けの水が散る。

雪に覆われたカリガリ島は、昨日までとはまったく違う表情を見せていた。海から吹きつける風が新雪を舞い上げており、薄霧に包まれたような錯覚に陥る。足跡や人影を見逃さないよう細心の注意を払っていたが、あまり自信はなかった。

十分ほど歩いて、ようやく海岸沿いの岩礁にたどりついた。海鳴りとともに寄せる波しぶきが冷たい。見渡すかぎりでは、変わり果てた姿の双里が岩間に浮かんでいるようなことはなかった。

どんよりした鼠色の雲が頭上を覆っている。反時計回りに海岸線を進みながら双里を捜す手筈になっていたが、足元の悪い岩場を進むのは無理があった。ところどころ砂浜に変わっているとはいえ、うっかり海に落ちたらシャレにならない。少し高台に上がっても、波音をたよりにすれば方向を見失う心配はないだろう。

冷えた指先に息を吐きかけながら、緩やかな斜面を登る。あたりに気を配りながら歩いていると、右前足が何かにけつまずいた。

足元に目をやると、雪が十センチほど不自然に盛り上がっていた。すぐとなりには太いモミが根を張っている。爪先で雪を払うと、モグラ塚に似たこんもりした盛り土が露わになった。

モミの木を目印にして、誰かが物を埋めたのだろう。麻美が生前、愛犬の亡骸でも埋めたのかもしれない。いや、それならもっとカリガリ館の近くに埋めるだろうか。住居から離れた樹林にこっそり埋めるということは、見つかってはまずいものに違いない。

まさか、人間の死体――？

島のどこかに殺人犯がいることを思い出し、背筋がうすら寒くなった。木立を一人ふらついている結合人間は、殺人鬼の格好の獲物ではないか。ましてや隠した死体を見つけてしまったとなれば、命を奪わずにいる理由がない。

「――――」

圷は首を振って空想を打ち消した。さすがに被害妄想が過ぎる。盛り土ひとつに殺人鬼まで想像するのは大げさだ。それより早く双里を捜さなければ。

ふと、妙な音が聞こえた。

故障車のエンジン音のような、耳障りな振動音。何かが自分のほうへ迫ってくるのが分かる。動悸は加速度的に速くなっているのに、身体はまったく動かない。

地鳴りの正体に気づいたときには、視界が真っ白に染まっていた。四本の脚に力を込めたのもむなしく、特急列車に撥ねられたような衝撃が全身を襲った。

小奈川の言葉が、ふと耳の奥によみがえる。

――本当に危ないと感じたものからは、一目散に逃げるべきだと思うんです。

――イジメ、犯罪、借金、火事、津波、雪崩。

雪塊に呑み込まれた圷は、金切り声をあげながら坂道を転げ落ちていった。

朦朧とした意識がぐらぐらと揺れている。誰かが身体を揺すっているらしい。全身に鉛のような倦怠感がのしかかっていた。

「おい、しっかりしろよ。死にてえのか、タコ」

耳元で叫ぶ声が聞こえた。この粗暴な言葉遣いは――

薄目を開くと、丘野のブリーチした長髪が自分の顔にかかっていた。となりで浅海が気だるそうにこちらを見下ろしている。

「おら、死んだふりしてんじゃねえよ」

丘野が頰を叩こうとするのを、右前腕で制した。岩の上に寝かされていたらしく、身体の節々が痛い。薄暗い空を厚い雲が流れていた。

「やめてください。ぼくは大丈夫です――」

身体を起こそうとして、下半身に激痛が走った。

「やめとけ。お前の脚、ひんまがってっから」

腰を起こして見ると、左後ろ足に添え木が括りつけてあった。外出血はないものの、膝下の皮膚が紫に変色している。骨折しているのは間違いない。感じたことのない痛みに、全身から脂汗が噴き出した。

「はい、十六時四十三分に意識回復を確認、と。担架もないし、患部を動かさないように二人で運ぶしかないわね。ここじゃ体温が奪われるだけだし、早いとこ宿舎に戻らないと」

「ま、待ってください。双里さんは？」

言葉を遮って圷が問うと、浅海は無表情のまま、目を伏せて首を振った。

「な、亡くなったんですか」

「まだ息はあるわ。でも、あなたよりずっと重傷。内臓が破裂してるから、移植手術しか手はないわね」

つまり手術ができない環境では、助けるすべがないということか。圷は浅海が歯嚙みするのを見逃さなかった。

「――とにかく、わたしたち二人で宿舎まで運ぶから。痛んでも我慢してね」

「は、はい。すみません」

丘野が上半身を、浅海が下半身を支える格好で、圷の身体を宙に持ち上げた。揺れにあわせて激痛が神経を貫く。

宿舎まではゆっくり歩いても十五分ほどの距離らしい。圷は八本の腕に運ばれながら、唇を嚙んで痛みに耐え続けた。つい三日前、死体を見て失神した丘野を今井が運んでいたのを思い出す。

道中、鼻高々に聞かされたところによると、軒先で暇を潰していた丘野が、たまたま圷の悲鳴を聞いていたらしい。大蛇か獣人あたりが現れたと思い込み、躍り上がった丘野は、すわ一大事と轟音の聞こえたほうへ向かった。それから決死の思いで雪山を駆けまわり、悲鳴から一時間後に雪に埋もれた圷を発見した。意識のない圷を掘り出して平たい岩に寝かせ、今度は浅海医師を呼びに走ったというわけだ。

丘野の恩着せがましい口ぶりには腹が立ったが、彼に命を救われたのは確かだった。雪山で発生するような大規模なものでないとはいえ、雪崩に巻き込まれながら一命を取り留めたのは、迅速な捜索の賜物だろう。

「命拾いしました。ありがとうございます」

「おお、そうかそうか。印刷会社バイト歴二年の行動力がものを言ったな。感謝しろよ」

照れ隠しなのか、丘野は頰を歪めて笑った。

宿舎にたどりつくと、圷は三号室の畳で横になった。浅海によれば、開放骨折ではないため細菌感染のおそれはないものの、骨がねじ曲がっておりインプラント手術が必要だという。残り二日間は、添え木に脚を固定して安静にしておくしかないらしい。救急箱に入っていた頭痛薬を痛み止め代わりに飲むと、気分が少し楽になった。

落ち着いてみると、なにやらとなりの二号室が騒がしい。自分と同じように双里が寝かされているのだろう。脚を折った自分と比べても、遥かに容態が悪いらしい。時おり聞こえてくる「痛い痛い」という呻き声に、圷は暗澹たる気持ちになった。

「四人別々で行動したのが間違いでした。効率は悪くても、二人一組で捜索するのが正解でしたよ」

小奈川はそう言って肩を落とした。双里の看護にかかりきりの浅海に代わり、小奈川が気付けのスープを運んでくれた。丘野もときおり三号室に顔を出したが、圷を救出したことで油が切れたのか、ほとんど口を開かずに寝ころがっているだけだった。

「双里さんを発見したのは小奈川先生だったんですか？」

「ええ、わたしです。海岸を半周ほどしたところで、崖の上にぼんやり佇む双里さんを見つけました。崖の下からなんとか説得しようとしたんですが、彼は聞く耳を持ちませんでした。むしろ彼の変わり果てた姿を見てしまったことで、背中を押してしまったような気もしています」

小奈川が物憂げに息を吐く。羊歯（しだ）病患者が身投げする現場に居合わせながら、何もできなかった悔しさは想像するに余りある。かける言葉が見つからないまま、重苦しい時間が流れた。

「もう七時か。腹減ったな」

窓外の樹々が黒い闇に覆われたころ、重い空気に耐えかねたのか、三十分ほど前に来たばかりの丘野がそう言って部屋を出た。

隣室からはあいかわらず、双里の呻き声が響いている。浅海が「しっかりしなさい！」と叫ぶ声がそれに重なった。まさにいま、同じ屋根の下で双里が死線をさまよっているのだ。

「明後日（あさって）の定期船が来るまで、なんとか耐えてくれるといいんですが」

「大丈夫ですよ」圷は根拠もなくくりかえすしかなかった。「きっと大丈夫です――」

「おい、おかしいぞ」

顔を曇らせた丘野が、扉を開けるなりキッチンを指さして言った。

「どうしたんですか？」

「おかしいんだよ。キッチンにあった出刃包丁がなくなってる」

丘野の声は震えていた。表情を翳（かげ）らせた小奈川が廊下へ飛び出し、その背中を丘野が追いかけた。

カリガリ館の玄関ロビーで神木トモチヨの死体が見つかったのは、それから一時間後の二十時過ぎのことだった。

11

現場検証に出かけた今井、小奈川、浅海、丘野の四人が戻ってくるまで、圷は息を潜めて三号室に籠もっていた。

とうとう三人目の死者が出たという。撮影クルーの三人と操舵手を加えれば、この五日間で七人が命を落としたことになる。神木は奇天烈な言動が多かったものの、朗らかで、憎めない結合人間だった。誰が、なんのために、彼の命を奪ったのだろう。

圷は窓外の闇を見つめて肩を震わせた。歩行もままならない身体で犯人に襲われたらひとたまりもない。ときおり二号室から響く悲鳴を聞きながら、いまにも気が狂いそうな恐怖を感じていた。

二十三時十五分。

四人がカリガリ館から戻り、遅めの夕食を摂ることになった。小奈川に促され、圷も左後ろ足を引きずって食堂へ向かった。

「大丈夫ですか？　無理をさせてすみません」

　スティックパンを机上に並べていた今井が、圷の脚に目を留めて言う。圷は曖昧に首を振って、油の切れた機械みたいな動きで椅子に座った。

　五人は黙ったままパイプ椅子に腰を下ろした。食卓を囲んでいるのに、誰もパンに手を伸ばさない。出演者のうち一人が殺され、一人が瀕死の重傷を負っているのだから、食欲が湧かないのも当然だろう。なかでも浅海は、たび重なる看病のためか十歳くらい老け込んだように見えた。

「まだ心の整理ができていないと思いますが、手をこまねいて次の犠牲者が出るのを待つわけにはいきません。神木さんを殺したのは誰なのか、検討させてください」

　空いたパイプ椅子に目をやりながら、今井が重い口を開いた。

「この中に犯人がいるような口ぶりだな」

　丘野が足を揺らしながら言う。ふたたび死体を目にしたはずだが、今度は失神せずにすんだらしい。

「ええ、狩々さん親子と神木さんを殺した犯人は、わたしたち出演者の誰かだと思います」

　今井は丘野を見返しながら、昼過ぎに圷に聞かせたのと同じ内容――カリガリ島に第三者が隠れる場所が存在しないこと、犯人が部外者だとすると行動があまりに不自然であること、犯人が自分たちに罪を着せようとしたとも思えないこと――を説明した。

「そもそも犯人は、二度ともキッチンから凶器を持ち出しているわけです。犯人が不自由なく宿舎に出入りできる人物の中にいることは間違いないでしょう」

「でも、おれたちの中に犯人がいるってことは──」

「待ってください」小奈川が丘野の言葉を遮った。「二人だけでヒートアップしないでください。まず今日起きたことを整理しておきましょうよ。圷さんは現場を見ていないわけですし」

圷は大きく頷いた。痛みを堪えて食堂に足を運んだのは、この島で何が起きているのか知りたかったからだ。

「そうですね。今日は不幸が重なり過ぎて、わたしも少し混乱しています。これから言うことに間違いがあれば指摘してください」

小奈川のバトンを受けて、今井が口を開いた。

「まず、双里さんが二号室から姿を消しているのに浅海さんが気づいたのが、十四時過ぎのことでした。宿舎の中を捜しても見当たらないので、わたしと浅海さん、圷さん、小奈川先生の四人で手分けして捜索することに決めたわけです。小奈川先生が双里さんを見つけたのは何時ごろでしたか？」

「十四時五十分です。時計を見ていたので間違いありません」

小奈川はそう言って、右前腕の腕時計を掲げた。

「分かりました。小奈川先生が必死に説得を試みたものの、双里さんは崖から身を投げ、重傷を負いました。素人の応急処置でどうこうできる状態ではなかったのでしょう。小奈川先生は大急ぎで浅海さんを探し、二人がかりでシーツにくるんだ双里さんを宿舎まで運びました。十六時過ぎのことですね。すると間髪をいれず、丘野さんが宿舎に駆け込んできたわけです」

「なんだその言いっぷりは。おれが助けなきゃこいつ死んでたんだぞ」丘野が長机を叩く。

「分かっています。圷さんが倒れているのを見つけたのは何時ごろでしたか」

「時間？　分かんねえよ。ただ、こいつの悲鳴が聞こえたのはちょうど十五時だったな。昼寝から起きたとこだったから。未確認生物が現れたんじゃねえかと思って、それから一時間は捜しまわった。こいつが倒れてんのを見つけたのは十六時くらいじゃねえの」

圷は雪崩に呑まれた瞬間を思い返した。あの時点で、すでに小奈川は双里を発見していたわけだ。自分の努力は文字通り骨折り損だったらしい。

「なるほど。それから浅海さんを呼びに宿舎へ戻ったとすれば、時間の帳尻は合いますね。浅海さんは双里さんの看護を小奈川先生に任せ、丘野さんと雪崩の現場に向かいました。さいわい圷さんはすぐに意識を取り戻し、二人に支えられて宿舎に戻ることができました。

ところが悲劇は続きます。救出劇から数時間が過ぎ、今度は神木さんの姿が見えないことに小奈川先生が気づきます。小奈川先生、何時ごろだったか思い出せますか」

「違えよ」丘野が口角泡を飛ばして言う。「初めに異常を察したのは、小奈川じゃなくておれだ。乾パンを食おうと思ってキッチンに行ったら、出刃包丁がなくなってたんだよ。やべえ予感がしたからみんなの安否確認をしたわけ。そしたら神木が一号室からいなくなってたの」

「時間は十九時前後です。丘野さんが『もう七時か』と言ってキッチンへ向かったのを覚えていますので」

小奈川が補足すると、今井は記憶を掘り起こすように強く眉間を押さえた。

「キッチンの出刃包丁ですか。十三時半ごろコーヒーを淹れたとき、包丁はまだキッチンにありました。それ以降、キッチンで包丁を見たという方はいますか？」

今井の問いかけに、小奈川と浅海が揃って手を挙げた。

「救出されたミキオくんが冷え切っている様子だったので、スープを持っていったんですよ。十七時くらいだったと思います。五分ほど鍋を火にかけていましたが、包丁はまだ包丁立てに入っていました」

「わたしはピンセットを火で消毒しにいったの。包丁はまだあったわ。小奈川先生とも少し話したわよね。時間は十七時五分くらいだと思う」

「なるほど、ありがとうございます」

今井は言葉を呑み下すように、二度、三度、くりかえし頷いた。

「いまの証言は犯行時間を絞り込む手がかりになりますよ。犯人は十七時五分から十九時の間に、隙をついて包丁を持ち出したわけですね。それから神木さんをカリガリ館に連れ出し、隠し持っていた包丁で殺害したんだと思います。

十九時半ごろから小奈川先生、丘野さん、それにわたしを加えた三人で、手分けして神木さんの捜索を始めました。三人ばらばらに行動するのは避けたかったのですが、背に腹は替えられません。すると小奈川先生が、カリガリ館へ向かう山道に、結合人間の足跡が残っているのを見つけたんです」

「正確を期すなら」小奈川が言葉を挟む。「雪上の足跡が増えていたと言うべきでしょう。今井さんが双里さんを捜すためカリガリ館まで一往復していますが、それに加えてもう一往復分の足跡が増えていたんです」

「そうでしたね。もちろん誰の足跡かは分かりません。ここにいる出演者はみな、ダイキチモヨコさんに借りた同型のスニーカーを履いていますからね。徒労に終わる可能性もありましたが、わたしたちは足跡をたどってみることにしました。足跡は寄り道せず山頂へ向かい、広場を横切ってカリガリ館へ続いています。館の中へ入る前から、割れた磨りガラスを通して血痕が見えていました。おそるおそる扉を開けてみると、玄関ロビーに血だるまになった神木さんが倒れていたというわけです。

現場で気になった点といえば、暖炉に火が入っていたことくらいでしょうか。死亡推定時刻を曖昧にするため犯人がとった策だと思います。アトリエと子供部屋に置かれたままの狩々さん親子の死体には、どちらも異変はありませんでした」

「待ってよ。おかしいじゃない」浅海が不満そうに口を挟む。

「とおっしゃいますと？」

「山道には往復の足跡が残ってたんでしょ？　それなら神木さんはカリガリ館へ行ったあと、また宿舎へ戻ったってことじゃない。どうして彼はカリガリ館で死んでたわけ？」

「もちろん、往復の足跡は別の誰かが残したものでしょう。おそらく山道の足跡は犯人のもので、神木さんは犯人に言いくるめられて、別のルートでカリガリ館へ向かったんだと思います。詳しくは明日、日が昇ってから調べますよ。どんなルートであれ雪に足跡が残っているはずですからね。

　神木さんの死体を発見したあと、わたしは浅海さんを呼びに宿舎へ戻りました。単独行動は避けたかったのですが、丘野さんが死体を見て倒れてしまったので、仕方なく小奈川先生に残ってもらいました」

　やはり引っくりかえっていたのか。丘野はパブロフの犬みたいに、死体やダニを見ると倒れる習性があるらしい。丘野は憎々しげな目つきで今井を睨んでいた。

「浅海さん、簡単に検死の結果を教えてもらえますか」

「ちょっと待って」

　浅海はメモ帳を取り出し、文字をなぞりながら口を開いた。

「死因は胸を刺されたことによる外傷性のショック死。凶器は現場に落ちていた出刃包丁で間違いないと思う。あと、掌にいくつも防護創が残ってたから、それなりに抵抗したみたい。左前腕と左後ろ腕に注射痕があったけど、あれは死因とは関係なさそうね。死亡後の経過時間は、角膜の混濁具合や死斑の様相から判断するに、幅を持たせて死後三時間から七時間ってとこかしら」

「つまり、今日の十四時半から十八時半の間に殺されたということですね。ただし、凶器の包丁が十七時過ぎまでキッチンにあったこと、宿舎からカリガリ館まで急いでも二十分かかることを考え合わせると、犯行は十七時半以降に絞られます」

　今井は素早く目を動かして、全員の反応をうかがっていた。要約すれば、神木は十七時半から十八時半の間に殺されたということになる。坏が三号室で休んでいたあの時間、カリガリ館でふたたび惨劇が起こっていたのだ。

「わたしにはアリバイがあるから。ずっと二号室で双里さんの看病をしていたもの。そうよね、今井探偵」

　浅海が苛立たしげな声で言う。

「おっしゃるとおりですね。わたしは断続的に二号室へ出入りしていましたが、十七時半から十八時半まで浅海さんは部屋を出ていないと思います。危篤状態の双里さんにも、犯行が不可能なのは言うまでもありません。ほかにアリバイを証明できる方はいらっしゃいますか」

「ミキオくんも犯人ではありえませんよ。脚を骨折して倒れていた彼が、カリガリ館へ向かえるとは思えません」

小奈川が断言し、圷も深く頷く。どんなトリックを弄しても、自分がカリガリ館で神木を殺すことは不可能だろう。

「小奈川先生ご自身はどうです？」

「わたしは三号室でミキオくんの面倒を見ていましたが、ときおり四号室で休んだりもしていたので、完璧なアリバイはないと思います」

「なるほど。あとは一人だけですね。丘野さん、いかがですか」

「おいおい、おれが犯人みてえじゃねえか」丘野は全員の顔を見渡して声を荒らげた。

「あんなやつ殺しちゃいねえぞ」

「犯人だとは言っていません。十七時半から十八時半まで、なにをしていたんですか」

「なにって、食堂でちょっと転寝をしてただけだよ。怪我人を運んだ疲れが出たんだ。別にやましいことは――なんだてめえ、ブチ殺すぞ！」

浅海が距離を置くように椅子をずらしたのを見て、丘野が胸倉に摑みかかった。今井が素早く腰をあげ、二人の間に割り入る。小柄な丘野は、今井に阻まれてすぐに大人しくなった。

「手荒な真似はやめてください。もう怪我人を出すわけにはいきません」

「あの、一ついいですか」

圷はおずおずと手を挙げた。四人がまばらにこちらを向く。

「丘野さんだけ嫌疑が濃いように考えるのは、ちょっと短絡的というか、犯人の策に嵌まっているような気がするんです。犯行現場がカリガリ館とは限りませんよね？」

「なるほど、検討の余地はありますね」

今井は真顔で頷いているが、残る三人は腑に落ちない様子だ。

「お前、頭打ったの？　神木はカリガリ館で死んでたって言ってんだろ」と丘野。

「ですから、死体がカリガリ館で見つかっただけで、神木さんがどこで刺されたかは分からないと言っているんです。犯行現場はここの近くで、時間を置いてカリガリ館へ運ばれたのかもしれません。足跡は一往復分しか見つかっていませんが、犯人が四本腕で死体を抱えて、山頂まで運ぶことは可能です。カリガリ館まで往復する時間はなくても、この宿舎の近くで神木さんを殺す時間のあった人は、他にもいるはずです」

「圷さんの言うとおりですね。出刃包丁を胸に刺したままにしておけば、栓が嵌まった状態なので出血も抑えられます。カリガリ館へ運んでから包丁を抜けば、玄関ロビーが現場のように見せかけられる。そうですね、浅海さん」

「どうかしら。時間を空け過ぎると血液が凝固しちゃうから、現実的とは言えない気がするけど。いや、雪の中に埋めて酵素反応を遅らせればいいのかしら」

「雪に埋める？　なんだそりゃ。全身びちゃびちゃになっちまうぜ」

丘野が鼻を鳴らして言うと、

「そうか、だから暖炉に火が入れられてたんじゃないですか。神木さんの衣服を乾かして、雪に埋めていた痕跡を消し去るために」

小奈川が興奮気味に答えた。なるほど、綱渡りのようだが筋は通っている。

十七時過ぎから十八時半の間に神木を殺し、宿舎から遠くない雪溜まりに死体を埋めておく。夜が更け、手分けして神木を捜す運びになったところで、こっそり死体を掘り起こす。死体をカリガリ館に運んで暖炉に火をつけると、犯人は何食わぬ顔で死体が発見されるのを待っていたというわけだ。

もしこれが真相だとすれば、十七時半から十八時半の間にアリバイのない丘野は、むしろ嫌疑が薄まることになる。犯行現場を誤認させるトリックを弄しても、得るものがないからだ。逆に十五分程度でも部屋から姿を消すことができた今井、小奈川の二人は、容疑者圏に入ってくるというわけだ。

「現時点で容疑者から除外できるのは、重傷を負っている双里さんと圷さんの二人だけということですね。残る四人にはいずれもアリバイがないようです」

「おい、いつもの禅問答はやらねえのか？」

容疑者の範囲が広がったことに安堵したらしい丘野が、晴れ晴れしい声で言う。

「そうですね。犯人が判明する可能性がゼロでない以上、やっておくべきでしょう。では丘野さん、質問です。神木トモチヨさん――とわたしたちが呼んでいた彼を殺した犯人を、あなたは知っていますか。もしくはあなたが犯人ですか」

「どっちも違えよ。さっきも言ったけどな」

今井は食卓を囲む面々に、同じ質問をぶつけた。例によって犯行を自供する者はいない。今井自身を含む五人は、みなきっぱりと犯行を否定した。

「どうせこの話になると思ったから、容態が良くなったときに聞いといたわよ」浅海が目を伏せたまま言う。「双里さんの返事もまったく同じ。当然だけどね」

「ま、一回目の殺人は認めねえのに、二回目の殺人だけ認めるわけねえか。無駄骨だったな」

丘野が言う。

「いえ、今のやりとりには意味があります。皆さんご存じのとおり、ここにいる容疑者はみなオネストマンにもかかわらず、全員が犯行を否定しています。圷さんには途中までご説明したんですが、この妙な状況を解明するには、三通りの説が考えられます」

今井は三人に向け、あらためて無自覚説と忘却説を披露した。

「圷さんと検討した時点では、これらの説をきっぱり否定することはできませんでした。可能性は非常に低くとも、ゼロとは言い切れなかったわけです。しかし第二の事件が起きた今、状況は変わりました。

まず無自覚説ですが、これは風が吹けば桶屋が儲かる式に、わたしたちの理解を超えた因果関係が重なった結果、狩々さん親子が死に至ったとする説でした。言うまでもなく、第二の事件が起きたという事実そのものが、この説をきっぱり否定しています。第一の事件が偶然の重なりあいで生じたものなら、第二の事件は発生しないはずですからね。犯人が意志を持って人を殺していることはすでに明らかです。

次に忘却説ですが、これも夢遊病の神木さんが犯人ということを前提にした説でした。こちらも第二の事件が発生し、神木さんが何者かに殺されてしまった以上、真相ではありえません。少なくとも、神木さん以外にもう一人の殺人犯がいることは間違いありませんからね」

「お前、いつも前口上が長えよな」丘野が唾を飛ばす。「三つ目の説は何なんだよ」

「説というほど大げさなものではありません。当然の帰結とでもいいましょうか。わたしは一ヵ月と少し前、『オネナビ』でこの映画を知り、出演者に応募しました。このページはオネストマンだけが利用できる就職支援サイトで、登録には診断書が必要です。応募してすぐに採用通知が届きましたし、そもそもオネストマンは母数が限られていますから、応募者全員が採用されているのは間違いないと思います。

この募集告知、公開されたのは十月半ばですが、十一月に入っても募集は締め切られませんでした。主催者は『つぼみハウス』に倣って七人の出演者を集めようとしたようですが、応募が振るわなかったのでしょう。わたしは出演者の頭数が揃わないのではと危惧していたのですが、いざ竹芝に集まってみると、七人の自称オネストマンが顔を揃えていました」

今井は息つぎするように言葉を切った。

「まどろっこしいんだよ。何が言いてえんだ」

「ノーマルマンは、自分がオネストマンではなくノーマルマンであることを証明できる。

適当な嘘を吐いてみせればすむ話ですよね。でもオネストマンは、自分がノーマルマンではなくオネストマンということを証明できません。言いかえれば、ノーマルマンにはオネストマンの真似ができても、オネストマンにノーマルマンの真似はできないということです。わたしがたどりついた結論は、出演者七人の中に二人のノーマルマンが交じっており、そのどちらかが犯人というものです」

一同の顔が疑心暗鬼に曇るのが分かった。自分たちの中に、オネストマンを騙ったノーマルマンが隠れている。薄々感づいてはいたものの、親しい友人に裏切られたような不快感が胸に湧き上がった。

「根拠はなんですか。それに、どうしてノーマルマンが二人だと分かるんですか」

小奈川がゆっくりと、冷静に尋ねる。

「ちょっとした理屈です。一日の朝、出演者七人と撮影クルー三人で漁船に乗り込んだときのことを思い出してください。あの寡黙な双里さんが、唐突に撮影クルーの男に話しかけたのを覚えていませんか」

各々がまばらに頷いた。まだ一週間も経っていないのだから、圷もよく覚えている。

「こう言ったんですよね。――ぼく、遅刻してませんよね？」

「そうです。撮影クルーの三人もきょとんとしていました。どうして双里さんは、自分が遅刻していないかと不安になったのか、考えてみたんです。おそらく彼は、八丈島へ向かう大型客船の中で、撮影クルーたちのこんな会話を盗み聞いたんじゃないでしょうか」

　今井は全員の顔を見回して、低い声で言った。

「『最後の二人が間に合ってよかったね』」

「そういうことか！」丘野が叫ぶ。

「お分かりですか。双里さんは過去にたびたび、フタリさんと読み違えられていたんでしょう。『フタリが間に合った』という撮影クルーの言葉を聞いて、自分が遅刻したのではと勘違いしてしまったんです。

　もちろん実際は、誰も遅刻などしていません。この言葉は『オネストマンの応募が二人分足りなかった』という意味でしょう。この経緯から、実際にオネナビから応募があったのは五人のみであり、主催者たちが二人分の枠をノーマルマンで埋めたと推測できるわけです」

「待てよ。今ここにいるのが五人だろ。おれは絶対にオネストマンだから、候補はお前ら四人だ。ノーマルマンが二人ってことは、このうち半分はノーマルマンってことか？」

「違います」今井がきっぱりと首を横に振る。「殺された神木さんや重傷を負っている双里さんが、ノーマルマンでないとなぜ言い切れるんですか。確率はあくまで七分の二です」

　丘野は狐につままれたような顔で宙を睨んでいた。今井の言葉を反芻しながら、坏も混乱する頭を必死に働かせた。

もしもノーマルマンの数が一人だったら、犯人たりうる人物もまた一人であり、その人物が犯人だと断言できた。必然的に、誰かに殺された神木はノーマルマンではなく、オネストマンとも判断できたわけだ。

しかしノーマルマンが二人となると、話はややこしい。ノーマルマンが複数いたとしても、犯人が単独犯か複数犯かは分からない。犯人がノーマルマンなのは間違いなくとも、ノーマルマンが犯人とは言い切れないわけだ。この場合、神木や双里がノーマルマンという可能性も否定できず、ノーマルマンを絞り込むことができない。

この中に犯人でないノーマルマンがいるなら名乗り出てほしいものだが、いまさら正体を明かすこともできないだろう。ノーマルマンしか犯人たりえない状況で正体を明かしても、自分の首を絞めるだけだ。

「おれはオネストマンだぜ！」

絶叫とともに丘野が立ち上がった。パイプ椅子が斜め後ろに倒れる。

「落ち着きなさいよ。うるさいわね」

「うるさいのはお前だろ。おれはカリガリ島へ来てから一度も嘘を吐いていない。お前ら、五日も一緒に寝起きしてんだから分かるだろ？」

「その言葉が嘘でないと証明できなければ意味がありませんよ。ノーマルマンなら自分がオネストマンだと嘘を吐くこともできますから。オネストマンがオネストマンであることを論証するのは悪魔の証明に近いと思います」

今井の落ち着いた反論に、丘野は歯噛みして立ち尽くした。

「逆はどうですか。ノーマルマンをノーマルマンと証明することはできませんか」

小奈川が眉根を押さえて言う。

「ええ、可能性があるのはそちらです。ノーマルマンを特定するには、誰かが嘘を吐いていることを論理的に証明すればいいんですからね。どんな些細なことでも、矛盾した言動が見つかればその人物はノーマルマンです」

なるほど、今井の言うとおりだ。いつもアカゴダニを罵倒している丘野が、こっそりアカゴダニの背中を愛でている現場を発見すれば、その時点で丘野はノーマルマンと分かる。まあ、そんなことはないだろうけれど。

「もちろん、ノーマルマンが必ず嘘を吐くわけではないですよ。二人が本当のことを言い続けているかぎり、尻尾は摑みようがありません」

「ピノキオみたいに鼻が伸びれば分かりやすいのにな」

丘野の軽口が耳に入らないかのように、一同はじっと黙りこんでいる。誰かの矛盾した発言を見つけようと、みな五日間の記憶を掘り起こしているのだろう。ノーマルマン二人を特定できれば、それ以外の五人は身の潔白を証明できるのだ。

ふと掛け時計を見上げると、短針が零時を回ったところだった。長い一日がようやく終わったのだ。

定期船が来るまであと一日。犯人を暴いて疑心暗鬼から解放されたいという思いと、もう何も起こらず平穏に島から帰りたいという願いが、坏の胸に半分ずつ同居していた。

12

十二月六日。日中は雨こそ降らなかったものの、うろこのような雲がカリガリ島の周囲を覆い続けていた。

骨折した左後ろ足が二時間に一度くらいの頻度で猛烈に痛むので、食事と水分を小奈川に運んでもらいながら、坏は三号室に籠もって一日を過ごした。流れる雲を窓から見上げていると、スクリーンで退屈なモノクロ映画を見ている気分になる。ときおり二号室から響く唸り声が、坏を現実に引き戻した。

今井と丘野の二人は、朝から晩まで神木殺しの調査に精を出していた。食事時を除き、二人ともほとんど外出していたようだ。犯人を突き止めたいのは分かるが、なにをそんなに調べているのだろう。

自分だけ何も知らずにいるのは気分が悪いので、坏は痛みをこらえて夕食に顔を出した。カリガリ島に流れ着いて六日目、これが最後の晩餐になると思うと、少しだけ胸に迫るものがあった。

「それで、めぼしい手がかりは見つかったの？」

ぱさついた五目ご飯を口に運びながら、浅海が尋ねる。

「真相のめどはつきました」

今井が顔色を変えずに言うので、坏は米粒を噴き出しそうになった。一緒に捜査していたはずの丘野も、目を丸くしている。

「犯人が分かったってこと？」

「見当はついています」

「犯人が密室から逃げ出した手段も？」

「もちろんです」

「早く教えろよ、タコ」丘野が暴言を吐く。

「もう少しだけ頭を整理させてください」

そう言ったきり、今井は口を開かなかった。身勝手な態度だが、探偵らしいような気もする。

夕食後に部屋へ戻ると、窓外のヘゴの葉が北風に激しく揺れていた。小雨が降っているらしく、窓ガラスに雨粒が張り付いている。これで証拠の足跡も消えてしまうだろう。言いようのない不安が胸をかすめた。

シャワーを浴びた丘野が部屋に戻ってくると、坏が尋ねたわけでもないのに、調査結果を鼻高々に喋（しゃべ）り出した。

「教えてやろうか。やっぱ神木は自分の足でカリガリ館まで行ったんだよ。現場が別の場所だったっていうお前の推理は、残念ながら却下だ」

聞けば、カリガリ館まで続く山道を往復した足跡とはべつに、西側の砂浜を時計回りに進み、急斜面を登ってカリガリ館へ向かった足跡が見つかったのだという。おそらく今井探偵の受け売りだろうが、丘野はさも自分の手柄のように語った。

「その足跡が神木さんのものという根拠はあるんですか？」

「それがあるんだよ。浜辺から山頂の広場へ向かう坂の途中に、こんなポーチが落ちてたんだ」

丘野は人差し指と親指で十五センチくらいの幅をつくった。

「何が入っていたんですか？」

「お薬だよ。錠剤だけじゃなくて、薬瓶に入った液体と注射器まであった。瓶にはホワイトマーカーみたいな白い液体が入ってたぜ。四号室に出向いて浅海に見てもらったら、案の定、中身は静脈麻酔薬だった。外科手術にも使われる強力なやつらしいぜ。常習性も強いみたいだけど、夢遊病なら百パーセント押さえ込めるらしい。神木が睡眠薬を使ってるって言ってたの、お前も聞いただろ？」

カリガリ島に漂着した日の夜を思い返し、坏は首を縦に振る。

「わざわざこんなに島にまで持ってくるってことは、中毒に近かったのかもしれませんね」

「だよな。念のため聞き取りもしたけどさ、西の浜辺を通ってカリガリ館へ行ったなんてやつは誰もいなかった。あれが神木の足跡なのは間違いない。犯人はなにか口実をつけて、神木をカリガリ館へ呼びだしたんだろうな。でもこの足跡、ひとつ妙なところがあるんだ」

「妙なところ?」

圷はオウム返しに尋ねる。

「どういうわけか、砂浜の足跡が百メートルくらい途切れてたんだよ。正確に言えば、その辺りだけ雪も積もってなくて、砂が剝き出しになってたんだ。ほら、ちょうど錐が落ちてたあたりだ。なんでだか分かるか?」

「さあ」

圷が素直に降参すると、

「ヒントは岩場の水溜まりだ。その辺りの岩間には、どういうわけか大量の水が溜まってんだよ。覗いてみたら、ヒトデとかヤドカリがうじゃうじゃ潜んでやがった」

丘野は気味悪そうに言う。その水溜まりなら圷にも見覚えがあった。錐を捜しに三人で浜辺へ下りたとき、岩の窪みに水が溜まっているのを見た記憶がある。てっきり雨水が溜まったのかと思っていたが、生物がいるということは海水なのだろう。

「分かりました。潮の満ち引きが原因ですね」

「正解。あのへん、入り江っぽい地形になってるせいで、満潮時は一帯が海水に沈むんだよ。海に沈んじまえば足跡は消えるもんな」

「水溜まりの正体は、岩間に海水が残った潮溜まりだったんですね」

「そう。でも大事なのは、神木が通ったときその一帯は海に沈んでなかったたってことだ。神木がカリガリ館へ向かったとは思えねえもんな。で、潮の満ち引きを調べれば、神木が泳いで現場に向かった時間が絞り込めると踏んだわけ」

もちろん今井が気づいたのだろうが、そこは目をつむっておく。二人が日暮れまで外出していたのは、潮の満ち引きを観察していたのだろう。

「その成果は？」

「十五時から十九時までの約四時間、あの辺りは海水に沈んで歩けなくなることが分かった」

なるほど、玡たちが錐を捜しにいったのは二十時過ぎだったから、あの一時間前まで、浜辺は海水に沈んでいたのだろう。もちろん潮位は月齢によって変わるが、数日でそう大きく変わることもあるまい。

「でも、神木さんが殺されたのは十七時半から十八時半の間ですよね。ちょうどその時間、海沿いのルートは通れなかったことになりませんか？」

「そうだよ。神木が海沿いを通ってカリガリ館へ行ったたってことは、十五時より前にあの浜辺を通ったことになる。奇妙だけども事実なんだから仕方ねえ。神木は二時間以上、カリガリ館で殺人犯が来るのを待っていたんだ」

玡は思わず首を捻った。実際に足跡が見つかっている以上、神木が十五時前に浜辺を通ったのは事実なのだろう。自分が雪崩に襲われたのが十五時ごろだから、あれより前に神木はカリガリ館へ向かっていたことになる。親子の死体が放置されたカリガリ館で、神木は二時間以上も何をしていたのだろうか。

「他に手がかりは？」

「ねえよ」丘野が短く答える。

これだけの手がかりで、今井には犯人が分かったという。圷には犯人の動機はもちろん、二つの事件にどんな繋がりがあるのか、まるで分からなかった。

「そういえば、手がかりってほどじゃねえけど、気になったことならある」

丘野が天井の鉄骨を見上げながら言う。

「なんですか？」

「山道の足跡を調べてたときにさ、今井のやつ、こそっと何かを隠したんだよ。特に気にしてなかったんだけど、あれが手がかりだったのかもしんねえ」

「へえ。何を隠したんですか」

「はっきり見たわけじゃねえんだけど、足跡からちっちゃい石ころを拾ったように見えた。意味分かんねえだろ？」

たしかに分からなかった。雪の上の足跡に石がくっついていることには、なんの不思議もない。靴底の窪みに挟まっていた石が、歩く拍子に外れたのだろう。はたしてそれが何かの証拠になるのだろうか。

「その足跡は、上りと下りどちらだったんですか」

「下るほうだな。お前、何か分かったのか?」

圷は曖昧に首を振るしかなかった。事件と石ころにどんな関係があるのか、想像もつかない。

「お前、一日中ごろごろしてたんだろ？　名推理の一つくらい閃けよ」

「ぼくは怪我人ですよ。いくら――」

瓶が割れるような鋭い音が響いた。

丘野が目を剝いて背後の窓を見つめている。おそるおそる振り向くと、窓ガラスに蜘蛛の巣状のヒビが走っていた。粗目糖のようなガラスが畳に散らばっている。

「――」

目を疑ったのは数秒だった。拳くらいの氷の粒が、北風に煽られながら次々と降り注いでいる。雨が雹に変わっていたのだ。窓外から銃で狙われた――などということはなく、氷粒の一つが窓ガラスを直撃したのだろう。

「丘野さん、これ、雹みたいですね――」

振り返ると、丘野が白目を剝いて倒れていくところだった。

13

十二月七日。

待ちに待った朝の訪れと同時に、双里ワタルカオルの死亡が確認された。

六時半過ぎ、双里が呼吸をしていないことに気づいた今井が、四号室の浅海を呼びに走ったらしい。浅海が脈を取ったときにはすでに体温がなく、死後数時間が経過していた。死因は全身打撲による多臓器不全だった。

自殺とはいえ、これで四人目の死者が出たことになる。いつも気だるそうにしていた浅海が、二号室の前で唇を嚙んでいるのを見つけ、坏も苦い気持ちになった。出演料に釣られて珍妙な求人に応募した自分がひどく怨めしい。

「真冬に雹が降るなんて、この島の気候はどうかしていますね。誰も怪我がなくてよかったですよ」

朝食の前、ヒビの入った三号室の窓ガラスを眺めて、今井がしみじみと言った。雹の被害は北西を向いた窓に集中しており、三号室と四号室で似た被害が発生していたようだ。小奈川と浅海が寝ていた四号室の窓も、事故車のフロントミラーみたいにヒビだらけになっていた。

「狙撃者が現れたかと思って、肝が潰れそうになったぜ。雹って気づいて安心したけどな」

例によって丘野がこともなげに言う。ツラの皮の厚い態度に、坏は苦笑するしかなかった。

「提案があります。全員でもう一度、カリガリ館へ行きませんか」

九時過ぎに遅めの朝食を摂ったあと、今井がおもむろに浅黒い指を立てて言った。

「どうして今さら」

浅海が捨て鉢な態度で言う。

「定期船が何時にどの方角から来るか分からないからです。異変に勘付くかは分かりませんが、船主がカリガリ館へ顔を出すことだけは間違いないでしょう。うっかりすれ違うような展開を避けるために、こちらも山頂で待機しておこうというわけです」

あらかじめ答えを考えておいたらしく、今井は流暢に答えた。もちろんそれだけが理由ではないだろう。今井は昨晩、犯人が分かったと公言していたのだから。

また死体と対面するのは気が引けるが、強く異を唱える者もなく、昼前に五人で山道を上ることに決まった。

十一時前には準備が整ったので、一行は一週間過ごしたプレハブ小屋に別れを告げ、山頂のカリガリ館へ向けて出発した。

圷は屋外の空気を吸うのも久しぶりだった。軒先の電灯を囲うように甲虫の死体が散らばっており、気味が悪い。薄雲の間からときおり太陽が覗いていたが、喬木に挟まれた山道は薄暗く、吹き下ろす風も冷たかった。雪はほとんど溶け足を取られる心配はなかったものの、泥路に次ぐ泥路で、歩きやすいとはとても言えない。初めは三本足で歩こうと努力したのだが、左後ろ足の痛みに耐え切れず、四人に順番に抱えられながら山道を上った。

五人が山頂へたどりついたのは、十一時半過ぎのことだった。

海岸を見渡すかぎり、まだ定期船は来ていないようだ。むしろ目を引いたのは、カリガリ館の横にそびえるレンガ積み倉庫の、変わり果てた姿だった。

「ひでえな。クラーケンに襲われたみてえだ」

二階建ての倉庫を見上げて、丘野がつぶやく。

山頂は遮る木々が少ないため、雹の威力も桁違いだったようだ。倉庫には一階と二階にそれぞれ採光窓があり、一階の北西を向いた窓が広場に、二階の南東を向いた窓が海に面している。どちらの窓も粉々に砕け落ち、倉庫は廃屋のような様相を呈していた。

「中に誰か隠れてたりしませんよね」

小奈川が庫内の暗がりを覗き込んで言う。南京錠が錆びついていたので人の出入りはないはずだが、万が一ということもある。

「確認しておきましょうか」

採光窓の桟に残ったガラス片を手で払うと、今井は頭から庫内へ潜り込んだ。丘野も窓に手をかけて逡巡していたが、負けじとばかりに後へ続いた。思ったより奥行きがあるようで、二人の姿はすぐに死角へ消えた。

「どうですか？」

小奈川が声を張ると、

「ひどく埃っぽいですが、ありふれた倉庫という印象ですね。古い電化製品に調理器具、画材やスケッチブックなどが木棚に積まれているだけです。洋書もかなりの数がありますね。危ない、刃物まである。いま二階へ上ってみます」

今井の声が響いたあと、ギシギシと階段の軋む音が続いた。

「うは！　なんだこりゃ！」

上方から丘野の調子はずれな声が聞こえた。浅海と小奈川が顔を見合わせる。海側に回り込んで二階の窓を見上げてみたが、高さが六メートルくらいあり、覗き見ることはできなかった。

仕方なく広場側に戻ると、ドタドタと階段を下りる足音に続いて、窓枠に丘野がひょっこり顔を出した。ニヤニヤと下品な笑みを浮かべている。

「あの芸術家気取り、とんだスケベ野郎だったんだな。これは二階の窓辺に置いてあったやつだ。店が開けんじゃねえかってくらい並んでて壮観だったぜ！」

丘野が手にしていたのは、芸術家の島にはあまりに不釣り合いな代物――新品同然のアダルトビデオだった。

壊れた扉を開けてカリガリ館へ入ると、玄関ロビーに血まみれの死体が横たわっていた。

神木の死体を目にするのはこれが初めてだった。左胸に黒々とした傷が開いており、大量の血が板張りの床を汚している。脂肪で丸みを帯びた亡骸はどこか滑稽で、いけないものを見たような罪悪感が胸に残った。

五人は廊下右手のダイニングキッチンへ向かった。アトリエには狩々ダイキチモヨコが倒れているし、寝室へ入るわけにもいかないので、ほかに選択肢はない。廊下はあいかわらず床鳴りがうるさかった。

五日前に訪れたときと印象は変わらず、ダイニングキッチンはどこか生活感に欠けていた。食器や雑貨は揃っているのに、親子が食卓を囲むさまが想像できない。椅子が三つしかなかったので、坏と小奈川は来客用らしいソファーに腰を下ろした。

小腹を空かせたらしい浅海がキッチンへ向かったが、すぐに手ぶらで引き返してきた。

「なにかありませんでした？」と今井。

「保存食しかないわよ。調理器具も一切おいてないわ。ずいぶん不健康な生活をしてたみたいね」

浅海はそう言い捨てて肩を落とした。

となりの席では、丘野が真面目な顔で「嘔吐症の妹3」なるビデオのパッケージを眺めている。まじまじと全裸の少女を見つめて、

「濡れてねえな」

低い声でぼやいた。

「なにを言ってるんですか、こんなときに」と小奈川。

「違えよ先公。このビデオのパッケージ、まったく濡れてねえだろ。割れた窓のすぐそばに置いてあったのに、不思議だと思わねえか」

「たまたまでしょう」

小奈川があきれ声で言う。丘野は首を傾げて、なおも食い入るように全裸の少女を眺めていた。

圷はソファーに身をあずけ、ぼんやりと窓外に浮かぶ雲を見上げた。思えばこの一週間、雲ばかり見ていた気がする。

「もうまもなく定期船がやってくるでしょう。警察や新聞記者がこの事件を掻きまわす前に、ここできっちりけじめをつけておきたいと思います」

今井が落ち着いた声で言った。気の抜けた姿勢で椅子によりかかっているが、四つの瞳には爛々と光がともっている。

「けじめって？」

「狩々ダイキチモヨコさん、狩々麻美ちゃん、そして神木トモチヨさんが殺された事件の真相を明らかにするということです。いずれ警察が犯人を突き止めるかもしれませんが、それまで要らぬ疑いをかけられるのは不愉快でしょう。どうです、異存はありませんか」

今井は四人の顔を順に見回した。もちろん圷に異存はない。というより、異存があるのは犯人だけだろう。

四人が頷(うなず)くのを確認すると、今井は天井に頭がつくほどぴんと背筋を伸ばし、大きな口を開いた。

「では――、まず第一の事件、狩々さん親子が殺された事件について考えてみましょう。二人の刺殺体が見つかったのは、十二月二日の朝のことでした。死亡推定時刻は午前六時から八時の間と見られますが、麻美ちゃんとわたしは七時ちょうどに電話で話していますし、浅海さんも一緒に聞いていましたから、彼女が殺されたのはそれ以降のことと考えられます。

麻美ちゃんは喉(のど)と胸に刺し傷がありましたが、胸の傷だけ生活反応がありませんでした。ここから犯人は、麻美ちゃん殺害から少なくとも三十分、現場に留(とど)まっていたことが分かります。彼女が殺されたのは七時以降ですから、七時半の時点で犯人が現場に残っていたことは確実というわけです。

ところが七時二十分から死体発見までの間、圷さんと丘野さんがカリガリ館の正面玄関を見張っていました。カリガリ館には裏口や隠し通路も見当たらないので、犯人は現場から脱出できなかったことになります。探偵らしい言い方をすれば、現場は密室だったというわけですね」

「ぜんぶ知ってるよ」丘野が毒づく。「おれたちが知りたいのは犯人の脱出方法と、そいつの名前だ」

「分かっています。ここで勘違いしてはいけないのが、圷さんと丘野さんが山頂に現れることを、犯人は予測できなかったということです。丘野さんは朝駆けでカリガリ館へ向かうつもりであることを、同宿人の圷さんにさえ明かしていませんでした。よってカリガリ館の密室は犯人が意図的に拵えたものではなく、偶発的に生まれたものということになります。

現場から立ち去ろうとした犯人は、扉の魚眼レンズで広場の人影を見つけ、愕然としたことでしょう。このまま見張られていたら現場から逃げ出すことができません。広場の人物は、明らかにこちらを訝しんでいる様子なんですからね。扉を破って館内に押し入られたらすぐ捕らえられてしまう。追い詰められた犯人は、ここで一計を案じました」

今井はおもむろに腰を上げて、ダイキチモヨコが死んでいたアトリエに目を向けた。

「犯行現場の状況を思い返してみてください。わたしはすぐに二つの疑問が浮かびました。一つ目は、犯人がなぜ麻美ちゃんの身体を二度刺したのかということ。二つ目は、犯人はなぜ親子が心中したように見せかけなかったのかということです」

一瞬の間を置いて、丘野が首を傾げた。

「心中に見せかけなかった——それが疑問なのか?」

「そうですよ。初対面のわたしたちに狩々さん親子を殺す動機はないですし、親子心中を偽装すれば犯人は容疑を免れることができたはずなんです。犯人は麻美ちゃんを殺したあと、三十分以上も現場に残っていたんですから、二人が心中したように偽装する時間は十分あったでしょう」

「言うほど簡単ではないですよね。他殺を自殺に見せかけるというのは」と圷。

「いえ、容易ですよ。少なくとも今回の事件では。二階の子供部屋に落ちていた凶器を、一階のアトリエに移動すればよかったんです。果物ナイフの場所さえ変えてしまえば、ダイキチモヨコさんが親子喧嘩（げんか）の果てにかっとなって麻美ちゃんを殺し、後悔して自らも命を絶ったという筋書きが成立します」

なるほど、そういうことか。麻美が他殺であることは傷口の状態から明らかだが、ダイキチモヨコが他殺という証拠は凶器の不在しかない。アトリエに凶器が落ちていれば、ダイキチモヨコ心中説が退けられることはなかったのだ。現に丘野は、事件の直後にこの説を主張していた。

「それが密室とどう繋（つな）がるんですか」

小奈川が尋ねる。

「肝心なのはそこです。犯人がナイフをアトリエに移さなかった理由はなにか？　わたしがたどりついた結論は、犯人の本来の計画では、親子の死体はどちらも子供部屋で見つかるはずだったから、というものです」

「……は？」丘野が唇を尖（とが）らせる。「現実にダイキチモヨコの死体はアトリエで見つかってんだぞ」

「犯人はそんなことになるとは考えていなかったんです。不慮の原因により、犯人は死体をアトリエへ移動せざるをえなかった。ナイフも一緒に移動してしまえばよかったんですが、あまりに突発的な事態だったため、機転をきかすことができなかったんでしょう。分かりませんか？　犯人は密室から脱出するために、仕方なくダイキチモヨコさんの死体をアトリエへ運んだんですよ」

しばらく沈黙が続いたあと、浅海が小さく「なるほどね」とつぶやいた。

「分かって頂けましたか。犯人はアトリエに死体を横たえ、わざとカーテンを細く開けておくことで、カリガリ館へ押し入ったわたしたちがまっすぐアトリエへ向かうよう誘導したんです。犯人は廊下を挟んだ向かいの部屋、つまりこのダイニングキッチンに身を隠していました。そして丘野さん、圷さん、わたしの三人がアトリエの死体に目を奪われている隙に、この扉を開けて廊下を進み、正面玄関から外へ出ていったというわけです。

くりかえしますが、本来の計画では、二人の死体はどちらも子供部屋で見つかるはずだったんです。これなら、ダイキチモヨコさんが衝動的に麻美ちゃんを殺してしまい、自責の念から自らも跡を追ったように見えます。しかし犯人は、犯行現場から脱出するために、やむなく死体を移動しなければなりませんでした。その結果、あの妙な犯行現場が生まれたのです。警察の捜査が入れば、階段に敷かれている臙脂（えんじ）色の絨毯（じゅうたん）から、ルミノール反応が出るかもしれませんね」

圷はダイキチモヨコの死体を発見した、あの息詰まる瞬間を思い返した。喉にぱっくりと開いた傷口、白く濁った四つの眼球――それらに目を奪われていたあのとき、三人の背後を犯人が通り過ぎていったのだ。

「ぼくたちは犯人の思惑通りに動かされていたんですね」

「悔やんでも後の祭りですよ。いまは犯人の真意を解き明かすことが大切です。そこでもう一つの疑問について考えてみましょう」

今井はわざとらしく明るい声色で言う。

「犯人はなぜ麻美ちゃんの身体を二度刺したのか、ですね」

「そうです。犯人が三十分以上も現場に残って、麻美ちゃんを二度刺した理由はなんだったのか。ここで忘れてはいけないのが、死体発見の直前まで、犯人はダイキチモヨコさんの死体を移動するつもりがなかったということです。

もしダイキチモヨコさんの死体が子供部屋で発見され、二つの死体に致命傷が一つずつしかなかったとしたらどうでしょう。二人が心中したことは一目で分かっても、心中を主導したのがどちらなのか、判断できなかったと思います。親が子を殺して自殺したのか、子が親を殺して自殺したのか、明確にできなかったということですね。

しかし現実は異なります。麻美ちゃんに生活反応のない傷跡が残っていたことで、彼女が自殺でないことは明らかでした。言いかえるなら、犯人は麻美ちゃんに第二の傷を残すことで、麻美ちゃんが親のダイキチモヨコさんを殺して自殺した可能性を排除したんです」

今井はそこで言葉を切った。みな一言一句を聞き逃さないよう意識を集中させており、周囲から息遣いひとつ聞こえてこない。

犯人は狩々親子の死を心中に見せかけようと企んだ。しかし、どういうわけか、子供が親を殺して死んだと解釈されることは避けなければならなかった。犯人の行動原理が分からない。

「皆さん、腑に落ちない顔ですね。ここで思い出していただきたいのが、二日の朝、山道に落ちていた白いゴム紐のことなんです。

ダイキチモヨコさんはわたしたち七人をカリガリ館へ近づけないために、山道を通ると錐が飛んでくる仕掛けを作っていました。丘野さんが山道を通った六時二十分の時点で、すでにゴム紐が外れていたことから、誰かがそれ以前にこの道を通ったことが分かります。当然、この人物が犯人だと推測されます。

親子を心中に見せかけて殺そうとしていた犯人にとって、この罠は大きな誤算でした。ゴム紐が外れてしまった以上、夜間に誰かが山道を通ったことは否定できません。しかし、これから心中しようという親子が夜道を散歩したとは思えませんよね。ましてや罠を拵えた張本人である狩々さんたちが、自ら罠にかかるというのは妙です。このままでは親子心中というシナリオと筋が合わないわけです。

知恵を絞った犯人は、なんとか辻褄を合わせる方法を見出しました。あえて現場のカリガリ館にあった工具や鈍器を使わず、脅しのために宿舎から持参していた果物ナイフで二人を殺したんです。こうすることで、漂流者に殺されたように見せかけて自殺するため、親子の一方がわざと宿舎のナイフを持ち出した——という、言わば二重の偽装を成立させようとしたんです」

　ひどく入り組んでいるが、今井の言いたいことは理解できた。犯人は殺人を心中自殺に偽装しようとしたが、単純な心中では辻褄が合わせられなくなり、殺人に見せかけた心中自殺に偽装したというわけだ。

「しかし、この偽装にもまだ難点がありました。いくら深夜とはいえ、罠を拵えた本人が罠にかかるのはやはり不自然ですよね。ゴム紐の仕掛けを作った人物と心中自殺を主導した人物が別々でなければ、このシナリオは成り立たないんです。だからこそ犯人は、心中を主導したのがどちらか明確にするため、麻美ちゃんに二つ目の傷を残さなければならなかったんです」

　なるほど、平仄（ひょうそく）はあっているように聞こえる。しかし、どこか理屈がおかしい。今井もそれは分かっているらしく、圷の表情を見て満足げに笑った。

「お気づきのようですね。いまの説明には矛盾があります。皆さんもご存じのとおり、ゴム紐の仕掛けを作ったのはダイキチモヨコさんだと思われます。宿舎に怒鳴り込んで双里さんに大目玉をくらわせたあげく、カリガリ館へ近寄れば命の保証はないと凄（すご）んでいたことから、これは間違いないでしょう。

　ところが犯人は、麻美ちゃんのほうに生活反応のない傷跡を残しているんです。つまり、心中を主導したのをダイキチモヨコさんに見せかけようとしているんですよ。これでは筋が通らない。ダイキチモヨコさんが自分で作った仕掛けに引っかかったことになりますからね。

ここから導かれる結論は一つしかありません。犯人はダイキチモヨコさんが宿舎へ怒鳴り込んできたことを知らず、仕掛けを作ったのが麻美ちゃんだと思い込んでいたんです」

圷は思わず唸り声をあげていた。二日目の夜に今井がゴム紐の仕掛けを解き明かしたとき、自分も子供じみたトリックという印象を抱いた。もしダイキチモヨコが怒鳴り込みにきたことを知らなかったら、麻美が仕掛けを作ったと勘違いするのも無理はないだろう。

「ということは——」

「一日の夜、ダイキチモヨコさんが宿舎に怒鳴り込んできたとき、シャワーを浴びていて玄関に姿を見せなかった、神木トモチヨさんが犯人というわけです」

重たい沈黙が部屋を満たしていた。

今井の口調は自信に満ちている。神木は狩々親子を自殺に見せかけて殺そうと企んだが、思いがけず二つのハプニングに見舞われたのだ。一つ目はカリガリ館へ向かう途中、ゴム紐の仕掛けにかかってしまったこと。二つ目は圷たちが広場に現れたせいで、カリガリ館から脱出できなくなってしまったこと。これらの予想外の出来事に翻弄(ほんろう)された結果、あの奇妙な現場が生まれたというわけだ。

「つまり、神木さんがノーマルマンだったのね」

囁(ささや)くような声で、浅海がつぶやく。

「そうなりますね。自分は犯人でないと嘘を吐(つ)いたわけですから」

「どうしてあいつが、初対面の親子を殺さなきゃならなかったんだ」

「動機までは分かりません。ただ、こんな離島に移り住むくらいですから、ダイキチモヨコさんには後ろ暗い過去があったんだと思います。神木さんにも、彼を生かしておけない理由があった。本土に戻ったら調査をして突き止めますよ」

「じゃあ神木さんを殺したのは誰なのよ」

「ええ、問題はそこですね。浜辺の足跡が海水に流されていたことや、坂の途中に注射器の入ったポーチが落ちていたことから、神木さんは五日の十五時より前に海沿いを通ってカリガリ館へ向かったと推測されます。殺害時刻のはるか前に、神木さんは現場を訪れていたということですね。おそらく、カリガリ館で誰かを待ち伏せていたのでしょう。誰かの口を封じようとして返り討ちにあい、命を落とした――そんな筋書きが浮かんできます。

では神木さんは、誰を襲おうとしていたのか。その人物は当然、二人を殺した犯人が神木さんということを知っていたのでしょう。犯人の正体を隠していたのですから、その人物もまたノーマルマンということになります。幸か不幸か、神木さんはもう一人のノーマルマンに正体を摑まれてしまったんです。

ではこの人物は、いつどうやって犯人の正体を知ったのでしょうか。ダイキチモヨコさんの死体発見と同時に神木さんが逃走したことを考えると、犯人の正体に気づくチャンスがあったのは、あのとき現場にいた丘野さん、圷さん、わたしの三人だけです。神木さんが逃げていく後ろ姿を目撃しながら、だんまりを決め込んだ人物がいたんでしょう」

圷は絶句した。自分自身を犯人と指摘するはずはないので、必然的に容疑者は圷と丘野に絞られる。圷は神木を殺してなどいないから、容疑者は一人しか残らない。

「お前さ、よく思い出してみろよ」

丘野の声は罵声に近かった。

「なんでしょうか」

「自分だって、ダイキチモヨコの死体を前にして呆然としてたじゃねえか。あんな状況で、忍び足で逃げてく犯人に気づけたと思うか?」

「ええ、わたしも初めは無理だと思いました。しかし現場検証に訪れたとき気づきましたよ。この洋館の廊下は建てつけが悪いのか、歩くたびに床鳴りの音が響くんです。いくら摺り足で歩いたとしても、三人のうち一人くらい音に気づいてもおかしくありません。

ここからは単純なアリバイ調べでした。神木さんが殺された時刻は五日の十七時半から十八時半の間と推定されています。神木さんの足跡が見つかったことから、犯行現場がカリガリ館であることも間違いありません。まず、脚の骨を折って三号室にいた坏さんが容疑者から除外できますね。わたしも多少の出入りはありましたが、ほぼ二号室にいました。どれだけ急いだとしても、片道二十分かけてカリガリ館まで往復することは不可能だと、浅海さんが証言してくださるでしょう」

今井が水を向けると、浅海ははっきり首を縦に振った。

「お、お前ら、口裏あわせてんだろ。そうやっておれを嵌める気だな！」

四つ目に皺を寄せて今井を睨みながら、丘野が怒鳴り声をあげる。

「いえ、口裏あわせは不可能ですよ。神木さんがノーマルマンと判明している以上、残るノーマルマンは一人だけです。わたしと浅海さんが二人とも嘘を吐いていることはありえないんです」

丘野は肩を震わせながら、黙って今井を睨んでいた。返す言葉がないのだろう。

「あなたが神木さんを脅迫していたのかは分かりませんが、神木さんはあなたを脅威と感じていたのでしょう。あなたが探偵ごっこでカリガリ館を訪れたところに、突如として神木さんが襲いかかったんです。必死に抵抗した結果、あなたは護身用に持ち出していた出刃包丁で神木さんを刺し殺してしまった。真相はこんなところでしょう。

犯人の条件を満たす人物は一人しかいません。――丘野さん、犯人はあなたですね」

海鳴りの音が静かに響いている。

殴り合いでも始まるかと身構えたが、今井と丘野は黙って睨みあうだけだった。

「お前、初めからこうするつもりだったんだな」

丘野の言葉はかすかに震えていた。

「どういう意味でしょうか」

「おれは見てたんだ。見てたけど黙ってたんだよ。お前は嘘を吐いている」

ほんの一瞬、わずかに今井の顔色が翳ったように見えた。

「あなた、支離滅裂なことを言ってもダメよ。反論するならきちんと――」

「みんな騙されてんだよ。この自称探偵はノーマルマンだ。おれは見てたんだよ、漁船でこいつが映画クルーの三人に暴行してんのを！」

「言いがかりはやめてもらえますかね」

丘野の怒声に、今井はあきれたように短く息を吐いた。

「皆さん、丘野さんが馬脚をあらわしましたよ。映画クルーの方たちに暴行したのは操舵手の男性です。あなたは嘘を吐いた。ノーマルマンであることを自ら証明してしまいましたね」

「違う、ノーマルマンはてめえだ！」

丘野は低い声で叫ぶと、今井の胸倉に摑みかかった。今井は待っていたように身をかわすと、脚を払って丘野を組み倒し、小さな身体を床に押しつけた。慣れた手つきで四本腕を後ろ手に縛りあげる。今井がポケットから取り出した白い紐は、錐の仕掛けに使われていたゴム紐だった。

「お前ら、これじゃこいつの思う壺だぞ！　ボケっと見てんじゃねえ！」

「見苦しいですよ。反論があるなら筋道立てて説明してください」

今井があきれたように首を振る。丘野は床に転がったまま、じっと今井を睨みつけた。

「うるせえ日焼け野郎。じゃあ約束しろ。おれが犯人じゃないと分かれば、本当にこの紐を解くんだな」

「もちろんですよ。なんの罪もない人間を捕縛する趣味はありません」

「よく言うぜ。じゃあ教えてやる。狩々親子を殺したのは、神木でもなけりゃおれでもない。残念なことに、犯人はもう死んでここにはいない。でも一人、のうのうと生き延びている共犯者がいるんだ。そいつの名前は――」

丘野は全員の顔を見渡したあと、斜向かいの椅子に腰かけた結合人間に目を留めた。

「浅海ミズキハルカ、てめえだ」

「あんた、頭悪いんじゃないの」

犯人と名指しされた元医師は、頰杖をついたまま吐き捨てるように言った。

「頭がおかしくてクビになった医者に言われたくねえな」

「そういうところが頭悪いって言ってるんだけど」

「まあ、せっかくですから話を聞きましょう」

今井が浅海をたしなめる。

「ふん、いまのうちに余裕かましてろ。おれを犯人に仕立てて事件を片づけようって魂胆なんだろ？　世の中そう甘くねえってことを教えてやるよ。

おれはな、一日の時点で、ダイキチモヨコが何かを隠していることに気づいていたんだ。あいつの行動にはまるで一貫性がなかったからな。玄関先でおれたちを追い払おうとしたと思いきや、数時間後には食糧を恵んでくれたり。おれたちの身体を気遣って衣服を用意してくれたと思いきや、錐が飛んでくるとんでもねえ仕掛けを作ってたりとかな。

おれの疑いが確信に変わったきっかけは、現場を調べにカリガリ館へ行ったとき、ダイキチモヨコの寝室で『悪霊教室』っつう子供向けのオカルトビデオを見つけたことなんだ。一日の夜、おれたちが食糧をもらいに行ったとき、ダイキチモヨコはオカルトが嫌いだって断言してやがった。そんなやつの寝室に『悪霊教室』が並んでるってのは腑に落ちねえだろ。

こうなりゃ出来損ないのガキでも気づくよな。圷には前にも教えたけど、あの自称芸術家は多重人格だったんだ」

丘野は圷に目配せしてほくそえんだ。ジョイントマン云々という自説はさすがに矛を収めたらしいが、言っていることは以前と大して変わらない。

「それがなぜ浅海さんが犯人という理屈になるんですか？」と今井。

「うるせえな、黙って最後まで聞けよ。整理すると、ダイキチモヨコには二つの人格——おれたちに友好的な人格と、敵対的な人格——が、記憶を共有せずに同居していた。こいつらがころころ入れ替わったせいで、ダイキチモヨコの行動はちぐはぐだったわけだ。ところが、ここで新たな疑問が生まれる。ダイキチモヨコが山道に拵えた、錐が飛んでくる例の仕掛けのことだ。ごく普通の人間ならともかく、多重人格者があんな仕掛けを作るのは危険過ぎる。罠を作ったのとは別のほうの人格が、うっかり山道を通っちまう可能性があるからだ。あの年齢になってダイキチモヨコに多重人格の自覚がなかったとも思えねえし、自分の脚に刃物がぶっ刺さるような危険を冒してまで、わざわざ仕掛けを作ったとは思えねえんだよ」

「なるほど。でも、ほかに仕掛けを作る動機のある人物は見当たりませんが」

小奈川が膝の上で手を組んで言う。

「そうなんだよ。だから発想の逆転が必要なんだ。あの仕掛けの狙いがおれたち出演者に怪我を負わせることだったと考えると、どうにも辻褄が合わない。仕掛けの真の狙いは、ダ、ダイキチモヨコ自身を殺すことだった。ダイキチモヨコのうち一方の人格が、もう一方の人格を殺そうとした——これが二日の事件の真相なんだよ」

「空想の域を出ませんね」

間髪をいれずに今井が言う。

「うるせえウンコ。これで事件の説明がつくんだよ。以前から一家心中を考えていたダイキチモヨコは、一日の夜、山道で自分の別人格を殺すための仕掛けをつくった。もちろん飛んでくる刃物は、錐じゃなくて果物ナイフだ。錐は目眩ましとして、あらかじめ浜辺に落としておいたんだろうな。

ダイキチモヨコはカリガリ館へ戻ると、娘の麻美を刺し殺してから別人格に入れ替わった。こっちの人格はなんも知らねえから、おれたちがなにか困っていやしないかと親切心を起こして、すたこらと山道を下りる。そんでゴム紐に脚を引っかけ、飛んできたナイフが喉元にぶっ刺さった。何が起こったのか分かんなかっただろうな。息も絶え絶えになってカリガリ館へ戻ったダイキチモヨコは、アトリエで力尽きて死んだってわけ」

「現場の状況とまるで一致しない、机上の空論ですね」今井が言葉を重ねる。「喉にナイフが突き刺さったら、被害者はその場でナイフを抜きますよね。ダイキチモヨコさんが致命傷を負ったのが山道だったのなら、道のどこかに血痕が残っているはずじゃないですか。でも大量の血痕が見つかったのはカリガリ館のアトリエです」

今井の反論に、丘野は這いつくばったままニヤリと笑った。

「よくぞ聞いてくれた。一日の夜は雪もやんでいたから、犯行現場である山道に血痕が見当たらないのは妙だ。でも忘れちゃいけねえのは、この島に気味の悪いバケモノが生息してるってことだよ」

「バケモノ？」

「アカゴダニだ。やつらは動物の死体から血液を吸って生きてるクソ変態生物だ。人間様の血液が道ばたに流れていようもんなら、たちまち寄ってきてぜんぶ吸いつくしちまうんだろ。ダイキチモヨコはそこまで見越して仕掛けを作ったんだよ」

なるほど、あの巨大な吸血ダニなら、血の臭いに吸い寄せられて現場の掃除役を果たしてもおかしくはない。きれいさっぱり痕跡（こんせき）を消し去ることはできなくとも、圷たちが気づかない程度に血痕を散らすことは可能だろう。

「はあ、そうきましたか。カリガリ島のアカゴダニの生息数がそこまで多いとは思えませんが、まあいいでしょう。ただ、犯行現場が山道だったという主張にこだわると、ますますアトリエに残っていた血痕の説明がつきませんよ」

「そんなことはねえよ。アトリエの床に広がっていた血液はニセモノだったんだ。スケッチブックに描かれてた水彩画を覚えてるだろ。赤紫色と山吹色が睨（にら）みあってるヘンテコな抽象画だ。印刷会社で二年間バイトしてたこのおれに言わせてもらえば、マゼンタ１００％にイエロー90％を加えると、新鮮な血液にそっくりな色が出来上がる。アトリエには血糊（ちのり）をつくる材料が揃ってたわけよ。ダイキチモヨコはこうなることを見越して、絵具で作った血糊をアトリエにぶちまけておいたんだ。

もちろん、こんなトリックに騙されるのは一般人だけだ。医療関係者が絵具を血液と見誤るはずがない。でも浅海、てめえは血糊に気づかないふりをしただけじゃなく、デタラメな死亡推定時刻を口にして二人が早朝に殺されたように見せかけた。なぜか？てめえは事件をきっかけにおれたちが疑心暗鬼に陥るのを楽しんでたんだ。こいつがふざけたことを考えなければ、事件はすぐ解決したんだよ。どうだ、反論してみろ！」

丘野は上半身を反り上げて、興奮気味に叫んだ。浅海は頬杖をついたまま、冷ややかに丘野を見下ろしている。

「申し訳ありませんが、都合の良い解釈を並べたてたようにしか聞こえませんね」

今井が四本腕を広げて言った。

「なんだと？」

「かりにダイキチモヨコが二重人格者だったとして、その陳腐なトリックを弄することに何の意味があるんですか」

「意味のねえことに力を尽くすのが芸術家の本分だろ」

「滅茶苦茶です。そもそもトリック自体、破綻していることに気づきませんかね。山道で自分自身に果物ナイフを突き刺すことに成功したとしても、彼がそれからどんな行動に出るか、まったく予測はつかないはずです。宿舎に助けを求めるかもしれないし、その場でうずくまって絶命するかもしれない。でも丘野さんの考えたトリックは、都合よくアトリエに戻って力尽きることが前提になっています」

「それは――、犯人はダイキチモヨコの別人格なんだから、行動をコントロールできてもおかしくねえだろ」

「だったら凝った仕掛けなど作らず、自分で喉を刺すよう仕向ければいいじゃないですか」

返す言葉がないらしく、丘野は歯嚙みしながら今井を睨んでいた。

「決定的な矛盾を指摘しましょう。ダイキチモヨコさんを刺した凶器は、カリガリ館の子供部屋に落ちていた果物ナイフと判明しています。丘野さんが言うとおり都合よくことが運んだとしても、山道に落ちているはずのナイフが、子供部屋へ移動していた理由はなんですか？」

「違う。ナイフの刃形と傷口が一致したっていう、浅海の所見がデタラメなんだ。実際の凶器が別にあるんだとすれば――」

「だったらなおさら、山道に凶器が落ちていなかった理由が説明できません。二日の早朝、誰よりも先に山道を通ったのは丘野さん、あなたじゃないですか」

考える隙を奪うように、今井は口早にまくしたてた。丘野は眉間にしわを寄せて考え込んでいる。

「ま、まじかよ、違えのかよ――」

「当たり前でしょ。そんな浅知恵で犯人扱いされたら堪んないわ」

浅海が背もたれに身をあずけ、長い息を吐いた。いくつもの吐息がそれに重なる。

「残念ですが、これでは紐を解くことはできませんね」

脚を組んで今井が言ったそのとき、玄関ロビーからドアをノックする音が聞こえた。

今井を先頭に玄関ロビーへ向かうと、ポーチに二つの人影が見えた。ダイキチモヨコが契約していた定期船の乗組員だろう。磨りガラスの割れ目から、不審そうな眼差しでこちらを眺めている。

「やあ、よく来てくれましたね」

今井は笑いながらドアを開けた。

乗組員はどちらも未結者で、一人がトレンチコートを着た背の低い男、もう一人はセーラー服を着た髪の長い少女だった。二人の関係がまるで分からない。今井は初対面のはずの男に、なぜか囁き声で話しかけた。

「顔見知りなんですか？」

小奈川が尋ねるのも無視して、今井は男と顔を寄せあっている。今井は何度か頷いたあと、背後で俯いていた少女に向きなおった。

少女はミントグリーンの大きなヘッドホンをつけており、ズンズンという無機質な音が耳元から洩れていた。唇から垂れた唾液が胸元のスカーフを濡らしている。正常な精神状態には見えない。今井は少女のヘッドホンを外すと、耳元に口を近づけ、

「茶織お姉ちゃんを虐めたのはあいつらです。茶織お姉ちゃんを虐めたのはあいつらです」

囁いてこちらを指さした。

「なんなの、これ」

浅海が後ずさる。

「定期船の乗組員は死にました。今朝、この娘が殺したそうです」

振り向いた今井の顔から、能面のように感情が消え失せていた。

「何を言っているんです。ふざけているんですか」

「ふざけているのは丘野さんですよ。彼が余計なものを見ていなければ、全員で本土へ帰れたのに。残念です」

今井はしみじみと首を振って、玄関に落ちていた血まみれの出刃包丁を少女に手渡した。少女は両手で包丁を握りしめ、小さく笑った。長髪の隙から三白眼を覗かせ、徐々に間合いを詰めてくる。

圷は目眩を覚えて立ちすくんだ。目の前の少女からははっきりと害意が感じられる。一目散に逃げるしかないことは分かっているのに、歯がかちかちと鳴るだけで身体が動かなかった。

「話を聞いてください」

口を開いたのは小奈川だった。少女の動きがぴたりと止まる。

「わたしたちはあなたの敵ではありません」

「卑怯者の嘘に騙されるな!」人が変わったように今井が絶叫した。「茶織ちゃんを殺いる。

「違う。わたしたちはあなたの敵ではありません」

言い含めるように小奈川がくりかえした。少女は包丁を握り締めたまま立ち尽くしている。

そのとき、背後の廊下から扉の開く音が響いた。

「てめえら、おれを置いてけぼりにすんじゃねえ！　ぶち殺すぞ！」

振り返ると、床に這いつくばった丘野がダイニングキッチンから罵声を上げていた。後ろ手に縛られたまま、芋虫のように身を捩っている。まるで状況が分かっていないらしい。

少女は飛蝗のように跳ね上がると、圷と小奈川の身体を突き飛ばし、丘野の頭めがけて包丁を振り下ろした。丘野の喚き声がぴたりと止まる。首をのばして見ると、丘野の顔は頭頂部から真っ二つに裂けていた。背後から今井の笑い声が聞こえる。

「なんなの、これ――」

浅海がくねくねと床にくずおれた。

少女は振り向くと同時に床を蹴り、神木の死体を踏み台にして宙へ跳ね上がった。鼓膜を裂くような悲鳴が、浅海の喉から響きわたる。ひゅうと空気を切る音に続き、うずくまる浅海の首から血液が噴き出した。

「ミキオくん、あっちだ！」

小奈川が坏の手を引いた。左後ろ足の痛みをこらえ、必死に廊下を駆ける。二階へ逃げても袋小路であることは分かっていたが、ほかに手の打ちようもない。今井はそこまで見越して、出演者たちをカリガリ館へ集めたのだろう。

階段の絨毯に右前足をかけたところで、背中を鈍い痛みが走った。少女が何かを投げつけてきたらしい。脚をからませて床に倒れると、眼前に四つ目を剝いた浅海の生首が転がった。柘榴のように弾けた断面から血肉が溢れている。まだ意識が残っているらしく懸命に唇をぱくつかせていたが、ふいごのような意味のない音が洩れるだけだった。

「早くこっちへ！」

上方から小奈川の擦れ声が落ちてくる。逃げようと焦れば焦るほど、脚がもつれて立ち上がることができない。

「────」

おそるおそる振り返ると、血みどろの少女がこちらへ駆けてくるのが見えた。出刃包丁の代わりに、ゴム紐の仕掛けに使われていた錐を握っている。全身から力が抜けた。

少女が錐を振りかぶる。血飛沫が前後に舞った。

「痛えんだよ、ガキが！」

おもむろに頭の割れた丘野が身を起こし、少女に体当たりをした。

少女が甲高い悲鳴をあげながら前方に倒れる。坏が反射的に身を捩ると、眼前の床板に錐が突き刺さった。

「坏、やれ！」

丘野はゴム紐で縛られたまま、上半身で懸命に少女の身体を押さえつけていた。少女は長髪を振り乱し、痙攣するかのようにもがいている。丘野の顔はぱっくり二つに裂け、割れ目から別の顔が覗いていた。

「早くしろ！　その錐でこいつを殺せ！」

丘野の声は途中から悲鳴に変わった。少女が丘野の股間に噛みついている。逡巡している暇はない。坏は錐に手を伸ばした。

「女の子を虐めるのはダメですよ」

頭上から今井の声が聞こえた。顔を上げるのと同時に肩を蹴られ、強引に錐を奪われた。今井の顔には表情が浮かんでいなかった。

「……な、何者なんですか、あなたは」

「決まっているでしょう。探偵ですよ」

今井は無機質な笑みを浮かべて、床に倒れた坏に向け錐を振り上げた。

もうだめだ。頭の中が真っ白になる。ふと脳裏に、小学校の卒業式で目にした娘の笑顔が浮かんだ——

「ミキオくん逃げろ！」

音を立てずに近づいていた小奈川が、今井の背中にしがみついた。二人の身体が後方に崩れる。坏は痛みをこらえて上体を起こすと、意表を突かれた今井の腕から錐をもぎとった。もう迷っている暇はない。

「――――」

錐を振り上げると、今井の胸元めがけ、力任せに振り下ろした。鳩尾から血液が噴き出し、圷の顔にも温血が降り注ぐ。今井がよろけながらポケットに右前腕を入れたので、間髪をいれずに手首にも錐を刺した。ポケットから折り畳みナイフと携帯電話が落ち、貝殻が床に散らばる。今井は浅黒い手首から血を撒き散らして、背後へ崩れ落ちた。

「おい、早く助けろ！」

振り返ると、少女に嚙みつかれた丘野が叫び声をあげていた。躊躇している場合ではない。圷は少女の頭めがけて錐を振るった。

「うわ、あぶねえ！」

錐は丘野の腕をかすめて、少女の肩に突き刺さった。圷がとっさに紐を解くと、丘野は悲鳴をあげる少女に馬乗りになって、顔をめちゃくちゃに殴りつけた。

「死ねブス！　死ね！　死ね！　死ね！　死ね！」

少女の鼻がひしゃげ、眼窩が陥没しても、丘野はかまわず拳を振るった。少女が呻き声とともに血を吐くと、丘野は開いた口腔に指を押し込み、力任せに血肉を剝き出した。皮膚と血肉がごちゃまぜになり、顎の骨が斜めに捩じ曲がる。顔の原形がなくなっても、丘野は力を緩めずに拳を振るい続けた。

「ちょっと待って、もう一人いますよ」

小奈川の言葉に圷もふと我に返った。トレンチコートの男が姿を消している。

「おい圷、よこせ」

丘野は腰を上げると、圷から錐を奪い取った。いつのまにか外側の顔が剝がれ落ち、すっかり別人の顔に変わっている。

床に転がった貝殻を踏みつけてポーチへ出ると、崖のふちに蒼ざめた男が立っていた。

「誰なんだよ、てめえは」

丘野が錐を振り上げようとするのを、小奈川が後ろ手に制した。

「あなたは定期船の乗組員ではありませんよね？」

「ち、近寄るな」

「危害を加えるつもりはありません。あなたは誰なんですか？」

男は逡巡するように俯いていたが、やがて吐き出すように言った。

「おれが今井を雇ったんだよ。寺田ハウスの三人に報復するために」

寺田ハウスの三人？　撮影クルーの三人組のことだろうか。

「報復とはどういうことです」

「何も知らねえんだな。あいつらはおれの姪っ子を監禁して殺したんだ。ああ、どうしてこんなことになったんだろ。やっぱりおれが悪いのかな」

「教えてください。わたしたちは何も知らないんです」

「知るか知るか知るか。もう手遅れなんだよ――」

ふと顔を上げた男が、急に血相を変えた。口元が驚愕に歪み、頬がぴくぴくと震えている。

「どうしたんです？」

「お前、まさか――」

男はまっすぐ丘野を指さして後ずさりした。

「どうしたんです、教えてください」

にわかに突風が吹いた。男は姿勢を崩すと、悲鳴もあげずに崖下へと落ちていった。

14

殺戮から五時間ほど経った、十九時過ぎ。圷は小奈川と丘野に交互に支えられながら、宿舎へ戻った。

途中で北東の岩礁まで茂みを下ってみると、男と少女が乗ってきたらしいクルーザーが泊まっていた。甲板に上ると、メッタ刺しにされた男の死体が転がっていた。素人目にも、殺されてから半日も経っていないことが分かる。顔に見覚えはないが、彼が定期船の乗組員だったのだろう。

「このオッサンを殺して、あいつらが船を奪ったんだな」

丘野が力のない声で言う。操縦室に入ってみたが、エンジンの入れ方も分からず、勘を頼りに八丈島を目指す気力も湧かなかった。

「戻りましょうか」

「あ、いけね」

丘野の言葉に続き、何かがぽちゃんと水に落ちる音がした。

振り返ると、手すりの向こうの海面に錐が浮かんでいた。丘野がカリガリ館から持ってきたものを、うっかり海に落としたらしい。

「重要証拠を落っことしちまった。拾いにいくか」

「もういいですよ。刃物を持ち歩くのも物騒ですし、早く戻りましょう」

「それもそうだな」

ぷかぷかと波に揺れる錐を尻目に、圷たちはクルーザーを降り、海辺をあとにした。


三人は宿舎へ戻ると、シャワールームで乾いた血を洗い流し、食事も摂らずに三号室で横になった。

圷は布団のうえで、しばらく娘の顔を思い浮かべていた。今井に襲われ死を覚悟した瞬間、脳裏に浮かんだのと同じ表情だ。自分に親らしい感情が残っていたことが気恥ずかしく、少し嬉しかった。

小奈川と丘野はすやすやと寝息をたてている。妙に満ち足りた気分で、圷もゆっくり眠りに落ちた。風もない静かな夜だった。

　十二月八日、早朝。

　誰からともなく起き上がると、三人は食堂で朝食を摂った。乾パンにコーヒーという、新鮮味のないメニューだった。

「食糧ってまだあんのか？」

　丘野が頬杖をついて尋ねる。

「もうしばらくは持ちそうです。ここにある分がなくなっても、カリガリ館へ行けば一月分はあるでしょうし」

「気乗りはしませんけどね」

　圷が言うと、小奈川も神妙に頷いた。カリガリ館には六人の死体が散乱しており、とても近寄る気にはなれない。

「カリガリ館の食糧もなくなったらどうすんだ。木の実でも拾って食えばいいのか？」

「例のクルーザーで陸地を目指すか、どちらかでしょうね」

「今井の携帯電話は？　仲間みてえなのがここへ来たってことは、本土と連絡を取ってやがったんだろ。あいつの携帯は壊れてなかったってことになるぜ」

「館を出るときに確認しましたが、ダメでした。殴り合いの最中に床へ落ちて、基盤が壊れてしまったみたいです」

「なんだよ、踏んだり蹴ったりじゃねえか」

「これだけの人間が行方不明になっているんですから、いずれ捜索の手が届くと信じましょう」

　空席になったパイプ椅子に目をやりながら、小奈川が肩を落とす。もちろん警察が捜査してくれればありがたいが、望みは薄いように思えた。オネストマンは社会と壁を作りがちなので、行方をくらましたところで異変に気づかれない可能性が高い。

「一つだけ確認しておきたいんですけど」

　小奈川がコーヒーを啜りながら言うと、

「分かるぜ、言われなくても。おれが何者か知りてえんだろ？」

　丘野はそう言って鼻を鳴らした。

　声だけは変わらないものの、丘野の顔は昨日までとは別人になっていた。脱色していた長髪は坊主頭に変わり、のっぺりしていた顔も彫りの深い顔立ちに変わっている。横一列に並んだ四つの眼球は、モデルのように端整な光を宿していた。まるで脱皮したトカゲのように、丘野の割れた頭から新しい顔が出てきたのだ。

「普通の人は、顔の下から顔は出てきませんからね」

　圷が冗談めかして言うと、丘野も素直に笑い声を上げた。

「いまさら隠しても仕方ねえよな。おれの本名が丘野ヒロキチカってのは間違いない。おれがオネストマンってのも本当だ。まあ自分で言っても証明はできねえけどな。おれ、結合前はヒロキって名前で活動してる映像作家だったんだ。まったく気づかねえってことは、お前らテレビとか観ねえんだろ。結合相手は川崎千果っていうファッションモデルで、雑誌で特集が組まれるくらい人気だった。おれたち、『つぼみハウス』の撮影現場で出会って、半年後に結合したんだよ」

「え、本家の出演者ってこと？」

「そうだよ。けっこう結合前の面影も残ってると思うぜ、ほら」

丘野は顎を引いてモデルみたいなすまし顔を決めたが、坏にはまるでピンとこなかった。小奈川も同じらしく、申し訳なさそうに丘野の得意顔を眺めている。

「詰まらねえやつらだな。本土に戻ったら結合前の写真を見せてやるよ。びっくりするぜ」

「どうして『つぼみハウス』の出演者がここに？」

「ああ、もう洗いざらい白状するけど、おれ、傷害事件を起こして警察に手配されてんだよ。千果のおやっさんが刑事告訴しやがってさ」

普段の自分なら仰天していただろうが、あまり大した感慨は湧かなかった。人殺しを目にしすぎて脳が麻痺（まひ）しているのかもしれない。

「結合相手の親御さんに傷害を負わせてしまったんですか」

「そういうことだな。去年の七月のことか。もともと千果は箱入り娘でさ、おやっさんはおれとの結合も認めてくんなかったわけ。もちろんおれらは合意のうえで一緒になったんだけど、まさかオネストマンになるとは思わなかったからさ。おれもショックで気持ちが塞いでたときに、赤羽で飲んでんのをおやっさんに見つかっちまったんだ。娘の敵討ちとばかりに酒瓶で殴られて、こっちもかっとなって手を出しちまってさ。倒れたおやっさん見たら怖くなって逃げちまったんだけど、すぐ警察に行けばよかったって、どんだけ後悔したか分かんねえよ」

「その人、容態は大丈夫なんですか？」

「一時は意識不明だったんだけど、無事に回復してるらしい。そんなわけで早く出頭しようとは思ってたんだけど、なかなか踏ん切りがつかなくてさ。で、覚悟を決めて、南国で一ヵ月きちんと自分に向き合ってから、出頭しようって決めたわけ。警察のいない土地で一ヵ月過ごせて、おまけにギャラがもらえんだからお得だしな」

「……じゃあ、昨日までの顔は？」

「マスクに決まってんだろ。ばれて通報されないように変装してたんだよ」

もちろん縁日で売っているようなマスクではなく、専門店で売られている結合人間スーツを、頭部だけかぶっていたのだろう。人工細胞を培養して作られた結合人間スーツは、外見から見抜くことはほぼ不可能と言われている。とくに日本製のスーツは桁外れに精度が高く、海外では輸入禁止になっている国も多い。

「丘野さんがマスクをかぶっていなければ、いまごろわたしたちは殺されていましたからね。ある意味、幸運に恵まれました。念のため伺いますけど、この島での出来事とは本当に無関係なんですね？」

「それは誓っていい。おれは人を殺すようなタマじゃねえよ」

坏には丘野が嘘を吐いているようには見えなかった。親戚に怪我をさせただけで震え上がっている若者が、連続殺人の犯人とは思えない。

「じゃあ、今井さんの推理は間違っていたわけですか」

坏がつぶやくと、

「当然だろ。あんな日焼け野郎の推理が正しいわけあるかよ」

丘野は身を乗りだして声を荒らげた。

「でも、あの推理にも筋は通っていたように感じましたけど」

「はあ？　あんだけ煮え湯を飲まされて、まだ今井の言うことを信じてんのかよ。あいつの推理なんて、みんなデタラメに決まってんだろ」

「じつは昨日からずっと考えていたんですけど」小奈川が言葉を挟んだ。「今井さんの推理の矛盾にやっと気づきました。ナイフの位置がおかしいんですよ」

「ナイフの位置？」

「そうです。今井さんの推理を信じると、犯人は密室から脱出するために、ダイキチモヨコさんの死体を子供部屋からアトリエへ運んだことになります。アトリエの床に果物ナイフを落としておけば自殺に見せかけられたのに、そうしなかったのは、ダイキチモヨコさんの死体の移動が予期せぬ出来事だったから、というわけです。

でもダイキチモヨコさんが死んでいたアトリエの床には、かなりの量の血痕が広がっていました。かりに殺害現場が子供部屋だったとしても、犯人は死体をアトリエに運んでからナイフを抜いたことになります。これは妙ですよね？　犯人はアトリエでナイフを抜いたあと、子供部屋へふたたびナイフを戻したことになってしまう。焦っていた犯人がこんな行動をとるとは思えません」

「そうだ、その通りだ。やっぱり今井はインチキ野郎だったんだな」

丘野が嬉しそうに手を叩いて言う。

「じゃあ犯人は、何のために死体を移動したんでしょう」

「いえ、ダイキチモヨコさんは初めからアトリエで殺されたんだと思います。犯人が二人を一家心中に見せかけたかったのなら、うっかり山道の仕掛けにかかった時点で、ゴム紐を持ち去ればよかったはずです。あの紐をそのまま残しておいたということは、誰かが道を通ったことを隠す気がなかった、つまり親子心中に見せかける気はなかったということでしょう」

「では心中偽装を前提にした、神木さん・丘野さん犯人説も間違いだったと」

「ええ、そう思います」

小奈川は力強く頷いた。今井が人殺しを厭わない異常者であり、披露した推理にも矛盾が見つかった以上、彼を信用する理由はひとつもない。昨日の推理は、探偵が都合の良い幕引きをはかるためのデタラメだったのだ。

「今井さんが撮影クルーの三人に暴行したというのは、本当だったんですか？」と小奈川。

「本当だよ。巻き添えを食ったらたまんねえから黙ってたけど、あいつはとんでもねえサイコ野郎だぜ」

　圷の脳裏に、トレンチコートを着た男の姿が浮かぶ。男の言葉によると、彼が撮影クルーの三人を殺すために今井を雇ったのだという。一連の事件は、船上でのクルー殺害に端を発していたのだろうか。

「……そのくせもっともらしい推理で丘野さんに罪を着せる知性も併せ持っているんですから、恐ろしい人物ですね」

「バケモノだよ。結局、自分が事件を解決して丸く収めようとしたけど、うまくいかなかったからおれたちを皆殺しにしようとしたんだろ。どうせ狩々親子や神木を殺したのもあいつに違いねえよ」

　ふと右前腕の掌に、今井の鳩尾へ錐を振るったときの感覚がよみがえった。傷口から噴き上がる血液、床に落ちるナイフと携帯電話、そして転がる貝殻。今井が利己的で計算高い性格だったことは間違いないが、その一方で、貝殻を集める可愛らしい一面も持ち合わせていたのが意外だった。

「ちょっと待ってください、丘野さん。狩々さん親子を殺した犯人が今井さんというのは、短絡的すぎませんか」

　小奈川の言葉に、丘野は不満そうに唇を尖らせた。

「なんでだよ。どう考えても犯人はあいつだろ」

「狩々さん親子が殺された二日の朝、今井さんは浅海さんと一緒に食堂にいましたし、山頂へ上がってからも丘野さんたちと一緒にいたはずです。彼に犯行は不可能ではありませんか」

丘野は反射的に口を開いたが、うまい反論が見つからないらしく、そのまま言葉を詰まらせた。

「じゃあ、あんたの考えではほかに犯人がいると？」

「分かりません。事件の真相は何も分かっていないんです」

「なんだよ、今井のエセ推理を否定して終わりか。学校の先生は役立たずだな」

「丘野さん、ここで喧嘩(けんか)をしてどうするんですか」

「ひとついいですか？」小奈川が右前腕をあげて言う。「事件と関係があるかは分かりませんが、気になっていることがあるんです」

「お、いいじゃん、そういうの。そこからドミノ倒し式に真相が明らかになるパターンだろ」

丘野が乾パンを齧(かじ)りながら言う。気楽なやつだ。

「それは分かりませんが。わたしが気になっているのは、三日目の夜、宿舎の外をふらついていた人物が、本当に双里さんだったのかということなんです」

窓から差す柔らかい日差しが、食堂の床に三人の影をくっきり映している。

十秒ほどの沈黙の後、口を開いたのは丘野だった。

「双里が自分だって言ってるんだから、そうなんじゃねえの。あいつがノーマルマンだったとしても、わざわざ嘘を吐く理由はねえだろ」

「一つ確認させてください。ミキオくんと丘野さんは、三日の二十三時過ぎ、屋外をうろつく人影を目にしました。その人影の四本脚は——、本当に白かったんですね？」

圷は丘野と顔を見合わせた。あの瞬間の光景はたしかに目に焼き付いている。ヘゴの葉に隠されて上半身は見えなかったが、たしかに窓外の砂地を結合人間が歩いていたのだ。電灯に照らされた結合人間の脚は、透き通るように白かった。

「光の加減も多少あるかもしれませんが、白く見えたのはたしかです」

「間違いねえよ。でも、だから何なんだ？　双里の脚は脛毛がボーボーで、白く見えるはずがないとでも？」

「いえ、考えてみてください。双里さんはこの翌日、羊歯病を発症しました。長袖の服やマスクで肌を覆い、きつい香水をつけていたことからも、彼が発症する前から体臭に悩んでいたことが分かります。そんな彼が素肌を剝き出して外出したら、何が起こるか。たちまち昆虫まみれになってしまうはずなんです」

なるほど、圷は思わず膝を打った。脳裏には、映画「あかいひと」の冒頭、血まみれの少年が門を叩く場面が浮かんでいた。少年は甘い臭いを発する羊歯病の症状ゆえ、無数の昆虫に身体を嚙まれてしまったのだ。

外見に異変が現れる前であっても、羊歯病患者の体臭に変化が起こることは珍しくないと、元内科医の浅海も話していたはずだ。外灯の周りはただでさえ蛾や甲虫が密集していたから、双里が近寄れば、全身を虫に嚙まれてしまったことだろう。しかし夜陰に浮き上がった何者かの脚は、幽霊のように白く、虫が群がってなどいなかった。

「たしかに、双里がわざわざ肌を出して電灯の下へ行くとは思えねえな。つうことは、あいつがノーマルマンだったのか」

「いや、決めつけるのは早いと思います。翌日、今井さんが二号室へ足を運んで、双里さんに不審人物の心当たりがないか尋ねたとき、どんな言葉を使ったのかが気になります。ミキオくん、思い出せますか？」

小奈川が圷に言葉を向ける。あれは神木が殺される前日だから、十二月四日の出来事だ。あのとき今井と一緒に二号室へ向かったのは、浅海と圷の二人だけだった。まだ一週間も経っていないが、半年くらい前の出来事に感じる。

「ええと、こんな感じですかね。――外を歩く不審な人影を見た人がいます。正体はあなたですか？」

「なるほど。人影が目撃されたのが何日のことか、はっきり言っていましたか」

「ええと、そうですね。言わなかったと思います」

「やっぱり。皆さんも覚えていると思いますが、この三日前、彼は麻美ちゃんに声をかけてダイキチモヨコさんの逆鱗に触れています。双里さんはこのときのことと勘違いして、事実を認めたんじゃないでしょうか」

なるほど、双里は後ろめたい思いもあって、三日前のことを再び責められたと勘違いしたわけだ。ありえそうな話だが——、あのときの双里の仕草を思い返すと腑に落ちなかった。

「待ってください。今井さんに問い質されたとき、双里さんは浅海さんの顔色をうかがっているように見えました。あれは、安静にするようにという浅海さんの言いつけを破ったからだと思います。でも、双里さんが麻美ちゃんに声をかけたのは、彼が発熱する前のことですよね。小奈川先生の言うとおりだとすると、双里さんが浅海さんの顔色を気にしたのは不自然じゃありませんか」

「いえ、おそらく双里さんが浅海さんの顔色を気にしたのは、別の理由があるんだと思います。じつはダイキチモヨコさんが激怒した一日の夕方ごろ、双里さんが宿舎を抜け出していたのは、浅海さんと密会するためだったんですよ」

小奈川が当然のように言う。そんな話は初耳だ。

「なんじゃそりゃ」丘野が声を荒らげる。「根拠はあんのかよ」

「ええ、簡単なことです。ダイキチモヨコさんによれば、麻美ちゃんは木陰で唐突に双里さんから名前を呼ばれたそうです。でもダイキチモヨコさんが怒鳴り込んでくるまで、わたしたちに少女の名前を知る機会はありませんでした。つまり双里さんが呼んだのは、麻美ちゃんの名前ではなく浅海さんの苗字だったんです」

圷はダイキチモヨコが怒鳴り込んできた瞬間を思い返した。たしかにあのとき、自分たちはまだ少女の名前を知らなかった。小奈川の指摘は正鵠を射ている。

「浅海さんが献身的に双里さんを看病していたことからも分かるように、彼らはここへ来る前から顔見知りだったんでしょう。初対面のオネストマンが共同生活を送るという映画の趣旨をふまえ、他人のふりをしていたんだと思います。事件後は関係を明かすこともできたはずですが、不要な疑いをかけられるのを恐れて黙っておいたんでしょう。双里さんが浅海さんの顔色をうかがったのは、そんな事情ゆえかと思います」

双里が亡くなったときの浅海の悄然とした表情が、ふと脳裏によみがえった。浅海にとって双里は、オネストマン同士、かけがえのない友人だったのかもしれない。

「……じゃあ、白い脚の不審者の正体は双里さんではないけれど、彼がノーマルマンというわけでもないんですね。ややこしい」

「もちろん双里さんがノーマルマンで、嘘を吐いただけということもありえますよ」

「じゃあ、あの生っちろい脚は誰のだったんだよ」

丘野が言うと、小奈川も首を捻った。

「分かりませんね。神木さん殺しに関係しているのか、無関係なのかも不明です」

「肝心なところは分かんねえのか。冴えねえな」

「――」

「それなら分かりますよ、ぼく」

坏が言うと、二人は揃って目を丸くした。

「知ってたのか」と丘野。

「違いますよ。消去法で分かるんじゃないかってことです。あの晩、宿舎にいたのは七人ですよね。ぼくと丘野さんが嘘を吐いていないという前提で考えれば、徘徊者の可能性があるのは残り五人しかいません」

「羊歯病の双里がまず除外できるな」

「そうです。これで残り四人。つぎに浅海さんと小奈川先生も除外できます。二人の寝室は四号室ですから、ぼくたちのいる三号室の前を通らずに玄関を出ることはできません。あの晩、アカゴダニ騒動のせいで、ぼくたちは扉を開けたままにしていました。天井から落ちる埃を虫と見違えるほど神経を尖らせていた丘野さんが、部屋の前を通りかかる人影に気づかなかったとは思えません」

「たしかに」小奈川が腕を組んで頷いた。「部屋の窓は嵌め殺しですし、外出するには玄関を出るしかないですからね」

「そうです。これで残り二人。最後に今井さんが除外できます。不審者の脚は真っ白でしたから、全身浅黒く日焼けした今井さんではありえません」

丘野がごくりと唾を飲む。

「ということは――」

「残ったのは神木さんです。二十三時過ぎに宿舎の外を出歩いていたのは、彼でしかありえません」

「へえ。殺された神木がノーマルマンだったのか」

丘野がつぶやき、小奈川も頷いた。

「神木さんは外出していないと断言していましたから、オネストマンではありえませんね」

「いや、断言はできないですよ」圷は慌てて首を振った。「睡眠状態のまま無意識に部屋を出たという可能性もあります」

「なんじゃそりゃ。夢遊病ってことか？　そこまで考えたら切りがねえぞ」

「そうですか？　真偽はともかく、本人が夢遊病だと言っていたのは無視できないと思います。神木さんの持っていた麻酔薬は夢遊病にも有効なものだと、浅海さんも言っていたんですよね。神木さんの言動が胡散臭かったのは認めますが、病気の可能性は捨てきれません」

「じゃあ、やっぱりオネストマンともノーマルマンとも言い切れないってのか。ちくしょう、堂々巡りだ。お前も冴えねえな」

丘野が天井を仰ぎ、悪態をつく。しばし沈黙した後、小奈川がおもむろに立ち上がった。パイプ椅子が横向きに倒れる。

「どうしたんですか？」

「ど、堂々巡りじゃないですよ。いまのはとんでもない手がかりです。ひょっとしたら、神木さんを殺した犯人が分かるかもしれません」

　小奈川は肩で息をしていた。よほど興奮しているのか、日差しに照らされた頬が赤く火照っている。こんな表情の小奈川を見るのは初めてだった。

「……どういうことですか？」

「そのままの意味です。いまミキオくんが話した推理は、神木さんを殺した犯人にたどりつくヒントだと思うんです。

　わたしの言っていることがおかしければ指摘してください。浅海さんの見立てによれば、神木さんの死亡推定時刻は、十四時半から十八時半の間でした。ただし、凶器の包丁が十七時過ぎまでキッチンにあるのを複数のメンバーが見ていますから、凶行はそれ以降、つまり十七時半から十八時半の間と推定されます」

「浅海がノーマルマンで、わざと嘘の死亡推定時刻を言ったのかもしんねえぜ」

「可能性はあります。ただ、浅海さんは死体の状態を詳しく記録していましたよね。いずれ監察医に見せる気だったようですし、死亡時刻を偽る行為とは嚙み合いません。死亡推定時刻は信じてよいと思います」

「分かったよ。そんで？」

「神木さんはこの死亡推定時刻より前に、宿舎を抜け出しカリガリ館へ向かったと思われます。犯人はこれを盗み見ていたのか、あるいは約束をしていたのかもしれません。こっそりカリガリ館へ向かった犯人は、神木さんを殺害して宿舎へ戻りました」

小奈川はそこで言葉を切ると、日めくりカレンダーを一枚破り、裏面にボールペンを走らせた。カリガリ島の全体図に、

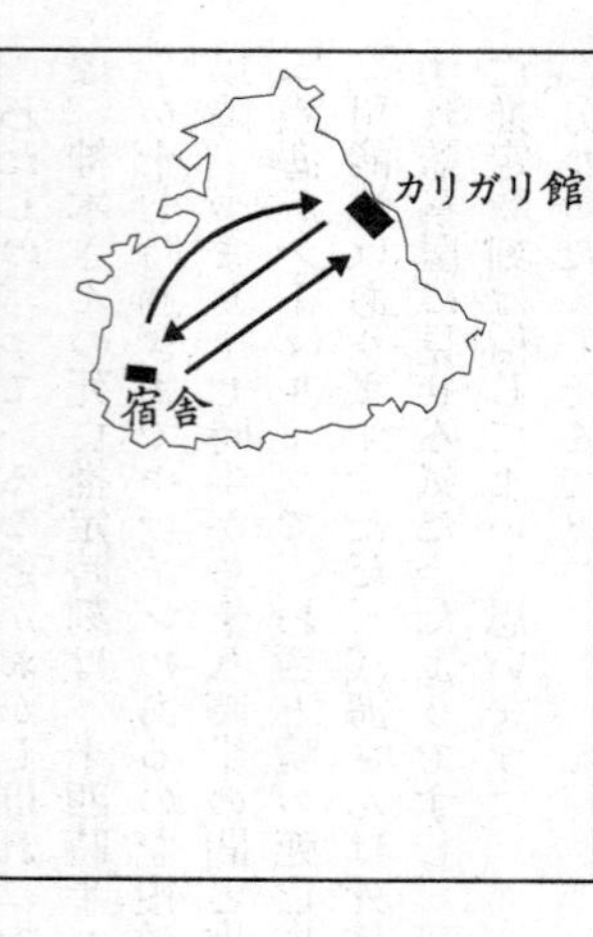

三本の矢印が書き込まれる。矢印は足跡を模しているようだ。

「これがカリガリ島だとします。宿舎からカリガリ館に向かう山道には、往復一つずつ、計二つの足跡が残っていました。問題は、この足跡が本当に犯人のものだったのかということです」

「あれが犯人の足跡じゃないんなら、犯人は現場までワープしたことになるぜ」

「なりません」小奈川が丘野を一蹴する。「カリガリ館へ向かう道は山道だけではありません。満潮を避ければ、海沿いの道でも現場に向かうことができました」

圷は首を傾げた。海沿いの道が海水に沈むのは、十五時から十九時までの四時間だ。

つまり、凶行が行われた十七時半から十八時半までの間、海沿いの道は通行できなかったのだ。犯人が山道を通ったと考えるのは当然の理屈だろう。

「凶行の時間、海沿いの道は通れませんよ」

「おっしゃるとおりですが、その問題はひとまず脇に置いてください。そもそも、山道の足跡が犯人のものだと考えられる根拠はなんですか。海沿いを通ってカリガリ館へ向かう坂の途中に、神木さんが持ち歩いていたポーチが見つかったからですよね。神木さんが海沿いを通ってカリガリ館に向かったのであれば、消去法的に、山道を通った足跡は犯人のものと考えられる。この思考は自然です。

　でも神木さんが注射器の入ったポーチを落としたのは、はたして事件当日のことだったんでしょうか。神木さんが三日の夜、宿舎の外をふらついていたということは、この時点で麻酔薬を失くしていたということになりませんか？」

　圷も思わず腰を上げていた。小奈川の首筋にも汗が浮いている。

「待てよ、落ち着けって。今のは暴論だと思うぜ。あいつが夢遊病ってのはクソ信憑性の低い憶測なわけだし、そっから推理を広げんのはどうなんだ？」

　乱暴な口調で丘野が反論する。

「白い脚の不審者の正体が神木さんだったのは間違いありません。ただし彼が夢遊病を発症していたかについては、おっしゃるとおり議論の余地があります。

　もし彼が夢遊病を発症していたのなら、麻酔薬を失くしていたことは疑いないでしょう。彼の持っていた麻酔薬は非常に強いもので、夢遊病をほぼ百パーセント押さえこめるんでしたよね。薬を打ったのに効かなかったという可能性はまずありません。

もし夢遊病を発症していなかったとしても、あの時間帯に外をうろついていた以上、やはり麻酔薬を失くしていたと考えるのが自然です。おそらく昼間に島を探索していて失くしたポーチを、近くに落ちていないかと捜していたんでしょう」

「麻酔薬は手元にあったけど、たまたまこの日は打つ気にならなかっただけじゃねえのか」

「その可能性がないとは言いませんが、現実的ではないと思います。麻酔薬には強い常習性があったようですし、こんな孤島まで持ってくるくらいですから、中毒状態にあったことは間違いないでしょう」

「ふん、なるほど。それもそうだな」丘野は素直に矛を収めた。

「よって、浜辺からカリガリ館へ向かう坂に落ちていたポーチは、神木さんが五日にそこを通った証拠にはまったくならないわけです」

丘野が頷くのを確認して、小奈川は島のイラストをもう一つ紙片に書き足した。

「この場合、可能性は二つに増えます。ひとつは従前の見立てどおり、神木さんが海沿いのルートで現場へ向かい、犯人が山道を往復したというパターン。もうひとつは、神木さんが山道で現場へ向かい、犯人が行きだけ海沿いのルート、帰りは山道を通ったというパターンです」

それぞれの矢印に、小奈川が名前を書きくわえる。

「どっちもありえそうだ」と丘野。

「そうでしょうか？　神木さんは失くしたポーチを捜していたはずです。もし海沿いのルートを通ったのなら、気づいてポーチを拾ったでしょう。ポーチが落ちたままになっていたということは、神木さんはその坂を通らなかった――つまり海沿いの道を通ったのは犯人だったと考えるのが自然です」

「うっかりポーチに気づかなかった可能性もゼロじゃないと思いますが」と圷。

「そうだ、思い出した」

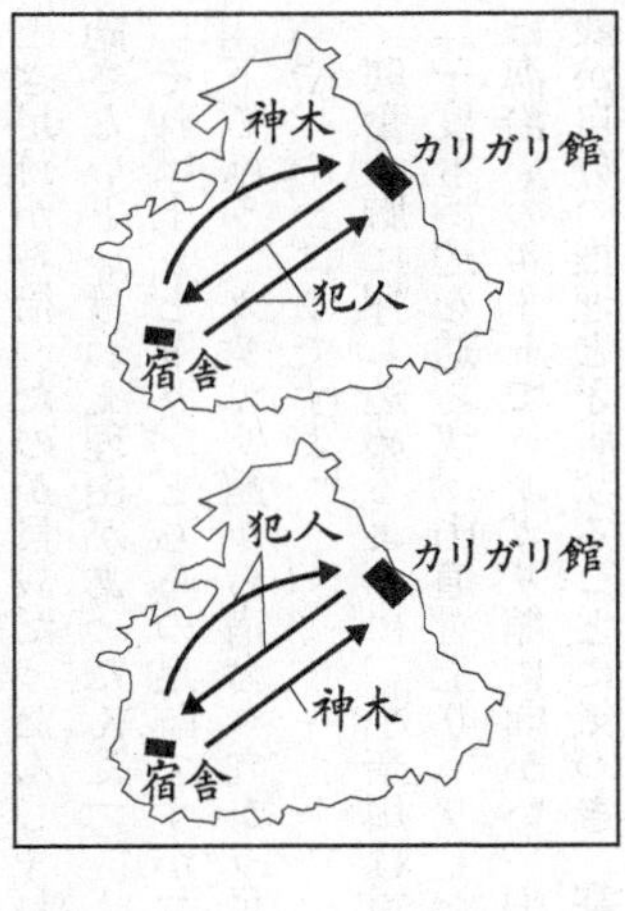

丘野が目を見開いて言うと、小奈川も同じ目つきで丘野を睨んだ。
「なんです？」
「圷には一昨日も話したよな。神木が死んだ翌日、山道の足跡を調べてたとき、今井が足跡から何かを拾って隠したんだよ。ちっちゃい石ころにしか見えなかったから、不思議に思ってたんだ。
　でも今井が死んだとき、ポケットから貝殻が床に落ちただろ？　てことはさ、あんとき足跡から拾ったのが貝殻だったんじゃねえかと思うんだよ。きっと今井には貝殻を隠さないといけねえ理由があったんだ」

「それは上りと下り、どちらの足跡ですか」

「下るほう、カリガリ館から宿舎へ向かう足跡だ」

「や、やっぱりですよ」

興奮を胸に押し込めるように、小奈川は言葉を切った。

「一度も浜辺を通らず、山道を上り下りしただけなら、靴跡に貝殻はつきません。犯人は海沿いのルートでカリガリ館に向かい、山道で宿舎へ戻ったんですよ。今井さんは貝殻が自分の推理と矛盾することに気づき、証拠を隠したんです。やはり今井さんの推理は間違っていたんですね」

小奈川は上のイラストに、力強く「×」を書きくわえた。

「なるほどね。で？」

「はい」

丘野の問いに、小奈川は急に弱々しい声で答えた。

「おい、犯人が分かるんじゃなかったのか。今井のインチキを正しただけで終わりかよ。拍子抜けだな」

皮肉のこもった声で言うと、丘野は背もたれに身をあずけ、いやらしくため息を吐いた。小奈川も首筋の汗を拭って、パイプ椅子に腰を下ろす。

「犯人も分かるような気がしたんですが」

「どいつもこいつも期待どまりだな。結局、冴えん」

「いや、期待どまりじゃない」

圷が言うと、丘野は胡散臭そうにこちらを見上げた。

「またお前か。今度はどうした」

「分かったんだよ、犯人の条件が」


「犯人の条件、ですか？」

期待と不安の入り交じった声色で小奈川が尋ねると、

「そこは犯人の正体って言っとけよ」

丘野も唇を歪めてぼやいた。

「丘野さんには教えるのやめようかな」

「あはは、すねんな。犯人の条件がなんだって？」

「考えてみてください。犯人は海沿いのルートでカリガリ館へ向かい、山道で宿舎へ戻ったんですよね。なぜ犯人は、行きと帰りで別のルートを通ったんでしょうか。人目に付きにくい海沿いのルートを知っていたのなら、往復ともそちらを通ればよかったはずです」

「ま、まさか」小奈川が動きをとめて言う。「海沿いのルートが通れなくなったから？」

「そうです。浜辺が海水に沈むのは十五時から十九時の間ですから、犯人は十五時前にカリガリ館へ向かい、それ以降に宿舎へ戻ったんでしょう。

ところが、こうなると別の矛盾が生じます。凶器とみられる包丁は、十七時まで宿舎のキッチンにありました。複数の目撃証言がありますから、これは間違いありません。しかし十五時前に犯行現場を訪れていた犯人が、十七時まで宿舎にあった刃物で神木さんを殺すことはできません」

「できませんって、現実に神木はキッチンの出刃包丁で刺し殺されたんじゃねえか」

「いえ、狩々さん親子が殺されたときの果物ナイフとは違い、神木さんがキッチンの出刃包丁で刺し殺されたという証拠はありません。確かなのは、十七時以降にキッチンから出刃包丁がなくなり、二十時過ぎに刺殺された神木さんが見つかったという事実だけです」

「じゃあ、現場に落ちてた出刃包丁は、宿舎のキッチンにあったやつとは別物ってことか」

「そうなります。犯人は犯行時刻を誤認させるために、カリガリ館にあった包丁で神木さんを殺し、十七時過ぎに宿舎の包丁を隠したんです。この包丁は近くの土にでも埋めたんでしょう」

圷はそこまで言って口をつぐんだ。小奈川は考えを巡らすように眉をひそめ、丘野は混乱を収めるように四本腕をねじっている。

「言ってることは分かるけど、犯行に使われた出刃包丁はどっから出てきたんだよ」

「元から現場にあったものを使ったんです」

「カリガリ館のダイニングキッチンには、調理器具らしきものは一切なかったぜ」

「ですから、となりの倉庫に収納されていた包丁を持ち出したんです」

「はあ？」丘野はあきれ声を上げた。「たしかに倉庫には刃物が置いてあったけど、南京錠が錆びついてるせいで中に入れなかったはずだろ」

「採光窓のガラスが割れていれば侵入は可能です」

「いや、雹が降って窓ガラスが割れたのは六日の夜だ。神木が殺された五日には、まだガラスは割れていないぜ」

「ですから、五日のうちに犯人が窓ガラスを割ったんですよ。広場に面した窓を割ったらさすがに気づかれるでしょうが、海に面した窓ならまず見つかる心配はありません。丘野さん、二階の窓際に並べられていたアダルトビデオのことを覚えていますか」

「……は？『嘔吐症の妹3』だろ。それがどうした」

「丘野さんも気づいていたように、あのビデオのパッケージはまったく濡れていませんでした。もし海に面した窓が雹によって割れたのなら、割れ目から雹が入り込み、庫内のビデオも濡れてしまったはずです。でもあのビデオは新品同然でした。つまり窓ガラスは雹のせいで割れたのではない、人為的に割られたと考えられます。

六日の晩は強い北風が吹いていました。この宿舎でも、割れたのは北西を向いた窓だけでしたよね。山頂も同様で、北西を向いた広場側の窓には雹が直撃しましたが、南東を向いた反対側の窓に被害はなかったんです。とはいえ細かく観察しないかぎりすべての窓が雹の被害で割れたように見えますから、犯人にとっては実に都合の良い雹だったわけですが」

数秒の沈黙。慎重に言葉を選ぶように、ゆっくりと小奈川が口を開いた。

「犯人は出刃包丁が二つあることを利用して、犯行を十七時半以降に見せかけるアリバイ工作を行ったんですね」

「そうです。もちろん犯人が、すべて計画的に行動したとは思えません。十五時前にカリガリ館を訪れ、なにか凶器になるものを探していたところ、倉庫で出刃包丁を発見したんでしょう。包丁を利用したアリバイ工作を考えたのは、それ以降だと思います」

「つまり犯人は、五日の十五時前後のアリバイがないやつってことか」

丘野が四つ目を輝かせて言う。

「ええ。ただアリバイだけで犯人を絞り込むのは困難でしょう。あのときは、姿を消した双里さんを捜すために、みなバラバラに行動していましたからね。肝心なのは、犯人が割った海側の窓が、一階ではなく二階に位置しているということです。出演者の中でもっとも背の高い双里さんでも、高さ六メートル近い窓を割って倉庫に侵入できるとは思えません」

「じゃあ犯人は――」

坏はゆっくりと頷いた。

圻は浅草で巨人を見たことがある。身長六メートルを超える巨人が、子供に風船を渡しながら街を歩いていたのだ。もちろん本当は巨人ではなく、ドレスの中に二人の結合人間が入っていたのだが、傍目にはバケモノが歩いているようにしか見えなかった。

事件の犯人も、同じ手口を使ったのだろう。結合人間の平均身長は約三メートルと言われており、双里みたいな大男でも六メートルの窓には手が届かない。しかし、二人いれば話は違う。一人が四本脚を踏みしめて肩にもう一人をのせ、その四本脚をまた四本腕で支えれば、倍の高さまで手を伸ばすことができる。

「犯人は二人組だったのか」

煌々とした日差しが丘野の頬を照らしている。二人の瞳を交互に見ながら、坏は言葉を継いだ。

「出演者に紛れこんだノーマルマンは二人。そして神木さんを殺した犯人は、当然ノーマルマンでなければいけません。犯人がオネストマンなら、今井さんの質問によって犯行が露呈しているはずですからね。これは必須の条件です。

くわえて犯人が二人組だと判明しました。ノーマルマンが二人、犯人も二人。つまりカリガリ島にいるノーマルマンを特定すれば、その人物は間違いなく人殺しということです」

「初めからノーマルマン二人がグルだったんだな」と丘野。「で、目星はついてんのか」

「まだ分かりません。でも大きな前進です」

坏が胸を張ると、丘野は不満そうに顎を突き出した。

「おい、このパターンも飽きたぞ。前進だか後退だか分かんねえよ。犯人が分からなきゃ意味がないだろ」

「簡単に言わないでくださいよ。素人がここまで推理しただけで凄いことでしょう」

「あー、冴えねえな。おい先公、次に目の覚める推理はねえのか」

丘野が水を向けると、小奈川は腕組みして唸った。

「閃きそうで閃きません」

「ここへきて行き止まりか」

「無難にアリバイを調べてみましょうか。カリガリ館まで、この宿舎からどんなに急いでも二十分はかかります。犯人が十五時前後に現場を訪れていたとすれば、少なくとも十四時四十分から十五時二十分まで、アリバイのない人物が犯人と推測できます」

そう言って小奈川は、長机のふちをボールペンで叩いた。

「分かるのか、そんなの」丘野が天井を見上げて言う。「おれは昼寝をしてて、ちょうど十五時にお前の悲鳴を聞いたもんだから、それからずっと雪ん中を一人で捜しまわってたんだ。誰かに会ったわけでもねえし、これじゃアリバイになんねえだろ」

「なりませんね。わたしは身投げしようとする双里さんを説得していた時間帯ですし、ミキオくんも雪崩に呑まれて引っくり返っていたはずです。証人がいるわけではないので、どれもアリバイとは言えません」

「おまけに関係者のほとんどが死んでっからな。証言も得られやしねえ」

小奈川はカレンダーを破って出演者のアリバイを書き出そうとしたが、やがて観念したように肩を落とした。

「わたし、ミキオくん、丘野さん、今井さん、浅海さん、誰にもアリバイはありませんね。崖から身を投げた双里さんだけは容疑者から除外できそうですが、これも客観的な証拠はありません。犯人がノーマルマン二人組なら、わたしが嘘を吐いている可能性も否定できませんし」

「ちょっと見せてみろ」

丘野も紙片を睨みつけて唸っていたが、一分もせずにさじを投げた。やはりアリバイから犯人は絞り込めそうにない。

坏は四つのまぶたをぎゅっと押さえた。じつに奇天烈な状況である。容疑者が限定されており、そのほとんどがオネストマンなのだから、犯人捜しはたやすいはずなのだ。なぜこんな事態に陥っているのだろう。目眩をふりはらうように坏は首を振った。

「飽きた。推理小説じゃあるまいし、犯人捜しは無茶だ。くそ甘いコーヒーでも飲もうぜ」

「あきらめるんですか」

「うるせえ。いいか、このまま素人が推理を続けたって、犯人が分かる保証はないんだよ。ほら、あの絵みたいなもんだ」

丘野はそうぼやいて、壁にかかげられたエッシャーの「上昇と下降」を指さした。修道士が延々と階段を回り続ける、例の一枚だ。

「おれたちは警察でも探偵でもない。だいいち手がかりが足んないなら、どんだけ知恵を絞っても堂々巡りに決まってるだろ。どうせもう死人は出ねえだろうし、気楽にいこうぜ」

さっきまでは犯人捜しに興味津々だったくせに、あいかわらず気まぐれなやつだ。圷は肩の力を抜いて、ぼんやりと「上昇と下降」を眺めた。

ものは考えようである。もし屋上の階段で修道士が一人殺されたら、犯人を捕まえることはどんな名探偵にも不可能だろう。修道士殺しを解決できるのは、エッシャーの世界で息をしている、絵画の登場人物たちだけだ。バルコニーの縁に寄りかかっている彼なんかふさわしいかもしれない。

同じことは、圷たちが直面している事件にも言える。カリガリ島の殺人を解決できるのは、きっとこの三人しかいない。この島にはここだけの真相が隠れているのだ。修道士たちの顔が、カリガリ島の七人に重なって見えた。

待てよ、堂々巡りの階段？

圷はじっと「上昇と下降」を見つめた。丘野と小奈川が怪訝そうにこちらを見ている。

その瞬間、脳味噌を素手で掻き回すような興奮と混乱が襲いかかった。

「どうしました？」と小奈川。

まさか、こんな簡単なことだったのか？　息を止めたまま、圷は喘（あえ）ぐように口を開いた。

「分かりました」

「なにが？」と丘野。

下唇を舐（な）め、ゆっくり口を開く。

「もちろん、犯人です」

日めくりカレンダーをもう一枚破ると、小奈川からボールペンを借り、四隅に一つずつ苗字を書きこんだ。右上に圷、右下に丘野、左下に双里、左上に小奈川。

小奈川	圷
双里	丘野

紙片から顔を上げると、小奈川と丘野がぽかんと口を開けていた。

「この四人それぞれが、犯人であるための条件は何か、考えてみてください」

二人が不審げに頷く。圷はまず自分の苗字を指さした。

「ぼくが犯人である条件はなんでしょうか。丘野さんはぼくが骨折したときの悲鳴を十五時ちょうどに聞いていた――少なくともそう主張しています。これが真実なら、ぼくはカリガリ館で神木さんを殺すことができません。よってぼくが犯人であるには、丘野さんが嘘を吐いている、つまりあなたがノーマルマンだという条件が必要です」

　圷は言葉を切ると、右下の「丘野」から右上の「圷」に一本の矢印を引いた。

「その丘野さんはどうか。自分が犯人であるための条件はなんだと思いますか」

「条件？」丘野は不満そうに首を捻った。「なにが言いてえんだ」

「身長ですよ。犯人はアリバイ工作のために、二階の窓から倉庫に侵入しています。窓は六メートルほどの高さにあるので、結合人間が二人がかりでなんとか届く高さです。ところが丘野さん、失礼ですが、あなたは結合人間にしてはかなり小柄です。身長はおいくつですか」

「百九十だよ。悪いか」

「悪いはずがありません。結合人間の平均身長は約三メートルです。もしあなたが犯人だったなら、窓へよじのぼるために、四メートル超えの人物から手助けを受けたことになります。そんな人間は、この島に双里さんしかいません。

　でも彼は、自分は犯人ではないし、犯人を知ってもいないと答えたそうです。よって丘野さんが犯人であるには、双里さんが嘘を吐いている、つまり彼がノーマルマンという条件が必要です」

　左下の「双里」から右下の「丘野」へ矢印を書き加える。あいかわらず丘野がぽかんとしているのに対し、小奈川は興奮を抑えられないようで、長机に身を乗りだしていた。

「つぎは双里さんです。彼は簡単ですね。崖の上から身を投げるところを、小奈川先生が目撃していました」

「はい。双里さんを見つけたのが十四時五十分で、その数分後には身を投げてしまったので、彼は犯人ではありえません」

「ありがとうございます。双里さんが犯人であるには、いまの証言が嘘である、つまり小奈川先生がノーマルマンという条件が必要です」

左上の「小奈川」から左下の「双里」へ、三本目の矢印を引く。

「最後は小奈川先生です。小奈川先生が犯人であるための条件はなんでしょうか。ひとつ、これは全員に当てはまることですが、犯人であるにはノーマルマンであることが絶対の条件です。一方で、ぼくは小奈川先生がオネストマンということを知っています。高校一年のころ、小奈川先生の健康診断結果を盗んで確認していますから、間違いありません。

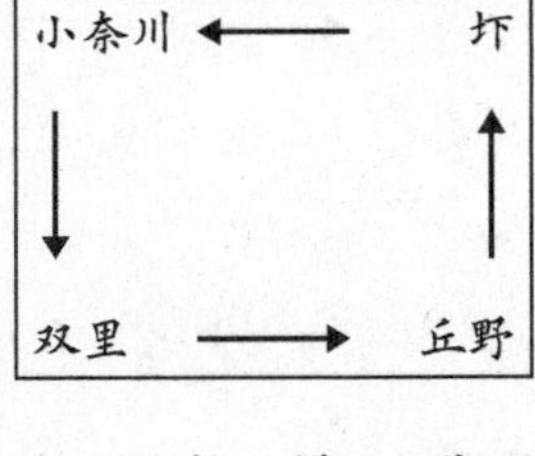

もう分かりますよね。小奈川先生が犯人であるには、いまのぼくの証言が嘘である、つまりぼくがノーマルマンという条件が必要です」
最後の矢印を、右上の「圷」から左上の「小奈川」に向け書

き入れた。

『上昇と下降』にそっくりじゃないですか」

壁にかかった絵と見比べながら、小奈川がうつろな声で言う。

「ぼく、圷が犯人であるには、丘野さんがノーマルマンでなければなりません。丘野さんが犯人であるには、双里さんがノーマルマンでなければなりません。双里さんが犯人であるには、小奈川先生がノーマルマンでなければなりません。そして小奈川先生が犯人であるには、ぼく、圷がノーマルマンでなければなりません」

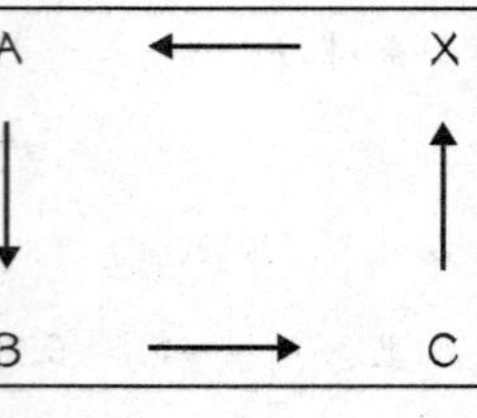

言葉を切って、圷はカレンダーをもう一枚破った。
「ただ、このカリガリ島にはノーマルマンが二人しかいません。よって、丘野さん、双里さん、小奈川先生、ぼくの中には、少なくとも二人のオネストマンが含まれています。オネストマンのうち一人を、かりにXとしましょう。残る三人はA、B、Cとします」
圷は書きなぐるように、紙の右上にX、左上から反時計回りにA、B、Cを書きこんだ。
「XがオネストマンであるＸ以上、Aは犯人ではありません。Aが犯人であるには、Xがノーマルマンという条件が必要だからです。犯人は二人組のノーマルマンですから、犯人ではないAもオネストマンと分かります。

Bはどうでしょうか。Aがオネストマンなら、Bは犯人ではありません。同じ理屈で、Bはオネストマンです。

Cも同じですね。Bがオネストマンなら、Cは犯人ではありません。もちろん、Cもオネストマンです」

「X、A、B、Cの全員がオネストマンということですか」

「そうです。Xが誰かは問題ではありません。四人の中に一人でもオネストマンがいるなら、四人全員がオネストマン、つまり犯人でないと結論できるんです」

「じゃあ、犯人は――」

嚙み締めるように小奈川がつぶやく。丘野も茫然としたまま動かない。

「四人を除くと、あとの容疑者は浅海さんと今井さんしかいません。この二人が神木さんを殺した犯人だったんです」

15

いつのまにか正午を過ぎ、じりじりとした陽光が宿舎の気温を上げていた。

坏は紙切れから手を離し、自分の掌がべたついていることに驚いた。食堂は真冬とは思えない熱気に包まれている。

「穴は見当たりませんね」

茫然とした表情のまま、小奈川がつぶやく。

「今井のクソ野郎はさておき、もう一人の犯人は浅海だったのか」

憎しみのこもった丘野の言葉に、坏も頷いていた。脚の怪我を診てくれていた浅海が殺人犯だったと考えると、背筋がうすら寒くなる。

「動機はなんだったんだろうな」

「……あまり考えたくありませんが、そんなもの初めからないんじゃないでしょうか。今井さんにとっては、絶海の孤島で密室殺人を解決したという手柄が欲しかっただけなんでしょう」

「密室？　そうだよ、密室殺人の真相はどうなってんだ。狩々親子を殺したトリックが分かんねえままだぞ」

「正直、今井さんと浅海さんが犯人なら、どうとでもなりそうな気がしますが」

珍しく小奈川が投げやりな口調で言う。

「いい加減だな、おい」

「そうでしょうか。狩々さん親子が殺された二日の朝、今井さんは七時に電話で麻美ちゃんと喋ったと主張していました。でもこの電話を聞いていたのは、浅海さんだけなんです。そんな会話は行われておらず、七時の時点ですでに二人とも殺されていたとすれば、密室の謎なんてものは発生しません」

なるほど、小奈川の言うとおりだった。二人の死亡推定時刻は六時から八時の間だから、六時過ぎに二人を殺し、七時までに宿舎へ戻ることは現実的にも可能だ。

「ちょっと待てよ。麻美に二つ傷跡があった以上、犯人が現場に三十分間留まってたことは間違いねえんだよな。もし六時ちょうどに二人を殺したとしても、犯人は六時半まで現場にいたことになる。前にも言ったけど、おれは六時半には山頂の広場に着いてたんだよ。犯人と広場で鉢合わせしなかったのはなんでだ？」

「そりゃ、死亡推定時刻そのものが嘘っぱちだったんじゃないの」

「それはないと思います」小奈川が口を挟む。「さっきも言いましたが、浅海さんは二人の死体の様子を詳しく記録していました。もし警察に嘘を吐くつもりなら、そんな余計な真似はしないはずです」

「六時半を過ぎてから、丘野さんが広場をうろついている隙をついて、こっそり逃げ出したんでしょう。この時間、ずっと玄関を見張っていたわけではないですよね」と圷。

「お前、バカなの？　そのころは圷、お前が山道を上ってたはずじゃねえか。お前が誰とも鉢合わせしてない以上、犯人は現場から逃げられなかったことになる。どうすんだよ、おい」

　丘野は圷を指さして得意気に笑った。顔は変わっても性格は変わらないらしい。圷は腕組みして天井を仰いだ。

　今井・浅海犯人説を採用すれば、犯人がカリガリ館からどう脱出したのかという密室の謎は解消する。ただし入れ子のように、山頂からどうやって宿舎へ戻ったのかという謎が現れるわけだ。これでは密室の謎を解いたとは言えない。

無理やりこじつけるなら、犯人が山道を使わず、海沿いのルートで宿舎に戻った可能性もある。この日は雪が積もっていたわけでもないので、足跡から行動をたどることは不可能だ。ただし、圷が山道を上ってくることを犯人は予期できなかったはずなので、避けるように別ルートをたどったとは考えづらい。

「一ついいですか?」小奈川が腕をあげて言う。「ミキオくんたち三人が死体を発見し、元医師の浅海さんを呼びにカリガリ館へ戻ったとき、ひょっとして、到着してすぐ何か口にしませんでしたか?」

「え?」

小奈川は何が言いたいのだろう。圷は二日の朝、ふらふらになって山道を下りたときのことを思い返した。今井は宿舎に着くなり、気を失った丘野の身を浅海にあずけ、小奈川を連れ戻しに浜辺へ向かった。圷は目眩によろめきながら食堂へ向かい、そこで――

「飲みました。浅海さんに淹れてもらったコーヒーを、一杯」

「やはりですか。それからうつらうつらと睡魔に襲われ、気づけば三号室で眠っていたわけですね」

「は、はい」

「数時間後に目を覚ましたとき、ひどく空腹を感じませんでしたか? 身体の関節が痛みませんでしたか?」

「な、なんですか急に。そう言われるとそんな気もしますが」

「おれはそうだったな。気を取り戻してから食った雑炊が、すげえ旨く感じた」

丘野の言葉に、小奈川は張り子の虎のように頷いた。

「それなら密室の謎は解けますよ。二人はここへ漂着する前から交友があり、あらかじめ映画撮影中の殺人を計画していたんでしょう。彼らは、わたしたち五人を睡眠薬で丸一日眠らせ、その間に狩々さん親子を殺したんです。今井さんは一日の晩、自己紹介の際にコーヒーを振る舞いましたよね。あのコーヒーの中に睡眠薬が溶かしてあったんです。睡眠薬は神木さんのポーチからこっそりくすねたんでしょう。もちろん、事前に用意もしてあったと思いますけどね。薬の効果によって、わたしたちは丸一日、眠り込んでしまったというわけです」

「丸一日？　錠剤の睡眠薬ってそんなに強力なのか？」

「一杯のコーヒーだけでは不可能かもしれませんね。途中からは注射器を使う静脈麻酔薬に切り替えたのかもしれません。そのあたりは元内科医の浅海さんが調整したんでしょう」

「なんでそんな手の込んだ真似を？」

「リスクが限りなくゼロに近い状況で、狩々さん親子を殺害するためです。全員が眠り込んでいれば犯行を目撃される心配もありませんし、一日あればどんな証拠でも隠蔽できますからね。探偵に都合の良い犯罪を演出するために、彼らは空白の一日を作り出したんです。ところが犯行当日、予期せぬ事態が起こりました。眠り込んでいるはずのミキオくんと丘野さんが、どういうわけか朝早く目を覚まし、カリガリ館へ足を運んでしまったんです」

圷は思わず唾を飲んだ。自分と丘野の二人に睡眠薬が効かなかった理由は、なんとなく想像ができる。

知人の映画監督にそそのかされたこともあり、圷はつい数年前まで、睡眠薬漬けの生活を送っていた。そのため身体に耐性がついてしまい、思ったほど薬が効かなかったのだろう。

丘野はといえば、床に就く少し前に、トイレで天敵のアカゴダニに出くわしていた。あのとき丘野は、個室の中で嘔吐していたのだろう。こちらも悪運の強いことに、摂取した薬物を吐き出してしまったのだ。

もちろん、一日の夜に静脈麻酔を打たれていたとしたら、二日の早朝に目覚めることはなかっただろう。おそらく浅海は、五人とも二日の昼過ぎまでは睡眠薬が効いていると信じ切っていたのだ。

「今井さんは二日の早朝、単独で狩々さん親子を殺したんだと思います。親子心中事件では探偵の出る幕がありませんから、わざと麻美ちゃんに生活反応のない傷をつけ、犯人が別に存在している証拠を残しました。

一仕事終えてカリガリ館を出ようとしたとき、正面玄関の魚眼レンズを覗(のぞ)き込んで、今井さんは我が目を疑ったことでしょう。眠っているはずの丘野さんが、広場をうろついていたんですからね。隙をついて館外へ脱出したものの、このまま好き勝手に現場を荒らされてはシャレになりません。それどころか、残りの出演者が眠らされていることに気づかれたら、企(たくら)みがすべて露呈してしまいます。今井さんは血の気が引いたことでしょう。

そうこうしているうちに七時を過ぎ、ミキオくんまで山頂に姿を現します。ここで今井さんは腹を括(くく)りました。双里さんが体調を崩しているからとデタラメな理由をでっちあげ、二人の前に姿を見せたんです。そのまま引き返しては逆に怪しまれますから、今井さんは二人と一緒に、自分で殺した死体の発見者を演じました。余計な真似をされないよう見張りながら、うまいこと二人を宿舎へ帰らせ、異変に気づかぬうちに睡眠薬を飲ませる算段だったんです。犯人にとっては都合の良いことに、丘野さんは死体を見て気絶してしまいました。残るミキオくんにも大量の睡眠薬を溶かしたコーヒーを飲ませ、なんとか難局を乗り切ったというわけです」

坏は頭の中で、小奈川の推理を反芻(はんすう)した。たとえ辻褄(つじつま)が合うとしても、易々(やすやす)と受け入れられる説ではない。死体を見つけて宿舎へ戻ったあのとき、小奈川を含めた残りの出演者たちは、みな薬物で眠らされていたというのだ。

「ちょっと待てよ先公。お前、今井が薬をもらうためにカリガリ館へ出向くのを、宿舎で見送ったんだろ？　てことは七時過ぎの時点で、今井は宿舎にいたことになる。矛盾してるぜ」

「そう思わせることが今井さんの狙いだったんですよ。丘野さんたち三人が死体を見つけたのは十二月二日のことですが、わたしが眠りから目を覚まし、カリガリ館へ向かう今井さんを見送ったのは、翌三日のことだったんです。二日と三日の出来事を同じ日の出来事に見せかけることで、今井さんは死体発見まで宿舎にいたというアリバイを作り上げたんです」

　思わず感嘆の声をあげそうになった。とっさに編み出したトリックにしては、恐ろしいほどうまくできている。今井は出演者たちの睡眠時間を操作し、自分たちに嫌疑がかからないよう仕組んでいたのだ。

「三日の早朝、長い眠りから覚めたわたしに、今井さんはカリガリ館へ薬をもらいにゆく演技をしてみせました。実際はこの時点で狩々親子の殺害から一日が過ぎていたわけですが、わたしはそんなこと知るよしもありません。指示されるがまま、わたしは浜辺でミキオくんと丘野さんの姿を探しました。実際はこのとき、二人は三号室で泥のように眠っていたんです」

「あのエセ探偵、どんだけ悪知恵が働くんだよ。やりたい放題じゃねえか」

　丘野が舌打ちして言う。圷も同じ気分だった。

　そんな今井が唯一犯した過ちが、七時に麻美と電話をしたという、例の発言だったのだろう。いきなり山頂に現れたことを疑われないよう、とっさに口をついた方便だったのだろうが、これは失言だった。この証言と生活反応のない傷跡を突き合わせた結果、七時半まで館内にいたはずの犯人が姿を消すという、不可解な密室が生まれてしまったのだ。

「でも、もちろんです。双里が高熱に浮かされてんのは演技じゃなさそうだったけどな」

「もちろんです。軒先にでも放り出して風邪をひかせたんだと思いますよ」

「ひでえ」丘野が唇を歪める。「待てよ、つうことは今日の日付もずれてんのか？」

「そうなりますね。実際の今日の日付は、十二月八日ではなく九日だと思います」

圷は思わず長い息を吐いた。圷たちは最後まで、今井の掌で踊らされていたのだ。

「そうだ、ひょっとすると神木さんも目を覚ましてしまったのかもしれませんね」

小奈川が窓に視線を向けて言う。

「どういうことです？」

「神木さんも睡眠薬を常用していたせいで、薬に耐性ができてしまったんじゃないでしょうか。そのため浅海さんの読みよりも早く目を覚まし、犯人のトリックに気づいてしまった。神木さんが殺された理由は、そんなところではないかと思います」

なるほど。裏を返せば、圷や丘野が殺されていてもおかしくはなかったということだ。首から背筋へ冷たい汗が流れる。

事件にまつわる疑問はあらかた説明がついた。晴れやかな気分になってもいいものだが、実際は倦怠感が鉛のようにのしかかるばかりだった。

「ミキオくん、わたしは生徒たちに正しいことを教えていたと思います」

小奈川が急に眉尻を下げて言った。

「正しいこと？」

「やはり本当に危ないものからは、逃げるしかないんですよ。下手に立ち向かうような真似は寿命を縮めます。イジメ、犯罪、借金、火事、津波、雪崩――、それに探偵も。そう思いませんか？」

ぽかんとした表情の坏を、小奈川が真顔で見返している。脈絡のない台詞だが、小奈川はいたって真剣だ。

恩師の言うことはいつだって正しい。探偵と関わるのは金輪際やめよう。坏はそう胸に誓った。

＊　＊　＊

カリガリ島こと東呉多島での大量変死事件が初めて報じられたのは、十二月二十四日の深夜のことだった。

初めに異変を察したのは、呉多島を管理する不動産会社の社員だったという。男は十二月半ばに映画の撮影風景を覗いてみようと呉多島を訪れたのだが、撮影クルーの姿は見当たらず、上陸の痕跡すら見つけられなかった。

不審に思った男が八丈島に住むチャーター船の操舵手を訪ねると、この人物も半月前から忽然と姿を消していた。八丈島では数人の漁師が立て続けに行方をくらましており、男は何らかの事故の発生を確信したというが、会社から責任を問われるのを恐れ、だんまりを決め込んでいたらしい。一週間後の十二月二十三日、男が友人との酒の席で事故について口を滑らせ、この友人の通報によって事態が発覚した。

翌二十四日の早朝、海上保安庁の捜索船が、呉多島の東方十五キロの海上で漁船の破片を発見。その一時間後、東呉多島で岩礁に乗り上げた漁船が見つかり、上陸した捜索隊員の手で坏を含む三人の生存者が保護された。

休む間もなく警察の聴取が行われたが、かかりつけの医師にオネストマンの診断書を書いてもらうことで、坏の疑いはすぐに晴れた。警察から要らぬ疑いをかけられずに済むというのは、オネストマンの数少ない長所の一つだろう。年が明けるころには、坏は松葉杖をつきながら住み慣れたアパートへ帰った。

芸術家の島で起きた大量殺人事件は大衆の耳目を集め、坏の周りにも記者や野次馬が昼夜を分かたず訪れた。好奇の目にさらされるのはうんざりだったので、坏はカーテンを閉めて部屋に籠もり、誰とも顔を合わせずに過ごした。過去の自分なら寂しさに気が沈んだかもしれないが、不思議と気分は穏やかだった。

そんな調子で事件発覚から半月が過ぎた土曜日の夜のこと。自室の固定電話に、覚えのない番号から着信があった。当然のように居留守を使ったのだが、あまりにコールが長いので、圷はうんざりしながら受話器を取った。

「もしもし、あたし、誰だか分かる？」

娘の声だった。

「テレビで見てびっくりしたよ。大変だったんでしょ？」

「……ひ、久しぶり」

うまく舌が回らなかった。

「怪我してない？　大丈夫なの？」

「う、うん。心配かけてごめん」

「生きて帰ってきてくれてありがとう」

想像もしていなかった言葉に、感情が綯い交ぜになって言葉が出なかった。娘と話すのは小学校の卒業式以来だ。前に喋ったときは、もっと滑舌が子供らしかったように思う。

「生きて帰ってきてくれてありがとう。ねえ、なにか言ってよ」

娘は二度、三度とそうくりかえした。身を案じてくれる人間がいたことが驚きであり、素直に嬉しかった。

「こっちの台詞だよ。ありがとう」

気づけば圷は、カリガリ島で味わった恐怖と、そのなかで強くした娘への思いを打ち明けていた。娘はときおり言葉を挟みながら、じっと圷の言葉に耳を傾けてくれた。

「あのさ、あ、会いに行ってもいい？」

圷がおそるおそる言うと、

「本当に？　ありがとう！　いつ？」

屈託のない声が受話器から響いた。

「できるだけ早く」

「あ、いまあたし、東京に住んでるんだ。けっこう人も多いし、街中を歩いたら大騒ぎになるんじゃない？　事件のこと、テレビでずっとやってるし」

「帽子でもかぶっていこうか」

「うん。そうだ、目印になるように、『つぼみハウス』のTシャツを着てくるっていうのはどう？」

そんな代物があるのか。番組の放送はとっくに終わっているはずだが、中高生の人気はまだ根強いらしい。

「それ、逆に目立たない？」

「大丈夫。そんな派手じゃないやつもあるから」

「分かった。約束するよ」

圷は住所を聞いてから電話を切った。娘たちはいま、五階建てマンションの最上階に住んでいるらしい。耳の奥で娘の言葉が何度もよみがえり、柄にもなく頰が緩んだ。

ノートパソコンを取り出すと、さっそく通販サイトで「つぼみハウス」のTシャツを購入した。女子中学生あたりが好みそうな洒落たアパレルグッズがたくさん売られており、圷は照れくさい気分になった。

検索してみると、出演者たちの経歴や写真をまとめた記事も見つかった。思いつきで川崎千果やヒロキの記事に目を通してみたが、自分の知っている丘野ヒロキチカの面影はあまり感じられなかった。まあそんなものだろう。

翌週の土曜日、圷は娘が暮らしている台東区へ足を運んだ。最寄り駅のトイレで「つぼみハウス」のTシャツに着替え、娘の待つマンションへ向かう。

この半月を無気力に過ごしてきた自分が、娘に会えるというだけで気を弾ませているのが不思議だった。骨折した脚の状態もすっかり良くなっている。家族の大切さが骨身にしみた。

養親と顔を合わせるのは気が重かったが、自分の行動に迷いはなかった。小奈川の人生訓が胸によみがえる。

大丈夫。いざとなったら逃げ出せばいいのだ。

はやる鼓動を感じながら、東欧風の意匠が施されたゲートをくぐる。

微かに春めいた日差しが眩しかった。

エピローグ

消毒液臭い待合室には、羊歯病患者が鮨詰めになっていた。

十代半ばの青年から皺だらけの老人まで、年齢層は幅広い。みな大きなマスクや手袋をつけているのは、素肌を露出しないためだ。どこかほっとした顔つきをしているのは、待合室には大衆の視線が届かないからだろう。おれのように発症前の人間は、ちらほらとしか見当たらない。

醜い光景だった。希望を失った人々が、偽りの安心を得るためここに集まるのだ。これほど気味の悪い場面は、学校を卒業してから出くわしたことがない。

処方箋を受け取り、足早に病院を出る。自動扉を抜けると、冷たい風が頬を打った。わずらわしい騒音の正体は、横断歩道の向こうで行われている下水道の再構築工事だった。

「うえー、シダビョーうつった!」

「きたねー、早く逃げろ!」

紺色のリュックを背負った子供たちが、横断歩道を駆けていく。バスを待つ羊歯病患者たちは、俯いた顔を動かすこともなかった。

だめだ。おれには耐えられない。

たった二人だけの友人を失い、あらゆる居場所をなくした自分が、全身を血豆だらけにして生き続ける理由などない。

もらったばかりの処方箋を握り潰すと、コンビニのゴミ箱に放り込み、逃げるようにアパートへ向かった。

翌日は朝から霧雨が舞っていた。

買ったばかりのレインコートを着込み、フードを目深にかぶる。ポケットにカッターナイフを忍ばせると、少し気が落ち着いた。いつでも楽になれると思うと、不安が軽くなる。

人目を避けて病院へ向かい、失くしたと嘘を吐いて処方箋をもらいなおした。下水工事の騒音に気を滅入らせながら、隣接するドラッグストアで薬をもらった。

紙袋を開けてみると、抗ウイルス薬とあわせて抗不安薬が入っていた。不安だけ解消しても、現実が変わらなければ意味がない。馬鹿げた薬があるものだ。

俯いたまま自動扉を抜けようとして、思わず足を止めた。

昨日みたいに子供と鉢合わせしたらどうしよう。考えても仕方がないとは思いつつも、足が前に進まない。歩道の左右に人影がないのを確認して、おそるおそる路上へ顔を出した。

「ちょっといいですか」

扉の真横、死角になっていた位置から、子供っぽい声が響いた。駆けだそうとするおれの肩を、何者かが強く摑む。

「やっぱり似てる」

振り返ると、背の低い少女がぽつんと立っていた。まっすぐ切り揃えた前髪の下で、眠そうな目がじっとこちらを見ている。

「ヒメコ――？」

思わず唇が動いていた。

「あ、覚えててくれたの。嬉しい」

少女が歯ぐきを剝き出して笑う。

「……どうしてお前がここに」

「それこっちの台詞でしょ。羊歯病患者だったの？　あたしたち、やっちゃったじゃん」

「たしかに。どっちが先だろ。覚えてねえ」

「ちゃんと話聞かせてよね。寺田ハウスが急になくなって、困った女の子がいっぱいいたんだから」

頰を膨らませると、ヒメコはおれの手を摑んで歩きだした。

「待ってくれ。どこへ行く気だ」

「そこのマンション。あたし、あそこの五階に住んでんの」

ヒメコが指さしたのは、古めかしい商店街にすっくと聳える新築マンションだった。

御影石の外壁に「浅草ハイランドスクエア」と彫り込まれている。一年半前に里親と暮らしていた木造アパートとは、家賃の桁が一つ違うように見えた。

「いいとこに住んでんだな。千葉から引っ越したのか」

「そうだよ。なに、嫉妬してんの?」

「うるせえな」

おれは悪態をつきながらも、素直にヒメコの背中に続いた。友人をすべて失った身の上で、まだ知人がいたことに気づき嬉しかったのだ。

エレベーターで五階まで上がると、ヒメコはショルダーバッグから鍵を取りだし、「HATAE」と記された扉を開いた。思わず身構えたが、室内に人の気配はない。

「ミナト、仙台の親戚んちに帰ってるから。あたししかいないよ」

「ミナト?」

「あたしの男だよ」

「同棲してんのか」

「先月、入籍した。ミナトの親、年金暮らしに見せかけといて、すげえ金持ちだったの。死んだけどね」

ブーツを脱ぎながら携帯電話を操作し、写真をこちらに向ける。三十手前くらいの貧相な男が、ベッドの上でヒメコと抱き合っていた。

身をかがめて部屋に入ると、勧められるまま座椅子に腰を下ろした。ヒメコがへらへら笑いながら、紙コップに入れた紅茶を運んでくる。

「下水工事、うるせえな」

「そう？　ずっとだから慣れちゃった」

重機の轟音は五階の部屋まで届いている。ヒメコの耳はずいぶん鈍感らしい。

「あ、いまバカにしたでしょ。顔に出てる。あたし、こう見えてけっこう頭いいんだよ。あたしの親は大バカだけど、バカの子供がバカとは限らないからね」

「頭のいい中学生はオッサンに身体を売らないだろ」

「そんなことないよ。あたし、あんたのことはぜんぶ分かってるんだから。てか、東呉多島でなにがあったのか、ぜんぶ知ってるからね」

「デタラメ言ってんじゃねえよ」

「本当だって。雪だるまは真っ白だったんでしょ？」

世界がぐらぐらと歪んでいくような不安と恐怖を感じた。

まぶたを強く閉じ、動揺を押さえつける。おそるおそる目を開くと、ヒメコが頬杖をついてほくそ笑んでいた。

「なにびくびくしてんの。らしくない」

「お前、おれの正体も見抜いてんのか」

「正体？　言ったじゃん、あんたのことはぜんぶ分かってるって。よく警察にばれなかったよね」

「――――」

「なんで分かったか知りたい？　実はあたしの知り合いにもう一人、事件の関係者がいるんだよね。詳しいことは言えないけど」

ヒメコは得意そうに唾を飛ばした。紙コップのなかで紅茶が揺れている。窓の外で楓が枝を広げていた。

「あんたたち三人が、呉多島で何を企んでいたかは知らないよ。本当にドキュメンタリー映画を撮るつもりだったのか、こっそり悪だくみをしていたのかもね。あんたたち底抜けの映画バカだったから、たぶん前者だとは思うけど。

あたしが聞いた人の話によると――、十二月一日、呉多島へ向かう漁船の甲板で、出演者の一人、今井イクオクルミがあんたたちを海に突き落とした。嵐の大海原に残された出演者たちは、八丈島へ引き返すこともできず、海をさまよったあげく東呉多島に漂着したってわけ。

ところが翌二日、この島に住んでいた狩々ダイキチモヨコ、麻美の親子が死体となって発見される。島を捜索しても他に人影は見当たらなくて、出演者の中に犯人がいると思われた。なんか中学生が書いた小説みたいだね。

さらに三日後には、同じ洋館で神木トモチヨが殺される。その二日後には正体不明の男女が島に上陸し、ド派手な殺し合いを演じたあげく、三人が生き残った。この三人はああだこうだと推理を重ねた結果、自力で真相を突き止めた。――というのが、テレビとかでも言われてた筋書きだよね」

　ヒメコは長広舌を止めると、唇を舐めてニヤリと笑った。

「実際は違うと？」

「うん。だってあんたたちが考えた密室トリック、成立していないじゃん。犯人が本当に薬を使って日付を誤認させてたんなら、定期船は一日早く来てるはずでしょ」

　ヒメコが得意顔で言う。おれはつい虚勢を張りたくなった。

「前の日に来てたけど、異変に気づかず帰っちゃっただけなんじゃねえの」

「ありえないよ。カリガリ館には三人の死体が転がってたんだからね。真犯人の仲間が先回りして、定期船がカリガリ島へ出航しないよう手を打ったのかとも思った。けど、乗組員の男が殺されたのはカリガリ島で大量殺人が起きたのと同じ日だって、ニュースでも言ってたよ。男の死体はクルーザーで見つかってるしね。大量殺人の当日まで乗組員は生きていたわけで、この日に限ってカリガリ島へ食糧を運ばなかった理由は見当たらない。だから、日付を誤認させるトリックも使われていなかったことになるわけ」

「理屈ではそうかもしれないけど――」

「理屈じゃなくて事実だよ。現実に、出演者たちが東呉多島で過ごした日数と現実の日付とを照らし合わせたら、ずれは一日もなかったんだって。ワイドショーで飽きるほどやってるし、これは間違いない。密室の謎はまったく解けてないってこと」

「分かったよ。それで？」

「じつはね、密室だけじゃないんだ。東呉多島の事件には、いくつも不可解な疑問が散らばってる。そして面白いことに、たった一つの事実に気づくと、その疑問がぜんぶ説明できるようになるんだ」

ヒメコが人差し指をたてて笑う。

「ピンと来ねえな。密室のほかに謎らしい謎は残ってねえだろ」

「いっぱいあるよ。簡単なとこで言えば、生存者の一人である丘野ヒロキチカが、事情聴取中に警察署から逃走し、いまだに姿をくらましているってこと。こいつは『つぼみハウス』出演者を自称してたみたいだけど、顔立ちや発言内容から別人だった可能性が高いと言われてる。ほかの生存者に語った過去も、ほとんどデタラメだったみたいだしね。じゃあこの結合人間は、いったい何者だったのかな」

「……何が言いてえんだよ」

「まあ順に説明するから聞いて。密室の次にあたしが見つけた疑問点、これがすごく大事なんだけど、狩々ダイキチモヨコが拵えてた仕掛けのことなの。山道でうっかりゴム紐に足を引っかけると、錐が飛んでくるっていうコントみたいなやつ。この仕掛けが作られたのは一日の夜で、翌日の早朝には、錐がすでに発射された状態で発見された。錐が砂の上に落っこちてるのを、二日の二十時過ぎに出演者たちが確認している。でもこれ、よく考えたらおかしくない？」

どういうことだろう。ヒメコに気圧されながらも、おれは脳味噌を絞った。

「錐が砂浜に落ちてたってことは、この罠は的を外したわけだろ。夜まで誰も気づかなかったのも無理はない」

「なんでよ。十五時から十九時まで、この浜辺は海水に沈むんだよ？　錐は持ち手の部分が木でできていて、水に浮くくらい軽いやつだった。満潮になったら、波に攫われちゃうはずでしょ。でも二十時過ぎの時点で崖の真下に錐があったってことは、十九時に海水が引いてから、誰かが錐を砂浜に置いたってことになる」

　ヒメコの指摘は的を射ていた。七日の大量殺人のあと、錐がクルーザーから海に落ちたとき、錐は波の上にぷかぷかと浮いていた。

「ああ、そうか。不思議だな」

「お前、とぼけんなよ。分かってるくせに」

　ヒメコがまた唾を飛ばす。返す言葉がない。

「いい？　二日の早朝、犯人は狩々親子を襲うためにカリガリ館へ出かけ、途中の山道で罠に引っかかった。錐は勢いよく発射されたものの、崖からは落ちなかったの。犯人はその錐をわざわざ持ち去って、日が落ちてから、こっそり砂浜に捨てたんだよ」

「どうしてそんな真似を？」

「そこが問題だよね。犯人はなぜ錐を持ち去ったのか。拾った錐で狩々親子を脅そうとしたのか？　でも犯人はこのとき、すでに果物ナイフを持っていたはずだよね。もう一つ刃物を持っておこうと考えたのかもしれないけど、夜になって砂浜に戻した理由は説明できない。

じゃあ事件の発覚を遅らせるため？　これはありえそうだよね。錐とゴム紐が落ちているのが見つかれば、誰かが山道を通ったことがばれてしまう。狩々親子を襲うところを誰かに見つかったら致命傷だから、万一のことを考えて証拠品をこっそり持ち去った」

「それでいいだろ」

「よくない。狩々ダイキチモヨコは仕掛けのことを誰にも話してなかったんだし、ゴム紐ごと隠しちゃえば、仕掛けがあったことすら誰にも気づかれなかったはずでしょ。でも犯人は、ゴム紐を残して錐だけを持ち去ってる」

「まどろっこしいな。何が言いたいんだよ」

「犯人がわざと錐を拾ったって考えると、うまい説明ができないってこと。犯人は意図的ではなく、気付かないうちに錐を持ち去ってしまったの」

「……自分で気づかずに錐を持ち去る？」

「そう、可能性はこれしかないよ。犯人は錐が足に突き刺さったことに気づかなかった。カリガリ館に着いてから足に刺さった錐に気づいて、慌てて引き抜いたってわけ。錐を持ち歩いていたら自分が犯人って証拠を首からさげているようなもんだから、叢にでも隠しておいたんだと思う」

おれは唸り声をあげていた。真相を知っている自分が聞いても、頭が痛くなりそうな理屈だ。

「でも、錐が見つかったのはカリガリ館からは距離のある西の浜辺だぞ」

「日が暮れてから犯人が浜辺に放り捨てただけのことでしょ。錐が的を外したような状況をつくっておけば、自分に疑いが向かなくなるって考えたんだろうね。もちろん、満潮時に浜辺が沈むことを知っていたら、そんなことしなかっただろうけど。

問題は、犯人が脚に刺さった錐に気づかなかった理由だよ。当たり前だけど、普通の人間なら身体に刃物が刺さったら気づくに決まってる。とはいえ出演者の中に、無痛症や神経障害を患っているような人間も見当たらない」

「意味が分かんねえな」

「そうだね。くりかえしになるけど、たった一つ、東呉多島で行われたあることに気づけば、この疑問も簡単に解けちゃうんだ。

もう一つだけ疑問点をあげておくね。十二月一日の十七時半ごろ、今井、坏、丘野の三人でカリガリ館へ食糧をもらいに行ったとき、ポーチの横に真っ白い雪だるまがあった。そうでしょ？」

「ああ、詳しいな。ちっちゃい雪だるまだ」

「問題は、その雪だるまを誰が作ったのかってこと。雪がちらほら降り始めたのが十六時半ごろで、あんたたちが雪だるまを見つけたのが十七時半ごろ。ある程度の雪が積もらなきゃ雪遊びもできないから、雪だるまが作られたのは十七時から十七時半の間くらいって推定できる。

ところが狩々麻美は、十六時半から十七時半までの間、山頂ではなく宿舎の辺りをうろついていた。双里が顔を合わせてるし、ダイキチモヨコも認めてるんだから間違いない。じゃあ雪だるまはいったい誰が作ったの？」

「狩々ダイキチモヨコじゃねえのか。雪だるまを作るのが子供だけとは限らないだろ」

「あはは、偏屈な芸術家がいきなり雪遊び？　それはないよ。初めに一行がカリガリ館を訪ねたときと、十七時半に食糧をもらいに行ったとき、どちらもダイキチモヨコの手には山吹色の絵具がついていた。これ、ずっとアトリエで絵を描いていた証拠でしょ。この人の手じゃ白い雪だるまは作れないよ」

ヒメコはよほど詳しくカリガリ島での出来事を知っているらしい。ヒメコが話を聞いた事件関係者というのは、生存者の一人なのだろう。

「雪が勝手に転がって、雪だるまになったとでも？」

「まさか。あのとき島にいた人間の中に、雪だるまを作ることができた人物は見当たらない。てことは、可能性は一つしかないよ。カリガリ島にはもう一人、姿を見せていない人間がいたってこと。くわえてその人間は、子供である可能性が高い」

おれは苦笑してヒメコを見返すしかなかった。どうやら本当にすべて見抜かれているらしい。

「でも、あの島に隠れ場所がないことは出演者たちが何度も確認してるぜ。警察の捜査だってそれを裏づけてる」

「うん、その通り。この子供は表舞台に姿を見せないまま、煙のように消えてしまった。じゃあこいつはどこへ消えたのか？　これが最後の疑問ってわけ。分かっちゃえば簡単なことなんだよ。どんな手練の犯罪者だって、人間を跡形もなく消すことなんてできない。考えられる可能性は、一つしかないよね」

ヒメコが身を乗りだして微笑む。言いたいことはよく理解できた。

「犯人が、その子供と結合したんだな」

「そう、正解。中学生のアダルトビデオを撮りまくってたあんたたちなら、十代半ばの子供でも結合できることはよく知ってるでしょ。犯人が未結者で、その子供と結合しちゃったんだとすれば、子供はどこを捜したって見つからないに決まってる。犯人は結合人間スーツを着た未結者だったんだよ。四本足のうち二本はダミーだから、錐が刺さっても気づかない。犯人が脚に刺さった錐に気づけなかったのはなぜか？　犯人は結合人間スーツを着た未結者だったんだよ。四本足のうち二本はダミーだから、錐が刺さっても気づかない。言わば痛覚が欠けた状態だったわけ。

でも事件が終わってみると、この未結者は消えてしまっていた。島で見つかった出演者の死体はすべて結合人間だったし、生き残った三人もそれは同じだよね。じゃあ未結者はどこへ消えたのか？　やっぱり異性と結合して、結合人間になったとしか考えられない。

ここまで分かれば、密室の謎とやらも簡単に解ける。朝の七時に今井が電話で喋ったった相手は、麻美ではなくもう一人の子供だった。この時すでに、ダイキチモヨコと麻美は殺されていたってわけ。犯人は電話が終わるのを待ってこの子供を昏倒させ、人目のつかない場所に運んでから結合したんだと思う。親子二人を立て続けに殺したのが六時から六時半までの間で、もう一人の子供を連れだしたのが七時過ぎ。丘野と圷がカリガリ館を見張ってたのは七時二十分以降だから、これで辻褄は合ってるでしょ」

「つまり狩々ダイキチモヨコに子供が二人いたってことだよな。どうしてあいつ、二人目のことだけ隠したんだ」

「え、分かってないの？」ヒメコは目を丸くした。「吉祥寺の監禁男と同じことを企んでたんだと思うよ」

吉祥寺の監禁男——中村大史のことか。

テレビニュースを見て慌ててコスモスハイムを逃げ出した、夏の日の記憶がよみがえってくる。中村大史は、寺田ハウスとも縁の深いアダルトビデオ愛好家だった。自宅の地下で兄妹を飼育し結合させた疑いで逮捕され、今も裁判が続いている。

「自分が産んだ兄妹を結合させるために、わざわざ社会と断絶した孤島で子供を育てていた——？」

「気づくの遅いよ。倉庫にアダルトビデオを大量に隠してたみたいだし、監禁男の影響を受けてたのは間違いないだろうね」

言われてみれば、自分が目にしたアダルトビデオのタイトルも、兄妹相姦を題材としていた記憶がある。あの作品も中村大史がプロデュースした一本だったのだろう。一行がカリガリ島に漂着したとき、ダイキチモヨコが妙に冷たい態度を取っていたのは、自分の趣味がばれていないか不安だったのに違いない。

「だからダイキチモヨコは少年の存在を隠したのか」

「うん。子供が二人いることは、なんとしても隠し通したかったんだろうね。漂着時に今井が目撃したのは少女だけだったから、ダイキチモヨコもまだ慌てなかった。でも夕方になって、麻美がカリガリ館を抜け出し、双里と一悶着を起こしてしまった。もしこれが少年の方だったらと想像して、ダイキチモヨコは慄然としたんだと思う。激昂したダイキチモヨコは、漂流者たちにカリガリ館へ近寄らないよう釘を刺し、万一の場合を考えて山道にゴム紐の仕掛けを作ったってわけ」

ヒメコの推理を聞いて、おれは狩々ダイキチモヨコの寝室を思い返していた。アトリエに並んでいたのが美術書や写真集ばかりだったのに対し、寝室には彼らしからぬ子供向けのオカルトビデオが並んでいた。あの部屋にはダイキチモヨコだけではなく、もう一人の少年が一緒に寝起きしていたのだろう。麻美が姉で少年が弟だったとすれば、麻美だけ自室を与えられていたのも不思議ではない。

「で、肝心の犯人だけどね」

ヒメコはそう言って、くいと紅茶を飲み干した。

「結合人間スーツを着ていた未結者の犯人が、子供と結合したらどうなるか、考えれば分かるよね。結合前の自分を真似すれば声や身動きはごまかせるとしても、顔はまったく別人になっちゃう。これじゃバレバレだよ。つまり犯人は、結合の前後を通して、周囲に本当の顔を隠していた人物でなきゃならない。いいいいいいもっともらしい嘘を吐いて、マスクをかぶり続けていた人物が」

おれは観念して背もたれに身をあずけた。ヒメコは得意そうに微笑んでいる。

「分かってるよ。犯人は丘野ヒロキチカなんだろ」

「正しくは、丘野ヒロキチカのマスクを奪って彼のふりをしていた未結者、かな。

ことの発端は、呉多島へ向かう漁船で起きた暴行事件だった。自称探偵の今井が寺田ハウスの三人を海に突き落とし、その罪を操舵手に着せようとした。今井が誰に雇われていたのかは分からないけど、寺田ハウスがやっていた事業を考えれば、恨みを持つ人間が少なくないことは想像がつくよね。

嵐の中で進行方向を失った漁船は混乱に陥った。そんなさなか、死に物狂いで船の側板についた緩衝用タイヤにしがみつき、甲板へ這いあがったあんたは、とっさに今井に見つからず生き延びる方法を考えた。結合人間スーツを着ていたおかげで、さいわいまだ本当の顔はばれていない。マスクを別のものにかぶり替えれば、別人になりすますことも可能だ。とはいえ、そんなに都合よくマスクが手に入るはずがない。

そんなことを考えた直後に、冗談みたいな出来事が起きる。激しい揺れに襲われた甲板を、丘野ヒロキチカがごろごろ転がってきたんだ。傷害事件を起こして手配されている丘野は、本当の顔がばれないよう、結合人間のくせに頭にマスクをかぶっていた。揺れと衝撃で脱げかけているマスクに気づいたあんたは、渡りに船とばかりに丘野を取り押さえると、マスクだけ奪って海に突き落とした」

その瞬間を思い返し、思わず生唾を飲んだ。おれは船尾の死角に丘野を連れ込むと、馬乗りになってマスクを奪い、小さな身体を海に突き落とした。あの幸運に恵まれなければ、自分は間違いなく今井に捕らえられ、命を奪われていただろう。

「丘野が海に落っこちた水音を聞いた人もいたみたいだけど、出演者の頭数が減っていなかったから、積み荷が落ちたとしか思わなかったみたいね。こうしてあんたは、首から上は丘野のマスク、胴体には結合人間スーツを着込んで、カリガリ島に上陸したってわけ。

とはいえ宿舎に身を落ち着かせてからも、あんたは生きた心地がしなかった。自己紹介の席で、今井は結合人間スーツを着た未結者を見抜けるって豪語してたんでしょ。その言葉を聞いてあんたは震え上がった。丘野が別人と入れ替わっていることに気づけば、今井は容赦なくあんたを殺すはずだもんね。ちょっとした身動きの不自然さから結合人間でないことがばれたら最後、自分に命はない。そんな状態で一週間も過ごすことは、とても耐えられなかった」

ヒメコの言葉をきっかけに、カリガリ館での体験がよみがえってくる。耳の奥で、今井の得意気な声が響いた。

――結合人間スーツを着た未結者ですか。一目では分かりませんが、半日尾行すれば尻尾を摑む自信はありますね。

まるで正体を見抜いているかのような今井の物言いに、背筋が凍ったのを覚えていた。

「だからあんたは、一世一代の賭けに出たってわけ。未結者だとばれるのを防ぐには、未結者をやめるしかない。食糧をもらいにカリガリ館へ出向いたとき、たまたま少年の姿を見かけたんだろうね。その少年と結合して結合人間になってしまえば、正体がばれる心配は圧倒的に少なくなる。迷っている時間もない。翌朝こっそり宿舎を抜け出したあんたは、カリガリ館でダイキチモヨコと麻美を殺し、少年と結合したんだ。これが二日の早朝に起きた事件の真相ってわけ」

ヒメコの推理は驚くほど正確だった。あの朝の出来事は脳裏にくっきりと焼き付いている。

十二月二日の六時過ぎ、おれがカリガリ館の扉を叩くと、三十秒ほどで扉が開き、娘の麻美が姿を見せた。おれは果物ナイフを突きつけて、ダイキチモヨコのもとへ案内するよう命じた。年齢のわりに大人びた顔立ちの少女は、黙っておれを館内に招き入れると、廊下を抜けて二階へ上がった。

このときダイキチモヨコはアトリエで眠っていたのだが、少女はわざと自分の部屋に迎え入れ、扉を閉めるなりカッターナイフでおれを襲った。外界との交流がないせいか、少女は見ず知らずの他人に刃物を向けることをまるでためらわなかった。とはいえ大人を相手に十五歳の少女が優位に立てるはずもない。頭を押さえつけて喉を裂くと、少女は血を吐いて倒れた。

それから一つずつ部屋を巡り、アトリエで眠っているダイキチモヨコを見つけて殺した。ダイキチモヨコは一切の抵抗をしなかったので、赤子の腕を捻るくらい簡単な作業だった。

ダイキチモヨコの死体を見下ろして一息ついたときのこと。おれはようやく、脚に錐が刺さっていることに気づいた。落ち着いて記憶をたどればいつ刺さったのかは明らかだったが、すっかり激昂してしまい、麻美に刺されたものと勘違いをしてしまった。おれはアトリエを飛び出すと、二階の子供部屋に向かい、麻美の胸をもう一度刺した。彼女に息があるとは思えなかったけれど、念のためトドメを刺したつもりだった。

あらためて気を落ち着かせ、現場に証拠を残していないか確認していたところ――、今度はダイニングの電話が鳴った。しばらくコール音を聞いていると、何も知らない少年が駆け足で階段を下りて受話器を取った。声変わりすらしていない少年の声に聞き耳を立てていると、どうやら宿舎に急病人がいるらしい。おれは焦った。出演者の誰かが山道を上り、カリガリ館へ薬をもらいにくるかもしれない。いまから館内で少年と結合するのは無茶だろう。

おれはダイニングから出てきた少年を殴って失神させると、アトリエで見つけた鍵で玄関の扉を閉め、少年を樹林へ運んだ。身動きが取れないよう身体を木に縛り付けると、なにくわぬ顔で広場へ戻った。そこで同宿人を捜しにきた圷と合流し、自分で殺した死体を発見する羽目に陥った。おれが少年と再会し、強引な愛撫のはてに結合したのは、二日の十六時を過ぎてからのことだった――

「こうして企みは成功し、あんたはみごと結合人間になった。ようやく胸をなで下ろすことができたってわけね」

「そうだな。あんときは安心したよ」

おれは深く頷いた。結合人間として目を覚ました瞬間の感覚は、まだ全身に残っている。

「もちろん、完全に気を緩めたわけじゃねえぜ。結合相手が十代のガキだったから、結合後のおれはかなり小柄だった。体格の変化に気づかれないか冷や冷やしたぜ。実際、圷はうっすら気づいていたみてえだしな」

「へえ。よく正体までばれなかったね」

「初めに履いてた靴が上げ底だったと思い込んだみてえだな。ほかにも高台に上るとき、今井に突き落とされないよう高所恐怖症のふりをしたりとか、隙を見せないようには気をつけた」

「ふうん」ヒメコはぺろりと唇を舐めた。「そういえば、東呉多島でやたら失神してたって聞いたけど、あれは演技だったの」

「初めに倒れちまったのは、マスクをかぶって動き回ったせいで貧血になったんだ。結合人間になってからのは演技だけどな。心臓が弱いんだと周りに思わせれば、勘付かれないだろうと思ってさ」

「いろいろ考えてたんだね。結合人間になっていらなくなったスーツは、海にでも捨てたの？」

「いや、地面に穴を掘って埋めた。三日後にちょうどその辺りで雪崩が起きたから、見つかってないかひやひやしたぜ。まあ、土砂は崩れてなかったから平気だったけど」

「なるほど。柄にもなく圷を助けたのは、そっちが本当の理由だったのね。じゃあ神木トモチヨを殺したのもあんた？」

「ほかにいねえだろ」

「凶器の包丁はどうやって手に入れたわけ。あんた一人じゃ倉庫の二階にはのぼれないでしょ」

「ああ、まるで届かねえよ。なに、ダイキチモヨコが作った仕掛けは二つあったんだ。錐が飛んでくるやつと、包丁が飛んでくるやつな。一つ目の仕掛けにはまるで気づかなかったんだけど、二つ目の仕掛けは目に入ったから、紐を外して包丁だけもらっておいたんだ。果物ナイフは持って来てたけど、親子を殺したり少年を脅したり、刃物を使う場面は多そうだったからさ」

「ああ、なるほどね」

ヒメコは顎を撫でて感心している。実際、あのときの自分には運が味方していたと思う。山道沿いには糸を巻いた跡のある木が二つあったのだが、今井たちは練習用にゴム紐を巻いた跡が残っていたと考えたらしく、二つ目の仕掛けがあったことは見抜かれなかった。

「でもなんで、神木トモチヨまで殺す必要があったの」

「あれは自業自得だよ。あいつ、八丈島に向かう大型客船の中で、本物の丘野と仲良くなってたみたいでさ。上陸してから別人と入れ替わってんのにも気づいてて、おれのこと脅してきやがったんだよ。罪を償うには浄財しかありません、とか言って。金はどうだっていいんだけど、今井に告げ口されたら一巻の終わりだから、殺すしかなかった。てか、ぶっ殺したくなるだろ?」

「あはは、そりゃあ殺すね」

ヒメコは片頬を上げて笑ったかと思うと、テーブルにぐいと身を乗りだし、神妙な顔でおれの目を覗き込んだ。

「な、なんだよ」

「安心した。落ち込んでんだと思ってたからさ。仲間二人は死んじゃったみたいだし、病気のこともあるし。でも、大丈夫そうじゃん」

「そんなことはねえよ」

おれはため息まじりに答えた。久しぶりに人と腹を割って話せたので、少し気分が軽くなっていただけだ。二人の死は、おれの胸に驚くほど大きな空洞を残していた。

おれが顔を伏せていると、ヒメコはおもむろにおれの頬を摑んで、血色の悪い唇を押しつけた。ざらざらに荒れた表皮が擦れあう。とっさにヒメコの後頭部を押さえ、強く引き離していた。

「やめろよ。おれは羊歯病の感染者なんだぞ」

ヒメコは愉快そうに笑っている。

「あんたみたいな人殺し野郎でも、やっぱり死ぬのは怖いんだね。生き残るために好きでもない男と結合するなんてさ。笑っちゃったよ」

「茶化すな」

「茶化してないし。人間なんて所詮、血の入ったでっかい袋でしかないんだから。仲間が死んだくらいでなよなよすんなって。さんざん暴力ふるってやりたい放題に生きてきたくせに、カッコ悪いじゃん」

「説教かよ、ふざけんな。おれには寺田ハウスしかなかったんだよ。おれは神様に見捨てられたんだ。この絶望が分かってたまるか」

「自分が出てるレズビデオを売って稼いでたようなやつが、神様に助けてもらえるわけねえだろ、バカ」ヒメコは唐突に声を荒らげた。

「いいか、『つぼみハウス』の出演者みたいなキャーキャー言われる人生だけが正解じゃないんだよ。人間なんてだいたい、ウンコ撒き散らして異性のケツを追っかけて死ぬんだ。愛も友情も絆も、不安から目をそらすための嘘八百に決まってる。どうせ猿と変わらないんだから、仲間の分も死ぬ気で生きろよ」

「偉そうに指図すんな」

「キャーキャー言うだけで何もしないあたり、本当に猿そのものだね。この死に損ないが」

「てめえ、黙って聞いてりゃ調子に乗りやがって」

思わずポケットからカッターナイフを取り出す。ヒメコはダイニングテーブルを叩いて叫んだ。

「それだよ！　寺田ハウスの暴れ屋オナコはそうじゃないと！」

――オナコ。

その名前で呼ばれるのは一月ぶりだった。

寺田ハウスの仲間にはそれぞれ本名を捩った渾名があり、根津稔はネズミ、栗本秀夫はビデオと呼ばれていた。オナコというのは、おれの結合前の本名――丘野萌子の苗字を、ローマ字にして逆から読んだものだ。

「おれだって男と結合なんかしたくなかったんだ。でも生きるにはこうするしかなかった。何も知らねえくせに調子に乗んな、ブス！」

おれはヒメコの喉を掴むと、力任せに洋箪笥へ叩きつけた。天辺から落ちた花瓶が豪快に砕け散る。屈みこんだヒメコの頭頂部に、じわじわと血が滲んでいた。

「もっとこいよ！　この同性愛者！」

ヒメコが上目遣いで挑発する。おれは二本の腕でヒメコの喉を押さえつけると、もう二本の腕でスウェットパンツを脱がせ、下半身を露わにした。汗と糞便を混ぜたような臭いが鼻をつく。両足を摑んで左右に広げると、ガラスの破片を肛門に押し込み、下腹部を力任せに殴りつけた。

「分かってんだからな！　おれに復讐するよう栞をけしかけたのはてめえだろ！」

「あはは、やっぱり気づいてた？」ヒメコは両手を叩いて笑った。「あの子、自分の兄を殺したやつの名前も性別も知らされてなかったからね。だから寺田ハウスの中に復讐相手がいるってことだけ教えて、三人のうち誰かは教えなかったんだ。そしたらあんなことになるなんてね！」

「この畜生が。ブスのくせにへらへら笑ってんじゃねえ！」

おれはカッターナイフを握り直すと、肛門から直腸、さらにその奥へ刃先を押し込んだ。臍の裏からブチブチと臓器の裂ける音が聞こえる。

「あはははははは！」

「やめろ！　日向子に手を出すな！」

突然の怒声に振り返ると、ガムテープで手脚をぐるぐるに縛られた結合人間が足元に倒れていた。熱湯でも浴びせられたように皮膚が赤く爛れ、無数の水脹れから黄土色の液体がだらだら流れている。外見は怪物のようだが、声には聞き覚えがあった。

洋箪笥に閉じ込められていた結合人間が、扉を壊して這い出てきたらしい。下水工事の騒音のせいで、耳が鈍感になっていたようだ。口に詰められていたらしい雑巾の固まりが床に転がっていた。

「きゃあ、レイプされちゃう。助けて！」

わざとらしくヒメコが悲鳴を上げる。結合人間は前歯を立てて腕のガムテープを引き剥がすと、四本の腕をむちゃくちゃに振り回しながら跳びかかってきた。

「はなれろ！　おれの娘に手を出すな！」

相手は三十を過ぎているくせに、「つぼみハウス」のロゴが印刷されたTシャツを着ていた。

「事件関係者って――、お前だったのかよ」

おれは血まみれのカッターナイフを握り締めると、結合人間の顔面に向けて振りかぶった。

文庫特別収録掌編

船橋結合人間

※本編読了後にお読みください。

「まゆみ……、なんだその身体は！」

北九州を舞台にした短編映画の撮影を終え、二週間ぶりに東船橋のマンションへ帰った羽家充は、寝室の扉を開けるなり悲鳴をあげて尻もちをついた。

「……ごめんなさい……ごめんなさい」

スタンドライトに照らされたダブルベッドのうえで、変わり果てた姿の交際相手が咽び泣いていた。胸に抱いた梨の妖精の人形が、くしゃくしゃに潰れている。

「お前、どうして結合人間になってるんだ。おれが撮影に行っている間に浮気したのか？」

まゆみは四本腕で顔を覆ったまま、左右に首を振った。

「じゃあその身体は何だよ。誰と結合したんだ。まさか――、誰かにレイプされたのか？」

まゆみが俯いたまま頷く。

「誰なんだよ。元カレか？」

「……ちがう」

「水商売から足を洗う前の太客？　競馬場のバイトの同僚？」

「ちがうよ」

「じゃあ誰なんだ。だいたい、おれが戻るまで部屋から出るなって言ったじゃないか。なんで約束を守らないんだよ」

「守ったよ。あたし、ここから出てないもん」

「この部屋で襲われたのか？　このバカ女、なんで家に男を入れるんだ」

「だって、充くんだと思って――」

　まゆみは口を押さえて四つ目を丸くした。

「おれだと思った？　まさか――至？」

　充はベッドのうえの巨体に目を凝らした。至は充の弟だ。年は二つ離れているが、親しい友人にも間違えられるほど顔立ちはよく似ている。「あかいひと」で時の人となった自分を、至が妬んでいるのは薄々感じていた。

「あの野郎、気でも狂ったのか。殺してやる――」

「無理だよ。あたしと結合しちゃったんだから」

　まゆみは涙を流しながら顔を上げると、吹っ切れたように笑って、妖精の人形を放り捨てた。

「不思議だね。あたしってば結合人間なのに、まだ充くんのことが好きみたい」

「――」

「充くん、今日までありがとう。この気持ちがなくならないうちに行くね」

　まゆみはおもむろに立ち上がると、窓の錠を開け、暗闇に身を投げた。下方から鈍い衝突音が響く。風になびくカーテンが、尻もちをついたままの充の頬を撫でていた。

「さすが映画監督、見事にシナリオ通りだ」

洋簞笥がゆっくりと開き、弟の至が笑いかけた。

充は軽口を無視して、床に転がった人形の背中から盗聴器を回収した。溜め息まじりに窓外を見下ろし、携帯電話で一一九をダイヤルする。

「——もしもし、救急ですか。同棲相手がマンションの十七階から飛び下りました。ええ、以前から情緒が不安定なところがあって、気を遣ってはいたんですが。今日もなぜか結合人間スーツを着ていて、そのまま身投げしてしまったんです」

解説

杉江松恋

劇物につき取り扱い注意。

くれぐれも気をつけていただきたい。

本解説は、白井智之初心者のため、その用法を詳しくご紹介するものである。

『東京結合人間』は白井の第二長篇にあたる作品だ。二〇一五年九月三十日に書き下ろしの単行本としてＫＡＤＯＫＡＷＡから発売されたものがオリジナルで、今回が初の文庫化である。

白井のデビューは二〇一四年に発表された『人間の顔は食べづらい』（ＫＡＤＯＫＡＷＡ→現・角川文庫）である。第三十四回横溝正史ミステリ大賞の最終候補作に残り、惜しくも受賞は逸したものの（大賞は藤崎翔『神様の裏の顔』）、選考委員であった有栖川有栖・道尾秀介からの強い支持があって単行本化が実現した。同作の文庫解説はその道尾が執筆しているので、併読いただきたい。

新人賞は獲得していない、目立たないデビューであったにもかかわらず、白井智之という作家の名はすぐにミステリー・ファンの間に広まった。『人間の顔は食べづらい』

が衝撃的な内容だったからである。一作目は奇手、二作目もそれが通用するか、と注目される中で白井が発表したのが、第二作『東京結合人間』だった。発表されるや尖鋭的な作品を好む読者の間で特に話題になり、翌二〇一六年には日本推理作家協会賞の長編および連作短編集部門の最終候補作にも選出されている(柚月裕子『孤狼の血』が獲得)。その選評を見ると、「恐ろしく非現実的な設定」を「つくり上げることに対する強い覚悟が感じられ」ると横溝正史ミステリ大賞に引き続き道尾秀介が称賛している点が目を惹くが、それ以外の選考委員は控えめな評価に留まっている。本書の新奇さに戸惑っているようですらある。

たしかに『東京結合人間』は、読者を選ぶ小説である。「劇物」と前置きしたのは、そのためだ。喩えるならば本作は、なぜか奇怪な像が入口に所狭しと並べられている日本料理店である。引き戸を開けた途端に仰天すること間違いなしの佇まいだが、意を決して入ってしまえば中で美味しい料理が食べられるのだ。もしかすると出迎えた店長が血まみれの鉈を手に持っていてぎょっとするかもしれない。ただしそれは、客を襲うための凶器ではなく、食材解体用の道具である。白井智之がいる場所に慣れるためには、そうした最初の衝撃に耐える必要がある。

現時点で白井は、前述の二冊の他に第三長篇『おやすみ人面瘡』(二〇一六年。KADOKAWA)、第一短篇集『少女を殺す100の方法』(二〇一八年。光文社)と計四冊の著書を出しており、それ以外にアンソロジー『謎の館へようこそ　黒』(二〇一七年。

講談社タイガ）所収の「首無館の殺人」などの短篇作品がある。それらを通読して感じたのは、白井作品は徹底した逆算方式で書かれているという原則であった。核となるアイデアが明確に存在し、それを最も効果的な形で読者にぶつけるために小説全体は細心の注意を払って設計されている。『東京結合人間』を構成する要素について、以下で確認していきたい。

まずは「部品」だ。ここには作品内設定のすべてが含まれる。たとえば『東京結合人間』は、ヒトが他の哺乳類と違って性器を用いない生殖をおこなう生物だったら、という「if」を土台にした小説だ。この世界では男女が文字通り結合して一つの意識を持つ生命体となることで生殖が可能になる。その過程で、ごくまれにオネストマンという異常な個体が生じることがある。本作では七人のオネストマンになると、その個体は一切の嘘が吐けなくなってしまうのである。本作では七人のオネストマンが孤島に閉じ込められた状態で殺人事件が起きる。本当ならば犯人はすぐに判明するはずだ。なぜなら、オネストマンは嘘を吐けないからである。にもかかわらず自分が犯人だと名乗り出る者は現れない。それはなぜか、というのが中盤では、小説を牽引する謎になる。

こうした奇怪な設定は白井長篇の大きな個性である。デビュー作『人間の顔は食べづらい』では、とある疫病の流行から家畜の肉を食べることができなくなり、工場で生産されたヒトのクローンが高級食材化した世界が舞台であった。読者の誰もが予想する通り、この設定は作中で描かれる事件のトリックに根幹で結びついている。『東京結合人間』もそれは同様だが、『人間の顔は食べづらい』に勝るのは、外構こそ奇抜だが主要トリックを成立させている論理はごく身近なものである、という点だ。本書ではいくつかの事件が描かれるが、それらはすべて結合人間というわれわれ「結合していない人間」とは異なる生命体だからこそ起きうるものである。しかし、事件の構成要素を分解してみると、そこに使われているのはごく平凡な、われわれの世界にもあるような部品だけだということがわかる。特殊な部品と一般的なものを混在させて読者を困惑させることが誤導の第一歩になっているのだ。

次に重要なのが「構成」である。『東京結合人間』は大きく二つに分かれる。前段にあたる「少女を売る」では東京都杉並区、JR中央本線荻窪駅北口から十分のところにある安アパートで共同生活を送る若者、ネズミ、オナコ、ビデオの三人が中心になる。彼らは「寺田ハウス」を名乗っていかがわしい商売に手を染めている。いかがわしいというか、女性や未成年者など弱者を食いものにする悪事である。その話がどういうわけだか、後段にあたる「正直者の島」、前述した七人のオネストマンが殺人事件に巻き込まれる、『そして誰もいなくなった』パターンの孤島ミステリー展開へと結びついていくのだ。

「少女を売る」で語られる話がかなり酷い内容なので辛抱できなくなってしまう読者はいるかもしれない。この作者には他人への徹底的な不信や利己主義を行動原理の要にしている人物を殊更露悪的に描く傾向があり、その結果寒々とした心象風景が作品の中に浮かび上がる。それによって偽善者を嘲笑したり、社会の醜い側面を飾らずに描いたりすることも可能になるのだが、剥き出しの悪意にしか見えないものに拒絶反応を覚える読者もいるだろう。だが、この醜悪な一幕、「無意味に飾ってある奇怪な像」にしか見えない前半部は、後半のためには必要不可欠な部品なのである。悪趣味な描写の中には孤島における謎解きで読者があらかじめ備えておくべき知識がさりげなく盛り込まれている。また、この前段に盛り込まれた情報には「正直者の島」の中ではしばらく伏せられているものもあり、読者は登場人物よりも先んじた形でそれを与えられることになる。それによって生じる予見を、明らかに作者は計算している。

このような構成を用いた情報操作がこれまでの長篇では毎回行われてきた。『人間の顔は食べづらい』ではクローン工場で働く柴田和志と、河内ゐのりという女性の語りとが交互に配置される叙述形式がとられていたが、この語りには当然意味がある。また、第三長篇の『おやすみ人面瘡』でも同様のカットバックが用いられるが、カブという風俗業者とサラという中学生の視点がなかなか交差しないため、読者は両者の語りに『東京結合人間』の二部構成に似た飛躍を感じることになる。

これまでのところ、白井は長篇の主人公や探偵役に固定キャラクターを採用していない。いや、採用しようとしても作品ごとの設定が違いすぎて、世界を共有させるのは難しかろう。『おやすみ人面瘡』は、人間の体に顔のような瘤ができる奇病が蔓延した日本が舞台であり、瘤が人語を喋る、患者によってはきっかけを与えると凶暴化する、といった病気の設定が連続殺人を構成する上での重要な部品として使われる。

唯一無二の「部品」、意図のわからない「構成」、加えて毎回設定や登場人物が刷新される「一回性」という白井作品の特徴は、読者に警戒心を抱かせる。どんな小さな描写も油断して読み過ごすことができないのである。誰も見たことがない世界の中では、その描写が何に使われるのか予測不可能なのだから。したがって白井作品を手に取るときには、誰もがおそるおそる忍び足の読者にならざるをえない。また、そうした態度には能く応える作者なのだ。

いったん推理パートに入ると、白井の準備した探偵たちは次から次に伏線を発掘してくる。あれもこれも伏線だったのだ、おまえは気づかなかったのか、と不注意な読み手を責め立ててくるのである。白井作品の中では、特に長篇では執拗に仮説検証が繰り返される。一つの推理は手がかりを見逃していたことによって否定され、すぐに次のものが呈示される。すべての手がかりが網羅されるまでその推理責めは止むことがないのである。淫していると表現しても構わないほどに、白井は多重解決の推理を提供することに熱心な作者なのだ。本作でも全長の四分の一強にあたる百ページが解決篇に使われている。その中にはとんでもない仮説も含まれるが、捨てネタとして処理されるのはもったいないほどに美しい推理も披露される。

何より楽しいのは、その推理を口にする探偵役が次々に交替していくことだ。長篇作のどれをとっても、最終解を提出する登場人物が誰になるのか、いざそのときになるまではまったく見当がつかない。犯人と同じぐらい探偵の正体も意外なのである。本書でも、真相を口にする人物を当てられる読者はいないのではないだろうか。

類例のない個性、読者に予測を許さない意外な展開、うっとりとするほどに手数の多い解決篇と、『東京結合人間』は謎解き小説の魅力に満ちた長篇である。たしかに外観はグロテスクだし、うっかり触れると火傷しかねない。しかし試すだけの価値はある。妖しく光る酒を飲み干し、浮かび上がる幻像に身を委ねよ。

本書は二〇一五年九月に小社から刊行された単行本を、加筆・修正のうえ文庫化したものです。
巻末の掌編「船橋結合人間」は、単行本刊行時にときわ書房本店限定で配布された作品を収録したものです。

本書はフィクションであり、実在の人物・団体等とは一切関係ありません。

東京結合人間

白井智之

平成30年 7月25日　初版発行
令和7年 6月5日　6版発行

発行者●山下直久

発行●株式会社KADOKAWA
〒102-8177　東京都千代田区富士見2-13-3
電話　0570-002-301（ナビダイヤル）

角川文庫 21039

印刷所●株式会社KADOKAWA
製本所●株式会社KADOKAWA

表紙画●和田三造

●お問い合わせ
https://www.kadokawa.co.jp/（「お問い合わせ」へお進みください）
※内容によっては、お答えできない場合があります。
※サポートは日本国内のみとさせていただきます。
※Japanese text only

ISBN978-4-04-107011-6　C0193

◆◆◆

角川文庫発刊に際して

角川源義

第二次世界大戦の敗北は、軍事力の敗北であった以上に、私たちの若い文化力の敗退であった。私たちの文化が戦争に対して如何に無力であり、単なるあだ花に過ぎなかったかを、私たちは身を以て体験し痛感した。西洋近代文化の摂取にとって、明治以後八十年の歳月は決して短かすぎたとは言えない。にもかかわらず、近代文化の伝統を確立し、自由な批判と柔軟な良識に富む文化層として自らを形成することに私たちは失敗して来た。そしてこれは、各層への文化の普及滲透を任務とする出版人の責任でもあった。

一九四五年以来、私たちは再び振出しに戻り、第一歩から踏み出すことを余儀なくされた。これは大きな不幸ではあるが、反面、これまでの混沌・未熟・歪曲の中にあった我が国の文化に秩序と確たる基礎を齎らすためには絶好の機会でもある。角川書店は、このような祖国の文化的危機にあたり、微力をも顧みず再建の礎石たるべき抱負と決意とをもって出発したが、ここに創立以来の念願を果すべく角川文庫を発刊する。これまで刊行されたあらゆる全集叢書文庫類の長所と短所とを検討し、古今東西の不朽の典籍を、良心的編集のもとに、廉価に、そして書架にふさわしい美本として、多くのひとびとに提供しようとする。しかし私たちは徒らに百科全書的な知識のジレッタントを作ることを目的とせず、あくまで祖国の文化に秩序と再建への道を示し、この文庫を角川書店の栄ある事業として、今後永久に継続発展せしめ、学芸と教養との殿堂として大成せんことを期したい。多くの読書子の愛情ある忠言と支持とによって、この希望と抱負とを完遂せしめられんことを願う。

一九四九年五月三日